Mynd Dan Groen

Mynd
Dan Groen

SONIA EDWARDS

Gomer

Cyhoeddwyd yn 2010 gan
Wasg Gomer, Llandysul, Ceredigion SA44 4JL

ISBN 978 1 84851 239 9

Dymuna'r cyhoeddwyr gydnabod cymorth
Cyngor Llyfrau Cymru.

Argraffwyd a rhwymwyd yng Nghymru gan
Wasg Gomer, Llandysul, Ceredigion

I
VERA
(Mae ffrindiau 'fath â'r sêr . . .)

Dychmygol hollol yw pob cymeriad
a digwyddiad yn y nofel hon.

*'Nid i'r doeth a'r deallus yr ysgrifennais,
ond i'r dyn cyffredin.'*

DANIEL OWEN

RHAN I

Pennod 1

Doedd cnebrwn Sheila Beresford ddim yn un mawr. Pwy oedd 'na, beth bynnag? Symudodd David ei bwysau'n anniddig o un glun i'r llall. Teimlai frethyn ei drowsus yn gludo i'r sedd. Roedd rhywun wedi rhoi'r farnish anghywir i'r coed, roedd hynny'n amlwg, neu doedd y peth ddim wedi cael cyfle i sychu'n iawn: roedd yntau'n chwysu. Bob tro y symudai, roedd sŵn rhwygo annifyr wrth iddo dynnu'i gefn yn rhydd. Teimlai fel pry wedi'i rwydo mewn gwe. Bron nad oedd yn gallu teimlo hefyd ei wefus yn crebachu'n wên chwerw. Hyd yn oed ar ddydd ei chladdu roedd ei fam yn sicrhau na allai David ddianc o'i gafael.

Cododd ei olygon i gyfeiriad y sêt fawr. Arch fechan oedd hi. Un fechan, gul. Sylweddolodd mai dyna oedd yn peri braw iddo: y ffaith fod rhywun mor eiddil wedi llwyddo i greu cymaint o lanast ym mywydau pobol.

Gwrandawodd ar y gweinidog ifanc nad oedd o ond prin yn ei adnabod yn rhaffu'i gwrteisi'n deyrnged a allai fod wedi gweddu i unrhyw un. Roedd hi mor annelwig nes ei bod hi bron yn brifo. Bron. Doedd David Beresford ddim wedi caru'i fam ers blynyddoedd maith.

Torrodd cyllyll bach o haul drwy'r crysanths ar y bwrdd o flaen yr organ. Roedd eu melyn yn galed, bron yn goman, yn crafu'i lygaid o. Doedd o'n cael dim cysur o'r Cymreictod capelyddol hwn. Roedd geiriau fel 'sancteiddrwydd' yn clogio yn ei ymennydd. Hiraethai am Loegr ei blentyndod lle nad oedd tŷ brics coch ei nain a'i daid yn ddim byd mwy bellach na llun bach melys mewn stori dylwyth teg.

Cof plentyn bach oedd ganddo o'i deulu'n symud i Gymru

o'r Tir Du. Dyna pryd y dechreuodd yr asthma. Od, meddai pawb, i hynny ddigwydd. Roedd yr awyr yn iachach, i fod, mewn ardal wledig. Gwaith ei dad oedd achos y symud. Roedd cyfleoedd weithiau i fynd adra'n ôl i ochrau West Bromwich. Gwyliau ysgol. Ambell benwythnos hir. Salwch hir, annelwig ei fam. Ei daid yn mynd â fo i'r Hawthorns i weld West Brom yn chwarae. Tarten gwsberis ei nain a siop y Pacistani ar y gornel yn gwerthu petha-da blas riwbob a chwech o gareiau licrish am geiniog. Meddwl am hynny oedd yn peri i'w lygaid wlitho wrth i'r arch fynd heibio.

Roedd David Beresford yn siarad Cymraeg yn rhugl, yn mynd i'r toiled yn Gymraeg yn Ysgol Gynradd y Rhyd ers pan oedd o'n bedair oed. Sais bach wedi cymryd ei gymathu'n llwyddiannus, chwarae teg iddo fo. Ond yn Saesneg yr oedd o'n meddwl o hyd. Yn gwneud popeth a oedd o bwys iddo fo, gan gynnwys caru. Nes iddo gyfarfod Eleri. Tan hynny tueddai i chwilio am genod Saesneg. Roedd hi'n haws hefo'r rheiny. Ac yna newidiodd popeth. Trawodd ar Eleri yn y coleg hyfforddi athrawon. Gloywodd ei dreigladau. Dysgodd garu yn Gymraeg.

Roedd gan Eleri wallt hir brown a bronnau gwynion trwm. Roedd y croen tu mewn i'w chluniau cyn llyfned â'r tu mewn i gragen fôr. Gwirionodd amdani a hithau amdano yntau. Chafodd hi fawr o gyfle i gicio yn erbyn y tresi yn ei harddegau, a hithau'n cael ei gadael yn gwbl amddifad yn bymtheg oed. Bu ei mam farw o ganser pan oedd Eleri'n naw oed a'i thad o drawiad ar ei galon bron yn syth wedi iddi ddarfod ei harholiadau Lefel O. Bu yng ngofal chwaer ei mam wedyn, hen ferch fusgrell a oedd yn hanner dall. Dim ond wedi iddi fynd i'r coleg y dechreuodd Eleri fyw. Cafodd flas ar yfed haneri o meild a darganfod rhyw. David oedd ei chariad cyntaf go iawn. Y cyntaf iddi gysgu hefo fo. O fewn blwyddyn i'r ddau ohonyn nhw gael swyddi dysgu mi benderfynon nhw briodi. Ei fam o ddewisodd y blodau.

12

Camodd David o'i sedd i ddilyn yr arch. Yma, yn y capel hwn, bum mlynedd ynghynt, y bu angladd ei dad. Chwe mis yn union wedi'r angladd hwnnw y gadawodd Eleri. Daeth adref o'r ysgol un prynhawn a'i chanfod yn eistedd ar erchwyn eu gwely a'i dwylo ymhleth. Edrychai mor boenus o ifanc. Doedd ganddi ddim llwchyn o golur ac roedd ei gwallt wedi'i dynnu'n ôl yn greulon bron oddi ar ei hwyneb nes bod ei llygaid yn edrych yn fawr.

'Fedra' i ddim dal mwy,' meddai.

Roedd sŵn plant i'w glywed yn hedfan drwy'r ffenest agored. Plant yn y cae swings a'r gwynt yn cipio'u lleisiau a'u plannu nhw'n greulon yn yr ystafell hon. Dim ond ers dwy flynedd y buon nhw'n briod ond roedd Eleri eisoes wedi colli dau blentyn, a hynny'n gynnar bob tro.

'Peth cyffredin iawn,' meddai'i mam-yng-nghyfraith. 'Colli yn y tri mis cynta'. Mae o'n digwydd i lot o ferched.'

Ac Eleri'n crio'n ofalus i obennydd oer pan fyddai pawb yn cysgu, oherwydd fod David bob amser yn cytuno hefo'i fam.

Gwyddai yntau wrth edrych ar Eleri fel hyn ei fod o wedi gwneud gormod o wrando ar ei fam a'i bod yn rhy hwyr. Roedd y gwely henffasiwn yn uchel a phrin bod ei thraed yn cyffwrdd y llawr. Gwnâi hynny iddi edrych fwyfwy fel hogan fach. Daeth dagrau i'w lygaid wrth iddo gofio'u caru tawel yn y gwely hwn. Distaw distaw bach. Caru'n fud oherwydd ei fam. Nid fel eu noson gyntaf yma fel gŵr a gwraig. Roedd hwnnw'n garu afradlon braf a hithau'n galw'i enw'n orfoleddus. Ac yna daeth y curo didrugaredd ar wal y llofft a'r hunllef o rannu'r un bwrdd brecwast hefo'i dad a'i fam drannoeth a neb yn meiddio sbio i lygaid ei gilydd. Chyffyrddodd o ddim ynddi am nosweithiau ar ôl hynny. Pan feiddiodd estyn amdani o'r diwedd gwrthododd dynnu'i choban y tro hwnnw a phob tro wedyn. Roedd y chwerthin wedi mynd yn barod, a'r craciau yn y nenfwd yn nes.

Dim ond dau gês oedd ganddi. Un mawr ac un bach. Dilynodd ei lygaid.

'Wel, does pia fi ddim byd arall, nag oes?' meddai hithau.

Danfonodd hi i dŷ ffrind a phan ddaeth yn ei ôl roedd ei fam wedi gosod y bwrdd ar gyfer dau. Teimlodd David ei frest yn tynhau.

'Ei cholled hi,' meddai Sheila'n gwta. Roedd blas dŵr ar y tatws.

Pan aeth David i'w wely'r noson honno, doedd 'na ddim olion fod Eleri wedi bod yno erioed, ar wahân i'r rhychau hirsgwar yn y carped lle bu'i chesys hi'n sefyll drwy'r dydd, ac ogla'i phersawr hi ar ddillad y gwely. Meddyliodd amdani'n noethi'i chluniau iddo'n ddefodol yn y tywyllwch. Estynnodd a chydio ynddo'i hun dan blygion y cynfasau. Doedd o ddim eto wedi crio ar ei hôl.

Doedd o ddim yn medru crio heddiw chwaith ar lan bedd ei fam. Gollyngwyd yr arch a gollyngodd yntau ochenaid. Wyddai o ddim yn llwyr ai o ryddhad oedd hynny ai peidio. Rhyddhad fod Sheila Beresford a'i siswrn o dafod yn fud o'r diwedd. Mae'n rhaid ei fod o wedi'i charu hi ryw dro. Doedd o ddim yn cofio'n union pryd y trodd y cariad hwnnw'n ofn, a'r ofn hwnnw wedyn yn ofn pechu, ofn tarfu, ofn siomi. Efallai mai pan dyfodd yntau'n ddigon hen i sylweddoli bod ei chariad hi tuag at ei mab wedi mynd yn debycach i ormes.

Thrafferthodd o ddim i wahodd neb yn ôl i'r tŷ am de. Doedd neb yn disgwyl hynny ganddo, p'run bynnag. Galwodd hefo'r asiant gwerthu tai ar ei ffordd o'r fynwent. Roedd o am werthu'r cyfan a symud ymlaen. Swydd arall mewn ysgol newydd. Dalen lân. Byseddodd y pwmp asthma yn ei boced. Oddi ar y dydd y bu farw'i fam roedd wedi anghofio bod arno'i angen.

Y prynhawn hwnnw tra oedd ei fam yn oeri penderfynodd David Beresford ei fod o am ddechrau byw.

Pennod 2

Pan ddeffrodd Gwynfor Khan o'i drwmgwsg roedd hi'n tynnu at hanner dydd. Shit. Roedd ei geg fel cesail camel. Crafai'r tyfiant-bocs-matsys ar ei ên yn gras yn erbyn y gobennydd a'i atgoffa nad oedd wedi ymolchi ers dros bedair awr ar hugain. Roedd o'n dyheu am bisiad. Am hanner eiliad ystyriodd ddefnyddio sosban. Ond hefo min dŵr – a heb arlliw o fin ar ei feddwl – byddai arno angen dwy law. Tynnodd ei jîns yn boenus dros yr ymchwydd caled yn nhrôns ddoe a mentro allan ar y landin.

Roedd y distawrwydd trwy weddill y tŷ mor llychlyd nes bod ogla arno fo. Tu allan roedd lorri ludw yn rhuo ac yn corddi. Swniai bloeddiadau hogia'r lorri fel adar blin yn codi o goedlan i gyfeiliant ergydion olwynion biniau hyd balmentydd a chlepian eu caeadau. Teimlai Gwynfor fel ymwelydd o blaned arall, neu ddyn a fu yn ei wely'n sâl am yn hir. Roedd y byd mawr tu allan i glostroffobia cyfarwydd y lle chwech diffenest yn rhy lachar. Yn ymosodol. Pisodd yn swnllyd. Rhwng ei ymennydd a'i benglog roedd nythaid o lygod mawr yn hogi'u dannedd.

Wrth gerdded yn ei ôl i'w stafell ei hun, sylweddolodd nad oedd o ddim eto wedi sobri'n llwyr. Rhoddodd ei stumog dro anniswyl. Coffi. Roedd arno angen cawod ond roedd cael blas gwell yn ei geg yn flaenoriaeth ganddo. Chwiliodd am y jar ymysg y llanast o lestri budron a chartonau prydau parod. Doedd ganddo ddim llefrith. Ond o leia' roedd yr hylif du'n chwilboeth, yn pigo'i frest wrth iddo fynd i lawr. Yn ei atgoffa'i fod o'n fyw o hyd. Roedd ei lygaid yn pigo hefyd. Yn dyfrio. Y cur pen gawsai'r bai. Cwrw neithiwr. Nid cynnig Rona Lloyd.

Eisteddodd yn hir ar gadair galed y ddesg. Mor hir nes bod y plastig yn gludo'n boeth wrth din ei drowsus. Onid oedd cynnig Rona'n un hael? Yn ffordd allan o dwll. Dihangfa. Dim ond ei fod o'n dianc o un llanast i'r llall. Dyna pam aeth o ar yr êl neithiwr. Meddwi'n gachu. Meddwi nes fod ei ben o fel rwdan. Meddwi i anghofio, nid i ddathlu. Boddi gofidiau. Ond mae gofidiau'n glynu fel saim. Wastad yn codi i'r wyneb.

Dyna pam fod stumog Gwynfor Khan yn gwrthod llonyddu.

*   *   *

'Ti'n gwbod na fedri di'm gwrthod.' Roedd llais Rona Lloyd fel menyn tawdd.

Teimlai Gwynfor fel llygoden fawr wedi'i chornelu. Roedd hon wedi dod yma'r holl ffordd i Aber i chwilio amdano. Ei dracio i lawr i'r hofel 'ma o fedsit. Doedd o erioed wedi dod â Siwan yma. Haws peidio. Haws cadw'i fywyd adra a'i fywyd myfyriwr ar wahân. Roedd ganddo gywilydd rŵan. O'r lle 'ma. Ohono'i hun.

'Panad . . .?'

Diferodd ei gynnig llugoer i'r mwg sigarét roedd hi newydd ei anadlu i'r gwagle rhyngddyn nhw. Sefydlu'i hawdurdod, ei phŵer drosto. Ofynnodd hi ddim gâi hi smocio. Roedd hi'n syllu i fyw ei lygaid o, yn peidio ateb yn fwriadol, yr olwg ar ei hwyneb yn ei sodro yn ei le, yn dweud wrtho y byddai'n well ganddi fod wedi mynd ar ei gliniau a llepian dŵr glaw o gwter na chymryd panad yn y twll stafell 'ma.

'Dwi'n cymryd na fyddi di ddim angen gormod o amser i feddwl.' Estynnodd Rona i'w bag. Gosod y rholyn tyn o arian ar y ddesg.

'Pum mil,' meddai hi'n llyfn. 'I'r ddima.'

Roedd hi'n dal i wylio'i wyneb. Teimlai Gwynfor fel pe bai hi'n gallu gweld ei geg o'n crimpio. O'r stafell ar draws y landin deuai miwsig. Tabyrddu rhythmig, meddal fel offerynnau wedi'u cau mewn bocs. Sŵn traed. Lleisiau. Drws yn clepian yn bell yn rhywle. Y byd i gyd yn bell fel mewn breuddwyd. O'i gyrraedd. Yn rhy bell i'w ateb pe bai o'n galw. Ond am beth? Pwy? Pwy fyddai'n dod pe bai o'n gweiddi rŵan? Meddyliodd am Siwan, mor bell o'r fan hyn. Am ei gwely glân yn ei stafell wely adra yn nhŷ ei rhieni. Lle cafodd o hi'r tro cyntaf hwnnw. Lle gwelodd o hi'n gwbl noeth am y tro cyntaf. Teimlo'i bronnau bach crwn yn dynn o dan ei ddwylo.

Cofiai'r noson fel un o nosweithiau anwylaf ei fywyd. Roedd o'n caru Siwan. Doedd hi ddim fel yr un o'r lleill. Carai ei glendid hi. Roedd hi'n wyryf tan hynny. Yn swil o gyfaddef. Yn dibynnu arno fo. Ar yr hyn debygai hi oedd profiad. Ond doedd o ddim yn brofiadol mewn tynerwch. Ddim tan y noson honno. Tan hynny, gollyngdod sydyn, trwsgwl fu pob un o'i brofiadau rhywiol. Pan aeth â Siwan i'r gwely anghofiodd sut i fod yn hunanol. Gwnâi ei orau i gadw'r cryndod yn ei ddwylo dan reolaeth, heb wybod mai dyna oedd yn rhoi hyder iddi hi, yn ei wneud yn annwyl iddi. Wrth wthio'i hun i mewn iddi'n araf, am ei phleser hi y meddyliodd. Roedd hyn yn newydd iddo. Dal yn ôl. Cael gwefr o wrando ar ei hanadl hi'n cyflymu. Nid y profiadau a gawsai hefo genod fel Myfsi Trewen a Jennifer McGurk oedd wedi dysgu iddo fod mor ystyriol. Hi oedd wedi ei wneud fel hyn. Y hi, Siwan. Ogla siampŵ ar ei gwallt, nid ogla Silk Cut. Dyma'r noson y tyfodd Gwynfor Khan yn ddyn go iawn. Y noson y penderfynodd mai hefo Siwan yr oedd arno isio treulio gweddill ei oes.

'Mi edrycha' i ar d'ôl di. Am byth bythoedd amen! Mi fydda' i'n dwrna llwyddiannus. Tŷ mawr crand 'fath â hwn . . .'

'Crandiach!' Ei llais yn chwerthinog. Yn chwarae'r gêm. Byddai wedi mynd hefo fo i fyw i gwt sinc.

'Dau o blant . . .'

'Tri,' meddai hithau. Ei llygaid arno. Yn ddigon meddal iddo fo allu nofio ynddyn nhw.

'Iawn, tri. Beth bynnag ti'n ddeud!' Mi fasen nhw'n blant del. Prydau tywyll. Croen lliw mêl. Llygaid eu mam. Cusanodd hi, ei ddyfodol wedi'i fapio'n gymesur fel y patrwm blodeuog ar gynfasau'r gwely.

Modrwy fechan oedd hi. Pris tri llyfr gosod ar y gyfraith. Doedd dim ots. Câi fenthyg llyfrau. Roedd prynu modrwy i Siwan yn bwysicach. Byddai'n callio rŵan. Yn newid ei ffyrdd. Mynd i bob darlith. Gorffen ei draethodau. Rhoi'r gorau i'r betio, y peiriannau gamblo oedd yn llyncu'i arian. Roedd diben i bethau bellach. Onid oedd Siwan yno rŵan, yn barod i wneud dyn ohono o'r diwedd? Hi fyddai ei achubiaeth. Teimlai fel dyn yn cael hyd i flodyn prin ac yntau ddim ond megis dechrau chwynnu'i ardd am y tro cyntaf erioed.

Ond erbyn hyn roedd y chwyn yn ei fygu eto. Roedd o wedi methu dal i fyny. Doedd Siwan ddim yno drwy'r adeg. Ond roedd y siopau betio yno. Y peiriannau. Y cardiau crafu. Dyna'i gysur pan oedd o hebddi a'r cwrs coleg yn mynd yn anos, yn ei lethu. Cynyddai ei ddyledion fel yr âi llwyddiant yn bellach o'i afael. Collai gyfleon.

A dyna'n union pryd gwelodd Rona Lloyd ei chyfle hithau i ddwyn ei berthynas â'i merch i ben. Doedd hi erioed wedi hoffi Gwynfor. Nid oherwydd ei fod o'n ddu. Wel, hanner-du, a bod yn fanwl gywir. Doedd Rona ddim yn hiliol. Ond roedd yn gas ganddi bobl dlawd. Yn enwedig rhai blêr fel Brenda Khan, mam Gwynfor. Dim balchder ynddi hi ei hun o gwbl. Welodd hi erioed mo Brenda'n edrych yn dwt. Byth yn gwisgo colur a hithau â chroen mor ofnadwy. Ei gwallt hi'n ddi-steil ac yn gwynnu cyn pryd. Siawns y gallai hi wneud rhywbeth hefo potel o stwff go rad dros ben y sinc. A'r dillad oedd ganddi. Y trowsus rhad, di-siâp 'na a rhyw hen fflachod am ei thraed bob amser. Doedd dim rhyfedd fod y Pacistani hwnnw wedi'i gadael hi ar ôl dim ond dwy flynedd o briodas. Roedd o'n dipyn o hync yn ei ddydd, yn ôl y sôn. Stondin ganddo ar y farchnad fyddai'n dod i'r dref bob dydd Gwener erstalwm. Tybiai Rona fod ganddi rhyw brin gof ohono. Mynd i ddisgwyl babi wnaeth Brenda, a hynny'n fwriadol yn ôl rhai, er mwyn iddi fedru dal ei gafael yn Danny Khan. Roedd hi wedi mopio'i phen yn llwyr amdano. Do, mi gafodd hi ei dyn, ond pharodd pethau ddim yn hir, naddo? Meddyliodd Rona am ei merch ei hun yn wynebu'r un dynged. Bywyd tŷ cownsil a sgidia rhad a'i gŵr golygus, da-i-ddim yn bwydo peiriannau gamblo hefo arian ei fudd-daliadau yn hytrach na bwydo'i wraig a'i blant. Na, châi hynny ddim digwydd.

Mab ei dad oedd Gwynfor Khan. Llathen o'r un brethyn. O, efallai fod ganddo dipyn yn ei ben, digon i'w alluogi i gyrraedd coleg. Ond doedd ganddo mo'r rhuddin i ddyfalbarhau, ddim mwy nag oedd gan Danny. Roedd hynny'n amlwg o'r holl ddyledion oedd ganddo'n barod.

Roedd gwendidau'i dad a'i fam i gyd yn Gwynfor. Dyna'r cyfan y dewisodd Rona ei weld. Fyddai o ddim yn priodi ei merch hi, fe wnâi hi'n saff o hynny. Byddai'n talu arian sylweddol iddo am beidio. Byddai calon Siwan yn deilchion am sbel, ond i Rona, pris bach iawn i'w dalu oedd hynny.

Pennod 3

Allai Siwan ddim credu'r hyn oedd yn y llythyr. Doedd rhesymau Gwynfor ddim yn gwneud synnwyr. Sut medrai'r cyfan oedd o'n ei deimlo tuag ati ddiflannu megis dros nos? Y tro olaf iddo'i ffonio hi, cyn iddi dderbyn ei lythyr, roedd o wedi swnio'n od. Yn bell oddi wrthi. Roedd hi fel pe bai'r sgwrs yn llawn chwithdod. Doedd dim byd ar ôl i'w ddweud. Cofiai iddi osod y derbynnydd yn ôl yn ei grud a hwnnw'n teimlo fel bricsen yn ei llaw. Gwynfor oedd o. Ei chariad hi. Roedd o'n ei charu hi gymaint ag oedd hi'n ei garu o. Yn doedd? Am y tro cyntaf yn eu perthynas teimlai Siwan rywbeth yn cau am ei chalon a gwasgu.

Daeth y teimlad hwnnw'n ôl pan gyrhaeddodd ei lythyr. Sgrifennodd o erioed lythyr ati o'r blaen. Darllenodd ei eiriau eto ac eto. Roedd o'n dweud nad oedd o isio iddyn nhw barhau â'u perthynas. Meddyliodd am ei ddwylo'n oer ac yn dyner yn mwytho'i meingefn. Am ei fysedd yn llithro i'r gwres rhwng ei chluniau ac i'w lleithder. Meddyliodd am y ffordd, y ffyrdd, y rhoddodd ei hun iddo. Y ffordd oedd o'n edrych arni wedyn, yn gwneud iddi deimlo'n sbesial. Yn werthfawr. Doedd yna ddim byd arall yn ei bywyd i ddod yn agos at y teimlad hwnnw. Ac erbyn hyn, roedd y cyfan yn llwch. Yn ddim. Yn rhywbeth di-droi'n-ôl. Teimlai Siwan fel pe bai hi'n wynebu marwolaeth rhywun agos. Roedd ei eiriau mor greulon o derfynol: Paid â thrio cysylltu'n ôl. Fydda' i ddim yn dy ateb di.

Rhoddodd Siwan ei phen yn ei dwylo a chrio nes bod ei chorff yn ddiffrwyth.

*　　　　*　　　　*

20

Roedd Siwan Lloyd yn ferch freintiedig. Wedi cael popeth erioed. Hynny yw, popeth ond y rhyddid i feddwl drosti hi ei hun. Roedd cael rheolwr banc o dad yn golygu na fu arian erioed yn broblem. Ond os oedd Gwilym Lloyd yn uchel ei broffil ac yn llwyddiannus yn ei waith, Rona ei wraig oedd yn rheoli ar yr aelwyd. Yn ferch i ddoctor, doedd hi ddim yn brin o geiniog neu ddwy ei hun pan briododd hi Gwilym. Roedd hynny wedi caniatáu'r hawl iddi o'r dechrau un i statws cwbl gyfartal o fewn eu priodas – yn y gegin yn ogystal ag yn y gwely. Roedd hi'n gwbl naturiol felly o'r munud y dysgodd Siwan siarad a gwrando a deall y byddai 'gofyn i dy fam' neu 'gwranda ar dy fam' yn mynd yn rhan annatod o sgwrs ddyddiol ei thad.

Gwyddai Siwan o'r dechrau na fyddai ei pherthynas â Gwynfor yn plesio'i mam.

'Am ei fod o'n ddu ma' siŵr!' Siwan yn herio. Gwybod nad dyna'r rheswm. Isio brifo.

'Ti'n gwbod nad dyna'r rheswm!' Rona'n codi i'r abwyd. Hunangyfiawn. Y ddynes oedd wastad isio cael ei gweld mor wleidyddol gywir. 'Sgin i'm byd yn erbyn pobol dduon. Mi oedd yna ddoctoriaid du lyfli yn y lle Bupa 'na pan gafodd dy dad wneud ei brostet 'radag honno! Beth bynnag, tydi'r hogyn Gwynfor 'na ddim yn hollol ddu, ddim mwy nag oedd ei dad o. Haff cast. Rhyw hanner a hanner.' Fel popeth arall ynglŷn â'r teulu yna. Diamcan. Gwneud dim byd yn iawn.

'Hen bitsh dach chi, Mam!'

Dyna pryd cafodd hi'r slap ar draws ei boch. Roedd yna rywbeth am y ffordd roedd ôl bysedd ei mam yn dal i gosi ar ei chroen yn rhoi hyder od iddi. Roedd hi, Siwan fach ufudd, wedi meiddio dal ei thir. Ateb yn ôl. Bod mewn cariad â Gwynfor roddodd yr hyder iddi fod felly. Y ffaith ei bod hi'n ddynes bellach. Ddim yn wyryf. Pe gwyddai'i mam fod Gwynfor Khan wedi cael ei merch yn y gwely bach blodeuog 'na yn y llofft uwch eu pennau byddai wedi tynnu gwallt ei phen. Temtiwyd Siwan i luchio hynny'n ôl i'w hwyneb hi er mwyn mynnu iawn am y glustan, ond ymataliodd. Ei chyfrinach hi oedd hynny. Cyfrinach hardd a fyddai'n difetha, fel rhuban yn disgyn i bwll o ddŵr budr, pe dôi ei mam i wybod amdani.

Bu'n anodd. Anfon modrwy Gwynfor yn ei hôl iddo. Doedd o ddim wedi gofyn amdani. Cadw hi. Dyna ddywedodd o. Ond fedrai hi ddim. Byddai edrych arni fel edrych i lygad briw a wrthodai geulo. Fel hyn oedd pethau orau. Dim ond fel hyn y gallai Siwan symud ymlaen. Rhoddodd y fodrwy'n dyner yn ei bocs. Lapio'r cyfan yn sgwâr ac yn dwt fel pe bai hi'n lapio'i chalon yn barsel bychan a'i hanfon i ffwrdd. Ei chalon. Beth oedd gwerth honno bellach? Roedd yna boen corfforol yn union lle'r arferai'i chalon hi fod.

Ysai am Gwynfor bob eiliad yr oedd hi ar ddi-hun. Am ei weld. Am ei gyffwrdd. Am glywed ei lais. Arteithiai ei hun â darluniau creulon ohono ym mreichiau merched eraill. Ac eto, ni fu sôn fod ganddo neb arall. Gwyddai ei fod o'n ei charu. Roedd pob un o'i synhwyrau'n mynnu nad celwydd fu'r tynerwch rhyngddynt. Yr holl deimlad. Wyddai hi ddim sut i ymateb ar ôl i'r stormydd o grio ostegu. Llyncai bigyn a godai i'w gwddw rhyw ben o bob dydd. Deuai'r hiraeth i'w phlagio'n gyson o annisgwyl, fel y ddannodd wyllt.

Ei thad fu'n gefn iddi a Rona'n brysur, ymarferol, yn ei siarsio i gallio. I anghofio hogyn mor anwadal ac anystyriol. 'Ti'n haeddu gwell na hwnna. Cyfra dy fendithion wir!' Ac o dan ei geiriau cyflym llwyddodd i guddio'i rhan hi ei hun yng ngofid ei hunig ferch. Prynai ddillad newydd i Siwan o hyd, anrhegion i godi calon y ferch ac i leddfu'i chydwybod hithau. Talai'r biliau trin gwallt, trin ewinedd. Onid oedd hi'n gwneud ei gorau? Yn fam dda i ferch anniolchgar? Biti na fyddai Siwan yn gwybod faint o gymwynas roedd hi, Rona, wedi ei gwneud â hi. Roedd hi'n sâl isio cyfaddef, isio dweud wrth Gwilym pa mor glyfar fu hi'n cael gwared â'r hogyn ofnadwy 'na ond doedd wiw iddi. Nid ar hyn o bryd beth bynnag, a'r hogan a'i thad mor agos. Hi fyddai ar y tu allan wedyn. Yn brwydro yn erbyn casineb y ddau. Byddai'n colli ei rheolaeth drostyn nhw ac ar ôl yr holl flynyddoedd o wisgo'r trowsus, doedd hynny ddim yn opsiwn o gwbl. Ac am y rheswm hwnnw cadwodd Rona'i chyfrwystra rhyfeddol yn gyfrinach.

Edrychodd ar y ddau ohonyn nhw rŵan. Doedd hi ddim yn rhan o'r darlun. Eisteddai Siwan ar y llawr wrth draed ei thad, a'i gwallt – y gwallt y talodd Rona ddoe ddiwethaf am gael ei steilio mor gelfydd – yn disgyn yn llen sgleiniog dros ei grudd fel gwallt cerflun. 'Ti' fu ei thad i Siwan o'r cychwyn cyntaf. Ei thad yn 'chdi' agos a Rona'n 'chi'. Gwilym yn annog ei ferch i'w drin fel ffrind tra oedd ei mam fel prifathrawes mewn ysgol breswyl. Chi. Chytunodd Rona erioed â Gwilym ynglŷn â hynny. Fo gafodd ei ffordd. Roedd hi'n difaru erbyn hyn na roddasai'i throed i lawr. Nid oherwydd y busnes parch. Na, nid hynny. Roedd llai o agendor yn y 'ti' a'r 'tithau'. Mwy o gynhesrwydd. A hithau Rona'n cael ei gadael yn oer. Roedden nhw'n gwylio rhywbeth ar y teledu, rhywbeth doniol oherwydd chwarddai Gwilym yn ysbeidiol bob yn ail ag edrych ar Siwan, a gwenai honno'n ddyfrllyd i gyfeiliant y chwerthin fel pe bai hi'n trio codi'i chalon dim ond i'w blesio fo.

Plesio hi ei hun oedd y gamp. Dyheai Siwan am gael pwyso rhyw fotwm hud yn rhywle er mwyn dileu Gwynfor o'i meddwl. Gorweddai'n effro'n meddwl am ei gyffyrddiad. Pydrai drwy'i dyddiau'n ei chysuro'i hun ar arian ei mam. Ac roedd hi'n edrych cyn hardded ag erioed. Harddach efallai. Roedd y colur drud a'r triniaethau salon diddiwedd yn rhoi lliw ar ei gruddiau. Ffitiai'r dillad ffasiynol diweddaraf ei chorff main yn berffaith. Roedd Rona hefyd yn fodlon fod ei chynllun yn gweithio. Byddai Siwan yn bachu dyn newydd yn ddigon didrafferth bellach a hithau'n edrych cystal. Roedd hi'n dechrau anghofio'r hogyn yna'n barod. Onid oedd hyd yn oed ei llygaid hi'n fwy bywiog hefyd erbyn hyn? Dyna'r arwydd, meddyliai Rona. Y llygaid. Drych i'r enaid.

Ni wyddai Rona, na neb arall, mai'r botel fach o fodca a gariai Siwan yn ei bag bob amser oedd yn gyfrifol am y sglein yn llygaid ei merch.

Pennod 4

Roedd ogla tamp ar y lle a llwch yn y cypyrddau. Safai ei phethau – ei chesys a'i bagiau – yn ynys fach gyfarwydd ar ganol y carped pyglyd. Allai Eleri ddim dychmygu dadbacio yma. Bod yn noeth yma. Ond gwyddai nad oedd ganddi ddewis. Roedd hi'n nosi. Tu allan roedd lampau'r stryd yn toddi i'r hanner gwyll ac yn gwneud i'r tai cyffelyb gyferbyn ymddangos fel pe bai rhywun wrthi'n eu trochi mewn diod oren rad.

Edrychodd o'i chwmpas. Roedd hi'n rhy hwyr i fynd allan i chwilio am stwff glanhau a doedd hi ddim wedi meddwl dod â dim hefo hi. Byddai'n rhaid iddi aros yn y lle 'ma heno fel ag yr oedd, heb lanhau dim. Roedd y syniad yn wrthun ganddi. Trodd rhyw gnonyn o siom yn ei stumog a pheri iddi anghofio nad oedd hi wedi bwyta dim ers oriau. Byddai ceisio llyncu unrhyw beth yn ei thagu rŵan. Efallai – pe bai ganddi wres . . . Yn gyndyn, bron yn ofnus, fel pe bai hi'n disgwyl iddo ffrwydro yn ei hwyneb, rhoddodd ei bys ar swits y tân trydan yn y grât. Cyneuodd yn rhyfeddol o sydyn. Llanwyd yr ystafell ag ogla llwch yn llosgi. Roedd synau'n dod trwy'r wal o'r tŷ drws nesa'. Lleisiau. Dau yn ffraeo. Tynhaodd y cwlwm yn stumog Eleri. Daeth sŵn uchel fel drws yn clepian ac yna distawrwydd. Pharodd hwnnw ddim yn hir. Clywodd sŵn miwsig wedyn, yn rhythmig a chyson, yn fyw yn y parwydydd fel pyls. Erbyn hyn roedd coch ffyrnig y bar trydan yn rhwyg yn y tywyllwch, ac roedd ei wres artiffisial wedi llenwi'r ystafell yn syndod o gyflym. Roedd hi'n falch o'i gwmni od yn ei gwahodd, o'r diwedd, i eistedd. Roedd y soffa'n feddal a phantiog a chwaon pell o ogla baco ac ymysgaroedd hen wardrob arni. Heb yn wybod bron iddi hi ei hun llithrodd ei thraed o'i hesgidiau gan fwriadu aros yno am eiliadau'n unig. Ond roedd ei blinder yn drech nag unrhyw arogleuon tamp ac fe gysgodd tan yr oriau mân.

Dihunodd am dri yn y bore. Roedd ganddi gric yn ei gwddw ac roedd yr ystafell yn chwilboeth. Diffoddodd y tân a chyda chryn drafferth llwyddodd i agor y ffenest. Gorweddodd sleisen o awyr oer ar draws ei thalcen a'i llygaid a'i hatgoffa'i bod hi'n fyw. Roedd ei cheg yn sych. Yfodd o dap dŵr oer sinc y gegin gan wneud cwpan hefo'i dwylo. Yfory fe brynai wydrau. Llestri. Popeth. Roedd hi wedi cyrraedd yma heb ddim i gadw tŷ. Dychwelodd i'r ystafell lle roedd y tân. Roedd y llenni agored yn symud yn y drafft o'r ffenest. Sylweddolodd yn sydyn mai heddiw oedd yr yfory hwnnw erbyn hyn. Roedd yr awyr dros bennau'r tai'r un lliw ag yr oedd pan gyrhaeddodd hi neithiwr, a'r dydd yn gwawrio'n siabi dan fwgwd y golau oren. Roedd cyfnos a gwawr yr un lliw yn union yn y lle hwn.

Eisteddodd eto ar y soffa isel i ddisgwyl iddi oleuo. Pam na fyddai David wedi gwneud mwy i'w rhwystro rhag gadael? Am y tro cyntaf ers iddi gyrraedd gadawodd i'r dagrau poeth lifo heb wneud unrhyw ymdrech i'w sychu. Gadawodd iddyn nhw losgi a diferu oddi ar ei gên yn oer. Roedd hi ar ei phen ei hun. Gadawodd hi i'r braw o sylweddoli hynny ei thrywanu a gorweddodd yn ôl. Roedd yna ormod o feddyliau yn ei phen a brwydrodd yn eu herbyn, canolbwyntio ar y patshyn tamp ar y nenfwd nes canfod ei fod o bron yn dlws, fel cwmwl wedi fferru. Cysgodd am yr eilwaith, yno, yn ei dillad, ar y soffa flêr. Pan ddeffrodd roedd hi'n fore go iawn ac roedd ei throwsus yn dynn am ei chanol. Y peth cyntaf a ddaeth i'w meddwl oedd gwely David a hithau. Eu gwely uchel gwyn a'r haul glân yn trochi'r ffenest. Gallai fod wedi crio eto. Dros David, ei phriodas. Drosti hi ei hun. Ond roedd holl ddagrau'r oriau cynt wedi gadael croen ei hwyneb yn dynn.

Pennod 5

Bu'n ddwy flynedd ers i Morwenna Parry gael codi'i bron ond câi drafferth o hyd i edrych arni hi ei hun yn noeth mewn drych. Roedd teimlo'r graith yn ddigon. Teimlo'r fflatrwydd bachgennaidd od dan gledr ei llaw tra cwpanai'r fron arall yn ei llaw dde. Cofiwch archwilio'r fron iach yn rheolaidd, Mrs Parry. Dim ond rhag ofn. Wyddai hi ddim bellach a oedd ofn yn ei chyffwrdd. Roedd hi tu hwnt i ofn. A fyddai bod yn gwbl fflat yn waeth na bod hefo dim ond un? Stwffiodd y fron gogio i gwpan gwag ei bra. Roedd hi'n symud dan ei bysedd fel lwmp o jeli. Realistig iawn, meddai'r nyrs fu'n ei mesur. Fyddai neb yn amau dim. Roedd ei gwên hithau'n eitha realistig hefyd. A'i bronnau hi'n rhai go iawn.

Caeodd Mo fotymau'i blows fesul un. Roedd hi'n saff bellach iddi edrych arni hi ei hun. Trodd rŵan at y drych hir. Roedd hi'n barod i gyfaddef erbyn hyn ei bod hi'n edrych yn bur dda o'i hoed. Ei choesau'n dal yn siapus. Dim gormod o fraster o gwmpas ei chanol. Roedd ganddi wyneb merch rywiol. Y llygaid. Y gwefusau llawn. Fyddai hi byth yn colli hynny. Daliai i wneud ymdrech hefo'i cholur. Daliai i liwio'i gwallt. Roedd hi'n wraig aeddfed yn ei phumdegau ond roedd yr harddwch cynhenid yn dal yno, yn esgyrn ei bochau hi, yn llyfnder ei chroen. Un peth oedd yn edrych rhyw fymryn yn od. Nid ei bron artiffisial hi. Roedd y nyrs yn iawn. Doedd honno ddim yn amlwg i neb arall. Na. Y peth nad oedd cweit yn taro deuddeg oedd fod dynes mor rywiol â hon yn cau botymau'i blows reit i'r top.

Chwistrelliad o bersawr drud ac fe fyddai Mo'n barod i

wynebu'r byd. Roedd arni angen hynny'n ddyddiol, yn union
fel roedd arni angen y tabledi oedd yn cadw'i salwch o dan
ryw lun o reolaeth. Cawsai lonydd gan y canser ers dwy
flynedd. Ond doedd o ddim wedi mynd yn llwyr. I'r botel fach
frown roedd y diolch am hynny. Y tabledi oedd yn sefyll yn
nannedd Angau'i hun. Doedd wiw iddi anghofio cymryd un.
Gosododd y botel yn ei hôl yn ei lle arferol, y gwydr tywyll
meddygol yn hyll wrth ymyl pinc benywaidd potel-siâp-wy y
persawr Agent Provocateur. Hoffai Mo'r enw awgrymog.
Roedd ei arogl yn gyfoethog, yn rhy drwm braidd ar gyfer y
dydd, ond roedd angen iddo fod felly. Roedd arni angen
popeth posib i'w hatgoffa o'i benyweidd-dra. Persawr. Colur.
Dillad del – dim ond fod gyddfau pob top a ffrog yn rhy
weddus i ferch fel hi. Roedd arni angen y cyfan hyn i'w
chadw'n gall. Hyn i gyd. A Gwilym.

Doedd Gwilym Lloyd ddim wedi cael rhyw hefo'i wraig ers
pum mlynedd. Wrth gwrs, doedd miri'r prostet ddim wedi
helpu. Ar ôl ei driniaeth ymneilltuodd i'r stafell sbâr er mwyn
cael cyfle i ddod ato'i hun. Ddoth o ddim oddi yno. Doedd
ganddo mo'r awydd lleiaf am ei wraig. Roedd yr agosrwydd
wedi mynd. Ond roedd ganddo'i anghenion. Un nos Wener
dros far gwesty Min Awelon boddodd ei swildod mewn
gwydraid neu ddau o'r malt ail-orau a daeth i adnabod Mo
Parry, perchennog y lle, rhyw fymryn yn well. Erbyn y nos
Wener wedyn roedd o'n bwrw'i fol wrthi. Ar y trydydd nos
Wener roedden nhw'n rhannu gofidiau. Cyfrinachau. Yn
hytrach na'i gweld yn llai deniadol, roedd canfod fod Mo wedi
cael codi'i bron wedi ei dynnu'n nes ati. Teimlai ei fod isio bod
yn amddiffynnol ohoni. Dyma rywun, efallai, er gwaetha'i
hyder allanol, oedd yn fwy bregus nag ef ei hun.

Roedd eu nos Wener yn golygu lot i Gwilym ac i Mo.
Byddai hi'n diflannu o'r tu ôl i'r bar tua naw.

'Mi fedrwch chi neud yn iawn hebdda' i rŵan.' Dyna'r

arwydd i'r staff godi eu haeliau'n awgrymog ar ei gilydd wrth iddi ddiflannu i'r cefn am weddill y noson. Roedd hyn ar yr union adeg y byddai Gwilym Lloyd yn 'ei throi hi am adra'. Ambell dro doedden nhw ddim hyd yn oed yn cael rhyw. Roedd gorwedd ym mreichiau'i gilydd yn ddigon. Yr agosrwydd. Hwnnw oedd y peth amheuthun. Gwybod fod ganddyn nhw gysur y naill a'r llall. Cysur a gwres a chynhesrwydd breichiau rhywun arall. Gwefusau rhywun arall. Eilbeth oedd y rhyw. Ffordd arall o gyffwrdd cyrff ei gilydd. Dod yn nes heb frys na gormodedd o angerdd chwaith. Ond roedd hi'n ddealltwriaeth oedd yn eu siwtio ill dau. Yr un noson yma. Roedd euogrwydd Gwilym, yr ofn o gael ei ddal, yn ei atal rhag mynnu mwy. Ac roedd Mo hithau'n mwynhau cael ei gwely'n ôl iddi hi ei hun wedyn. Awran neu ddwy. Dyna'i chwota wythnosol o agosrwydd. Y ffics hwnnw o fod ym mreichiau dyn a oedd cyn bwysiced bob tamaid â'i phersawr a'i thabledi. Oedd, roedd hi bron â dweud bod hynny, i bob pwrpas, yn ddigon.

Roedd arogleuon brecwast wedi'i ffrio yn ei chyrraedd ar ben y grisiau. Arfon wrthi'n gynnar. Byddai'n dod i mewn am chwech i gychwyn ar bethau. Roedd yna ddau rep yn aros neithiwr a gyrrwr lorri o ochrau Bolton ar ei ffordd i Iwerddon. Dyna westeion arferol Min Awelon. Weithiau doedd ganddi neb yn aros. Bryd hynny fyddai dim angen i Arfon wneud ei shifft gynnar. Cyrhaeddai'n hytrach yn ystod canol y bore i baratoi'r bar ar gyfer regiwlars y brechdanau-amser-cinio. Câi hithau fymryn o lei-in, gwylio rhaglenni rwtshlyd teledu'r bore a dod i lawr i nôl ei phaned mewn coban a chyrlars. Dyna'r peth hefo rhedeg gwesty oedd hefyd yn gartref. Doedd preifatrwydd llwyr ddim yn rhywbeth y gallech ei gymryd yn ganiataol bob amser.

Roedd y bar yn tician drosodd yn ddigon del a'r bwyd, fel ag yr oedd – brechdanau, cawl, ambell i fyrgar pan oedd

Arfon mewn hwyliau mwy anturus – yn gwneud elw. Doedd Mo ddim yn gorfod dibynnu ar ei gwesteion-dros-nos i gadw'r hwch yng ngiât y lôn. A dweud y gwir, roedd rheiny'n gallu bod yn dipyn o niwsans weithiau pan oedd y genod yn 'entyrtênio'. Y lleia'n y byd a wyddai am yr ochr honno i bethau, gorau yn y byd.

Meddyliodd Mo rŵan am y genod. Janis fach bryd tywyll fain. Ei chroen yn ddrwg, yn greithiau cylchog dan gacen o fêc-yp. Ond roedd ganddi wyneb tlws a bochau tin na allech chi ddim peidio ag edrych arnyn nhw, p'run ai dyn neu ddynes oeddech. Pan eisteddai ar stôl wrth y bar roedd rhimyn uchaf ei thong yn weladwy uwchben gwasg ei jîns. Roedd yna ofyn mawr am wasanaeth Janis. Gaynor wedyn. Roedd Gaynor yn drymach hogan hefo bronnau y gallech chi fygu ynddyn nhw. Bendithiwyd Gaynor hefyd â chroen cliriach. Roedd hi'n fwy gwenog, llai o'r olwg gathaidd honno a feddai Janis. Apeliai Gaynor at gwsmeriaid a hoffai'r elfen famol, feddal yn eu merched. Doedd Gwenan, y fenga' ohonyn nhw, ddim mor annwyl. Yr eironi oedd, er gwaethaf ei hieuenctid, mai hi oedd y sinig yn eu plith. Iddi hi, roedd pob dyn yr un fath. Ci. Os oedd dyn yn fodlon talu am ei bleser roedd hi, Gwenan, yn fodlonach fyth i'w flingo. Roedd hi'n galed. Wedi gweld pethau mawr yn ystod ei hugain mlynedd ar y ddaear. Mewn ffordd od, caledwch Gwenan oedd ei hapêl. Ganddi hi yr oedd y corff perffeithiaf. Y meddwl miniocaf. Hi hefyd fyddai'n gweithio'r rhan fwyaf o'r shifftiau tu ôl i'r bar. Tan yn ddiweddar. Yn ddiweddar roedd salwch achlysurol Gwenan wedi mynd yn rhywbeth mwy rheolaidd. Roedd hi'n gaffaeliad i'r bar ac i'r stafelloedd tu ôl i'r llenni pan oedd hi yno ond roedd hi'n annibynadwy. Oherwydd hyn roedd Mo eisoes wedi hysbysebu am aelod arall o staff bar. Bachgen. Merch. Doedd dim ots. Ac eto, byddai merch hefo'r agwedd iawn yn cael cyfle ardderchog i ehangu'i phrofiadau . . .

Doedd 'genod Mo Parry' ddim ar gael i bawb. Nid pawb a wyddai fod gwasanaeth felly'n bod ym Min Awelon. Roedd yna sawl un yn amau. Aeth sibrydion ar led. Ond dim ond y dethol rai a wyddai'r gwir ac a gâi fanteisio ar ryfeddodau stafelloedd dirgel y gwesty. Roedd cwsmeriaid y genod fel pe baen nhw'n aelodau o gymdeithas gudd a chyfrin na wyddai gweddill y byd amdani. Fel y Seiri Rhyddion. Dim ond bod yna fwy na dim ond cosi cledr llaw yn digwydd ar aml i noson yng ngoruwch ystafelloedd Min Awelon.

Roedd y gyrrwr lorri eisoes ar ganol ei gig moch a'i wy pan gerddodd Mo i'r bar ac roedd hi'n amlwg nad oedd ogla cwrw'r noson cynt ddim yn amharu rhyw lawer ar ei archwaeth o. Cyfeiriodd at ei blât hefo'i fforc gyda winc o werthfawrogiad arni a gwenodd hithau'n binc arno yntau.

'Chwanag o dost? Cymrwch, siŵr iawn.' Datganiad o gwestiwn cyn iddo gael amser i wrthod nac i sylweddoli y byddai yna buntan arall yn cael ei hychwanegu at ei fil. Roedd hi'n landledi dda. Yn edrych ar ôl ei buddiannau'i hun a llwyddo i argyhoeddi'i chwsmeriad ei bod hi'n edrych yn famol ar eu holau hwythau hefyd. Dyna un o gryfderau pennaf Mo Parry erioed – y gallu i droi dŵr pobol eraill, yn enwedig dynion, i'w melin ei hun.

Tu allan i'r drysau gwydrog safai cysgod.

''Dan ni wedi cau tan nes ymlaen.'

Wrth iddi godi'i llais a'i luchio yn erbyn y gwydr gallai Mo glywed crygni'r bore cyntaf ynddo o hyd, crygni a adawyd ynddo gan flynyddoedd o smocio. Fe'i hatgoffwyd nad oedd hi ddim wedi cael ei phanad eto. Sylwodd hefyd mai cysgod merch a safai'r ochr arall i'r drws. Merch a chanddi len o wallt hir, syth. Merch oedd yn gwrthod mynd oddi yno. Curodd y drws.

'Chlywsoch chi mohona' i'n deud? 'Dan ni wedi cau'r adeg yma o'r bore!'

Peidiodd y curo ond arhosodd y cysgod. Bu distawrwydd ac yna clywodd Mo lais nad oedd o'n gyfarwydd â gweiddi yn dweud drwy'r gwydr:

'Dwi wedi dod ynglŷn â'r job.'

Daeth y ferch ag awyr y bore i'w chanlyn. Bron nad oedd Mo'n gallu ogleuo'r oerfel arni.

'Dach chi'n gynefin â gwaith bar?'

'Nac'dw.' Oedd yn swnio fel 'Ydw'. Roedd yna dinc penderfynol yn llais y ferch ifanc er gwaetha'i heiddilwch, ei hwyneb gwyn. Sylwodd Mo ar y llygaid mawr, y sglein ar ei gwallt oedd yn ei hatgoffa o'r sglein ar sgidia'r barnwr o'r Uchel Lys a arferai alw'n fisol i chwilio am ei damaid gan Janis. Roedd Mo wedi meddwl llawer pam y dewisai hwnnw Janis bob tro. Yna sylweddolodd fod ei hosgo a'i hwyneb creithiog dipyn yn arw a'r tatŵ a serennai uwch llinyn ei thong yn ei atgoffa o'r merched roedd o'n arfer eu dedfrydu. Dyna'i ffantasi'n cael ei gwireddu, tybiai Mo. Cael ffwcio'r carcharorion cyn eu gyrru nhw i lawr.

'Treial amser cinio 'ma 'ta. Gawn ni weld sut eith hi, ia?' Roedd Mo newydd ei synnu hi'i hun yn ymateb â'r fath bendantrwydd dim ond ar yr olwg gyntaf. Ond roedd yna rywbeth ynglŷn â'r ferch 'ma. Rhyw angen noeth oedd yn ei hatgoffa'n sydyn ohoni hi ei hun. 'Be' ydi d'enw di, 'mach i?'

Agorodd y ferch ei llygaid mawr yn fwy, fel cwningen wedi'i dallu dan lamp:

'Eleri.'

Pennod 6

Edrychodd Gwilym Lloyd ar ei wraig dros ei sbectol hanner-lleuad. Gwisgai grys drud a throwsus twt. Roedd hyd yn oed ei slipars o'n lledr go iawn. Plygodd ei bapur newydd yn ei hanner er mwyn gwneud lle rhwng y llestri brecwast a chlirio briwsion y tost o'i wddw. Roedd pob modfedd ohono'n rheolwr banc wedi ymddeol.

'Be' ti'n feddwl, ei wadd o i swpar?'

Thrafferthodd Rona ddim i edrych ar ei gŵr, dim ond gwagio cynnwys y *cafetière* i'w chwpan.

'Meddwl basa fo'n beth neis i'w wneud. Dydan ni ddim wedi cael neb yma ers tro. Ac mi fasai'n gyfle i ddod i'w nabod o'n well . . .'

'Does gynnon ni ddim plant yn yr ysgol uwchradd bellach, Rona. Ddim hyd yn oed wyrion. Pam, yn enw popeth, fasen ni isio dod i nabod prifathro newydd y lle'n well?'

Roedd hwyliau da ar Gwilym heddiw. Neithiwr oedd ar ei feddwl o hyd. Neithiwr ddiwethaf. Pan oedd o'n olygus. Yn dyner. Yn gariad i rywun. Neithiwr bu'n ddyn i gyd ym mreichiau Mo, a phan ddaeth allan i awyr y nos roedd y sêr yn fwy pigog a llachar. Teimlai fel dyn ar gyffur. Byddai hyn oll yn ei gynnal am wythnos arall yng nghwmni Rona. Yn ei wneud yn gryf. Roedd y cyfan yn ffres yn ei ben o ac roedd o'n fodlon – na, isio – ei herio hi. Gwrthsefyll ei blydi lol hi. Pharodd ei wrhydri ddim yn hir. Rhoddodd Rona'r pot coffi rhyngddyn nhw ar ganol y bwrdd fel pe bai hi'n pennu'r ffiniau ar gyfer brwydr.

'Pam?' adleisiodd yn llyfn. 'Pam? Mi ddyweda' i wrthot ti

pam.' Cymrodd ddracht o'i choffi. Llusgo'r frawddeg gerfydd gwallt ei phen. Gwneud iddo aros. 'Yn un peth, rwyt ti'n gadeirydd y llywodraethwyr. Chdi roddodd y blydi job iddo fo.'

Doedd hynny ddim yn hollol gywir. Arthur Ffatri oedd wedi mynnu ei benodi, tasai hi'n mynd i hynny. Arthur Ffatri'n llwyr gredu'i fod o'n deall popeth oedd yna i'w wybod am addysg hefo'i gwestiynau coc hollwybodus am strategaethau hyn a strategaethau'r llall. Teimlai Gwilym embaras drosto fo'r eiliad hon wrth ail-fyw'r peth.

'Dwi wastad wedi credu ym mhwysigrwydd strategaethau,' meddai Arthur wrth y darpar brifathro ifanc o'i flaen. Gwilym yn sbio ar ei ddwylo, yn meddwl wrth wrando ar Arthur am wirebau'n cynnwys pryfaid yn codi oddi ar gachu. 'Rhyw feddwl, Mr Beresford, yr hoffech chi rannu'ch syniadau hefo ni ar – ym . . . strategaeth.' Ei gorun moel a'i siwt yn sgleinio am y gorau. A'r hogyn yn ateb yn llyfn fel triog, yn dallu'r Ffatri hefo'i wybodaeth go iawn. Doedd gan Gwilym ddim gwrthwynebiad i'w benodi i'r swydd, ddim mwy nag oedd gan yr un o'r llywodraethwyr eraill. Dim ond bod Arthur isio gwneud iddo'i hun edrych yn bwysig drwy gwffio'i achos o. Cogio ei fod o wedi deall yr hyn ddywedodd o. Y ffaith amdani oedd nad oedd yr un o'r ymgeiswyr eraill yn dod yn agos at David Beresford ac o'r herwydd llwyddodd Arthur Ffatri i ymddangos yn wirionach ac yn fwy o ben bach nag arfer. Roedd o'n un o'r bobol hunanbwysig hynny yr oedd Gwilym yn eu casáu. Yn deall dim ac yn gwybod llai. Dim ond fod ganddo wyneb. Hyder. Llais mawr a llygaid oer.

Edrychodd Gwilym ar ei wraig. Roedd hithau'n oer. Yn oer ac yn denau a'i lipstic yn parodïo'i gwefusau. Doedd hi'n ddim ond hanner awr wedi naw ac eto roedd Rona'n bowdwr i gyd a'i gwallt wedi'i lacro'n gacen. Gallai fod wedi gwrthsefyll corwynt. Meddyliodd Gwilym am Margaret Thatcher yn ei phreim. Cododd oddi wrth y bwrdd a gadael ei bapur yn ei blygiad yng nghanol y briwsion. Gwyddai fod hynny'n mynd o dan ei chroen hi bob amser.

'Nos Wener,' meddai Rona.

'Be'?'

'Dwi'n bwriadu ei wadd o yma nos Wener. Nid y fo ar ei ben ei hun, wrth gwrs. Mi ydw i wedi gofyn i un neu ddau arall – Doris ac Arfon, a'r Edwardsys, o, ac Eirlys a Tom. Rhyw *dinner party* bach.' Doedd yna ddim trafod i fod ar y peth. Roedd hi wedi penderfynu. Felly y bu pethau erioed. Rona'n dweud, ac yntau'n gwneud. Ond nid y tro hwn. Ac nid ar y noson oedd ganddi hi dan sylw. Teimlai ei frecwast i gyd yn codi i'w gorn gwddw.

'Fedra' i ddim.'

'Be' ti'n feddwl "fedri di ddim"?' Roedd ei llais hi'n ddigon miniog i sleisio trwy wydr.

'Fydda' i'm adra nos Wener.'

Ei noson hefo Mo. Y noson oedd yn gwneud gweddill yr wythnos yn haws i'w stumogi. Throdd o ddim i edrych arni, ond gallai weld y geg lipstic yn rhwygo'i hwyneb hi.

'Wrth gwrs y byddi di.' A rhwng pob gair roedd y gwir ei hun. Paid â meddwl am funud dy fod ti'n dianc allan 'am beint' y nos Wener yma, mêt. Dwyt ti ddim yn fy nhwyllo i, yn mynd i hel dy din at honna. Ac o'r eiliad honno, gwyddai Gwilym ei bod hi'n gwybod.

Pennod 7

Doedd Mo ddim angen doctor i ddweud wrthi. Roedd hi wedi bod drwyddo fo o'r blaen. Cyffwrdd. Chwilio. Darganfod. Teimlo'r gwayw oer yn cychwyn yn ei chorn gwddw ac yn gwanu eithafion ei bod. Cyffwrdd wedyn. Ofn meddwl. Ofn credu. Gwybod ei fod o yna. Eto. Ei fod o'n wir.

Lwmp.

Bychan.

Caled.

Yn chwarae dan ei bysedd fel pysen.

Roedd croen ei bron yn oer a'i bysedd yn boeth. Fe'i mwythodd. Mwytho'i hun. Fel y byddai carwr yn ei wneud. Cwpanu ei bron. Dal y deth yn dyner rhwng ei bys a'i bawd. Roedd hi'n fron hardd o hyd. Roedd Gwilym yn gwneud hynny. Yn anwesu ei bron fel roedd hi newydd ei wneud. Yn sugno a chusanu. Ac yn cusanu'r graith ar yr ochr arall cyn ei dal yn ei freichiau a dweud wrthi pa mor gynnes a chariadus a gwlithog oedd hi.

Brathodd ei gwefus wrth feddwl am Gwilym. Byddai yma gyda hyn. Roedd o wedi gorfod newid ei noson. Rhyw drefniadau eraill gan y wraig-wyneb-rasel 'na oedd ganddo. Dechreuodd fotymu ei blows yn araf. Blows newydd. Un ddrud. Y steil ddiweddaraf. Lot o ffriliau a ryffls. Del. Ffysi ond del. A'r ffrils fyddai'n cael y sylw. Roedd cael hyd i ddillad felly'n flaenoriaeth ganddi bellach. Nid felly erstalwm. Dillad i dynnu sylw at y ferch oedd ynddyn nhw a brynai bryd hynny.

Estynnodd am y botel bersawr binc a chwistrellu'n hael. Anwybyddodd y tabledi canser yn y botel frown. Roedden nhw wedi'i thwyllo hi. Cogio'i chadw hi rhag drwg. Syllodd ar ei hwyneb yn y drych. Ar ei gwefusau, yn binc a chroesawus. A heno, doedd yna ddim euogrwydd i fod. Câi Rona ei gŵr yn ôl yn gynt nag oedd hi'n feddwl. Ond am rŵan, am ychydig bach eto, hi, Mo, oedd pia fo.

Roedd hi'n falch ei fod o'n dod heno. Yn falch fod y noson wedi newid. Roedd arni hi ei angen o. Angen ei freichiau'n dynn amdani.

Angen rhyw.

Pennod 8

'Dinner party?'

'Plis, cariad? Er mwyn gwneud y rhifau'n daclus? Mi fydd pawb yn gwpwl, ti'n gweld. A dwi'm isio i David deimlo'n anghysurus . . .'

David. Fel pe bai hi'n ei adnabod o'n barod. Meddyliodd Siwan fod ei mam yn gallu bod yn wirioneddol gyfoglyd weithiau. Ond roedd hi wedi cael drinc bach gynnau. Gwenodd yn fewnol wrth feddwl am y botel fodca yng ngwaelod y wardrob. Diolch amdani.

'Wn i ddim pam wyt ti wedi dechrau gwneud hynna mwya sydyn, Siwan. Hen beth afiach!'

'Be'?'

'Cnoi rhyw hen jiwing gym fel merch ysgol byth a beunydd.'

Wnaeth Siwan ddim ymateb. Yn lle hynny gwenodd, braidd yn wirion, ar ei mam. Roedd y cyfan yn rhan hyfryd o'i chyfrinach.

'Mi fydda' i angen ffrog newydd, 'ta,' meddai'n drioglyd, 'os ydach chi'n mynnu fy mod i'n dwad i'r parti 'ma.'

*   *   *

Doedd dewis dillad ddim yn un o gryfderau David Beresford. Mae'n debyg mai i'w fam yr oedd y diolch am hynny. Hi fyddai'n prynu'i ddillad o i gyd, hyd yn oed pan oedd yn briod ag Eleri. Nid fod hynny wedi'i boeni rhyw lawer. Dillad oedd dillad. A doedd o ddim cweit yn dallt pam fod hynny wedi peri'r fath broblem i Eleri. Wedi'r cyfan, roedden nhw'n grysau iawn, ac roedd ei fam yn talu amdanyn nhw! Pan atgoffodd o Eleri o'r fantais honno, yn lle llonni drwyddi, atebodd yn hallt:

'Methu dallt ydw i pam ei bod hi'n dal i brynu dy dronsia di hefyd!'

Bu hynny'n gynnen rhwng y ddwy, ymysg pethau eraill. Ffraeo dros ddim byd. Pe bai Eleri ddim ond wedi bod ychydig bach yn fwy mawrfrydig . . . Ond doedd yr un o'r ddwy yno rŵan i ddewis ei ddillad. Roedd o ar ei ben ei hun. Cychwynnodd am y stryd fawr a'i gerdyn credyd ym mhoced tin ei jîns. Roedd o newydd gael swydd prifathro, yn doedd? Roedd o'n codi yn y byd. Roedd pethau'n siapio o'r diwedd. Doedd o ddim yn mynd i adael i fater bach o pa liwiau oedd yn mynd efo'i gilydd roi unrhyw fath o dolc i'w hyder. Onid oedd yna bobol yn y siopau 'ma a fyddai'n barod i'w gynghori?

Rhoddodd ei hun yng ngofal merch ysgol Chweched Dosbarth oedd yn dojio gwersi ar bnawniau Mercher er mwyn sybio'i harian poced drwy weithio yn Debenhams. O ganlyniad, fe gyrhaeddodd David barti Rona Lloyd chwarter awr yn gynnar yn edrych fel pe bai o wedi cerdded yn syth o ffenest y siop. Byddai rhywun ofnadwy o graff wedi sylwi nad oedd o erioed wedi eistedd i lawr yn y siwt oedd amdano, a bod ei grys a'i dei yn cydweddu'n annaturiol o gelfydd. Ond i Rona roedd o'n berffeithiach na pherffaith. Fe'i croesawodd yn rhy frwd a'i gymell i eistedd. Roedd o'n boenus o ofalus wrth ei ollwng ei hun i ddyfnderoedd y soffa fawr feddal ond yn falch ar yr un pryd nad oedd heno'n mynd i olygu fawr o sefyll a cherdded. Roedd newydd-deb ei esgidiau'n poeni rhyw fymryn mwy arno na newydd-deb ei siwt. Cofiodd yn sydyn wrth eistedd nad oedd o wedi tsiecio am labeli gwynion o dan ei wadnau. Am weddill y noson, er mwyn bod yn saff, cadwodd ei draed yn solet ar y ddaear o dan y carped gwyn.

'*Canapés*, Gwilym, cariad! A diod i David cyn iddo fo farw o syched!'

Roedd y ddynes yn fwy amlwg o ffals na dannedd gosod newydd sbon. A'i gwên hi cyn wynned. Byddai wedi bod wrth ei fodd cael cyffwrdd yn y gwallt caled 'na. Roedd o fel darn o gelfyddyd mewn *papier mâché*. Edrychodd o gwmpas yr ystafell.

Blodau drud mewn fasys drutach. Silffoedd poblog, yn gwegian dan bwysau holl gymeriadau Royal Doulton. A'r tân nwy cogio glanach na glân yn dawnsio'n daclus ar aelwyd o farmor gwyn.

Cawsai David drafferth ymlacio. Doedd o ddim wedi arfer â wisgi ac roedd malt gorau Gwilym Lloyd wedi'i wastraffu arno. Gwnâi ei orau i beidio dangos hynny, i beidio gwasgu'r gwydryn crisial bregus yn rhy ofnadwy o dynn rhag iddo chwalu fel plisgyn wy.

'Edrach ymlaen i ddechrau ar y swydd, David?' Roedd ystrydebedd ei gwestiwn ei hun yn drwm ar glust Gwilym, ond drachtiodd yn hael o'i wydryn wisgi a theimlo'n well o'i glywed yn serio cefn ei wddw'n gysurus. Un o'r pethau hynny oedd wastad yn ddibynadwy. Wastad yn gwneud ei waith fel dylai o. Llyfodd ei wefus a hiraethu'n sydyn am Mo. Gosododd ei hun yn drwm yn ei gadair fel dyn wedi'i drwytho yn y gelfyddyd o orfod gwneud y gorau ohoni. Prin y gellid clywed yr ochenaid yn ei wddw pan gyrhaeddodd y gwesteion cyntaf.

'Gwil! Ma' Medi a Tudur yma!'

Cododd Gwilym yn llafurus. Roedd o newydd wneud nyth iddo'i hun yn y gadair gyferbyn â David a gadael i anasthetig y Chivas Regal ei berswadio na fyddai treulio noson yng nghwmni'r cyw prifathro'n rhy ofnadwy wedi'r cwbl. Blydi Medi a'i gŵr. Wyddai o ddim fod rhain wedi cael gwahoddiad. *Shit.* Gwenodd ar David er mwyn cael tipyn o bractis mewn ymestyn ei geg i'r siâp priodol. Hwyliodd Rona i'r ystafell, chiffon llewys hir ei ffrog yn nofio'n ufudd o'i chwmpas ac yn cyferbynnu'n ogleisiol â'r tonnau concrit yn ei gwallt.

'David, dyma i chi rywun nad oes angen cyflwyniad, wrth gwrs! Medi Gwyn, y gantores! Dwi'n cymryd nad ydach chi'ch dau wedi cyfarfod . . .'

Doedd David erioed wedi clywed amdani, heb sôn am ei chyfarfod. Ond mwmiodd rywbeth am lais cyfarwydd ar y radio ac ysgwyd ei llaw'n wasaidd. Gweddïodd na fyddai sesiwn holi ac ateb ar ei CD ddiweddaraf. Cymrodd slỳg o'r malt fel y gwelodd Gwilym yn ei wneud gynnau a dechrau'i gael yn rhyfeddol o gysurus. Roedd gŵr Medi Gwyn yn llai na hi ym mhob ffordd. Tra oedd gan Medi lathenni o wallt tywyll, nadreddog roedd Tudur yn foel ac yn binc. Byddai Mediwsa yn well enw iddi, meddyliodd David a sylweddoli ei fod o'n gwenu. Ond efallai mai'r Chivas Regal oedd yn peri iddo fod yn gwneud hynny erbyn hyn.

Treuliodd David yr hanner awr nesaf yn codi ac yn eistedd am yn ail. Pryderai fod cledr ei law yr un mor chwyslyd â'i geseiliau. Roedd o'n difaru gwisgo siwt. Mewn amrantiad roedd yr ystafell yn llawn o bobol am y gorau i glywed eu lleisiau eu hunain. Roedd gan y gantores gegog fantais drostyn nhw i gyd yn hynny o beth.

Sylwodd o ddim ar Siwan yn dod i mewn. Ymddangosodd o nunlle, fel rhith. Ei ffresni a'i gosodai ar wahân i'r merched eraill. Ei gwddw ifanc, gwyn. Gwisgai ffrog heb strapiau fel bod ei hysgwyddau a thop ei chefn yn noeth. Doedd ganddi ddim mwclis na chadwyn am ei gwddw fel y lleill. Tynnwyd ei gwallt yn ôl i ddangos perl fach wen gron ym mhob clust. Ni allai David dynnu'i lygaid oddi arni. Gwnâi symlrwydd ei gwisg a noethni ei hysgwyddau iddo feddwl am fôr-forwyn. Daliodd hithau ei lygaid a gwenu arno, a theimlodd yntau'i hun yn gwrido. Roedd rhyw hyder rhyfedd o'i chwmpas hi, bron fel pe bai hi ar ryw fath o gyffur. Er bod ei llygaid yn swrth roedd hi'n edrych yn rhywiol ac yn od o effro. Daliai wydraid o win gwyn. Tybiodd iddi fod wedi cael un neu ddau cyn i'r rhain gyrraedd. Wrth iddo edrych o'i gwmpas arnyn nhw, welai o ddim bai arni. Pan roddwyd pawb yn eu llefydd wrth y bwrdd bwyd, fe'i cafodd ei hun yn eistedd wrth ei hymyl. Pasiodd y fasged fara iddo.

'Gymri di fenyn hefyd?' Sibrydodd hyn yn gynnil wrtho, ei hanadl yn gynnes gan alcohol. Ysai yntau am gyffwrdd yn y croen gwyn 'na. Rhwygodd ei lygaid oddi arni. Ceisio ymuno yn y sgwrs. Chwaraeodd yn saff. Canmol y bwyd.

'Mae'n siŵr nad ydach chi'n cael fawr o gyfle i gwcio a chitha ar eich pen eich hun,' meddai Eirlys, gwraig Tom, y twrna. Roedd ei llinynnau o glustdlysau'n ddewis anffodus, yn gwneud ei hwyneb ceffyl gymaint â hynny'n hirach.

'Nac'dw,' cytunodd David. 'Ambell i bitsa. Dyna 'nghamp benna' i.'

'Y diffiniad o dristwch,' meddai'r Fediwsa gan gymryd saib dramatig er mwyn paratoi'i chynulleidfa am y clyfrwch oedd i ddod, 'ydi gorfod bwyta pitsa cyfan ar eich pen eich hun.'

'Wn i ddim am hynny,' meddai David yn llyfn. 'Mae manteision i'r peth. Fel cael cadw'r canol i gyd i chi'ch hun a gadael y crystyn ar ôl.'

Wnaeth Rona ddim methu ei chiw. Chwarddodd yn ofalus fel pe bai hi'n gwneud hynny i gyfeiliant rhyw diwn yn ei phen.

'Doniol ydach chi, David!'

Doedd o ddim wedi bwriadu bod yn ddoniol. Wel, ddim mor ddoniol â hynny. Ond chwarddodd yn boléit hefo'r lleill, y gantores bowld a'i gŵr monosylabig, y twrna a'r ocsiwnïar a Phennaeth Gwasanaethau Cymdeithasol y Sir a'u gwragedd sentiog. Os mai chwerthin am ben jôcs codog rhai fel hyn oedd y ffordd ymlaen, roedd o'n fwy na bodlon chwarae'r gêm.

42

Doedd Gwilym Lloyd ddim yn chwerthin rhyw lawer. Roedd o'n drwm ar y malt, yn ei ddal yng nghornel ei geg cyn llyncu, fel dyn hefo'r ddannodd. Cododd Rona i ddechrau casglu platiau gweigion. Edrychodd Gwilym ar ei wraig. Roedd popeth dan reolaeth ganddi. Roedd hi hyd yn oed wedi llwyddo i fwyta pryd cyfan heb ddifetha'i lipstic. Codai ei holl berffeithrwydd prennaidd gyfog sydyn arno. Meddyliodd am Mo a'i lipstic wedi toddi i'w cusanau. Am flerwch ei gwallt ar ôl iddyn nhw fod yn caru. Dyna'r eironi, meddyliodd. Mo'n fwy rhywiol hefo un fron nag oedd hon hefo dwy.

'Ti am helpu ta be'?' Hefo fo roedd hi'n siarad. Rhyw flin-cogio o flaen gwesteion er ei fod o'n gwybod yn iawn lle roedd ei hergyd.

Cododd Gwilym yn anfoddog. Byddai wedi hoffi cydio yn y lliain bwrdd a'i dynnu i'r llawr er mwyn gweld y llestri drud yn deilchion. Er mwyn cau cegau'r bastads yma i gyd. Ond ar y teledu roedd pethau felly'n digwydd. Mewn ffilmiau. Pobol hefo mwy o gythraul ynddyn nhw nag oedd ynddo fo. Edrychodd ar ei ferch yn giglan yn afreolus dros rywbeth oedd y cyw prifathro chwyslyd 'na wedi'i ddweud wrthi. A daeth y cyfan yn glir iddo. Gêm Rona. Na, ei chynllun. Doedd Rona ddim yn chwarae gemau. Ei bwriad heno oedd gwthio Siwan a David at ei gilydd ac fel arfer gyda chynlluniau Rona, roedd y peth yn gweithio. Sut nad oedd o wedi gweld hyn yn dod?

Dilynodd Rona drwodd i'r gegin. Roedd y gwres yn y tŷ'n llethol heno. Ogla'r bwyd. Sŵn y llestri. Sŵn y lleisiau. Teimlai rywbeth yn cau'n dynn am ei frest, yn cau am ei anadl. Gollyngodd y pentwr platiau. Y peth olaf a welodd cyn disgyn oedd ceg lipstic Rona'n agor er mwyn dwrdio'i flerwch. Ceg fawr goch yn agor a chau fel pysgodyn trofannol a dim byd yn dod allan.

Pennod 9

Lle rhyfedd oedd ysbyty gefn drymedd nos. Lle mor llawn yn edrych mor wag. Ac eto'r holl olau 'na. Pob ffenest yn dafell hir o olau melyn noeth. Ac roedd o'n llenwi'r drysau gwydr hefyd. Llenwi'r cyntedd lle nad oedd hi'n gallu gweld yr un enaid byw. Neb. Dim ond trydan wedi fferru, yn llym ac yn llonydd.

Ysai Mo am danio injan y car. Cael mymryn o wres. Ond fyddai hynny ddim yn iawn, rhywsut. Byddai'n tynnu sylw. Aeth ias drwyddi a thynnodd ei siaced yn dynnach amdani. Plethu'i breichiau. Gwneud ei gorau i gadw gwres ei chorff tu mewn i'w dillad. Sylw oedd y peth olaf yr oedd arni ei isio. Roedd hi mor llonydd allan yn fama hefyd. Y tywyllwch yn sgleinio dan y lampau fel sgidia plisman. Wel, sgidia plisman erstalwm, efallai. Plisman fyddai'n reidio'i feic drwy'r pentref ar nos Sadwrn pan oedd hi'n hogan. Plisman cogio mewn stori i blant bach oedd hwnnw bellach. Nid sgidia felly oedd gan blismyn heddiw. Rhai meddalach. Dim modd codi sglein arnyn nhw. Sgidia meddal er mwyn iddyn nhw fedru sleifio'n ddistaw tu ôl i bobol a'u dal nhw. Disgwyliai Mo weld plisman unrhyw funud. Fe'i dychmygai'n curo'r ffenest ac yn gofyn iddi be' oedd hi'n ei wneud mewn lle fel hyn, noson ar ôl noson, ddydd ar ôl dydd. Yn gofyn pam oedd hi'n ista'n y tywyllwch fel llofrudd a'i thraed hi 'fath â brics.

A be' fasai hi'n ei roi'n ateb iddo fo? Sorri, offisar, ond dwi'm yn gneud dim byd o'i le. Dwi'm yn torri'r gyfraith wrth ista'n fama, nac'dw? Yr unig beth sy'n torri yn fama heno ydi 'nghalon i. Mae'r dyn dwi'n ei garu i mewn yn fanna, 'dach chi'n gweld. Ond wnewch chi'm deud wrth neb, na wnewch? Na wnewch, debyg. Plisman ydach chi 'te? Dyna pam dwi'n deud wrtha chi. Ond fiw i neb arall wybod, ylwch. Ein cyfrinach ni ydi hi. Mae gynno fo wraig. A merch. Bywyd cyfforddus. Mae o'n uchel ei barch o gwmpas ffor'cw. Pe bai'i wraig o'n dod i wybod mi fyddai hi'n ei flingo fo'n ariannol. Yn ei wneud o heb ddim. Dydi o ddim yn haeddu hynny. Mae o yn ei oed a'i amser. Yn mwynhau'i ymddeoliad. Mae'i fywyd o'n braf. Na, dwi'm isio difetha'i fywyd o. A does gen i ddim i'w gynnig iddo fo. Does gen i fawr ar ôl fy hun, 'dach chi'n gweld. I fyw, dwi'n feddwl. Canser. Fydda i'n dda i ddim iddo gyda hyn. Ond dwi'n ei garu o, offisar. Yn fwy na'r un dyn byw. Dyna pam dwi yma. Am nad oes gen i'r hawl i fod wrth erchwyn ei wely o.

Ia, mae'n debyg mai rhywbeth felly fasai hi'n ei ddweud wrth blisman.

Gwyddai'n union pa ffenest oedd hi. Pa un o'r sgwariau melyn caled. Yr olaf ond un. Ail res. Honna i'r chwith. Ward y galon. Gwyddai o achos mai yn fanno fuo Dei. Cymylodd ei llygaid wrth feddwl am waeledd ei brawd mawr. Ei angladd. Pan oedden nhw'n blant mi fyddai Dei'n mynd â hi allan yn ei gwch. Twrw'r rhwyfau a'i thraed hi'n wlyb ac ogla'r môr yn dew yn ei gwddw hi. Fedrai hi ddim rhwyfo. Hi a Dei a'r môr. Dyna'r cyfan oedd yna. Roedd hi'n dibynnu ar Dei i'w chadw'n ddiogel. Dei'n darllen y tonnau a hithau'n saff. Yn malio dim chwaith na fedrai hi ddim nofio.

Pan fu Dei farw, cawsai Mo'r un hunllef dro ar ôl tro. Dim ond y hi, ar ei phen ei hun, yn y cwch bach hwnnw, cwch Dei, yn drifftio'n bellach, bellach o olwg tir. Doedd yna ddim byd ond môr o'i chwmpas yn gwneud twrw llyncu. Môr ac awyr yn ei gwasgu rhyngddyn nhw. Niwl yn toddi ar hyd ei hwyneb hi'n fysedd i gyd.

Doedd yna ddim niwl heno. Dim ond barrug oer, a'r sêr

heb eu twtsiad, fel pres newydd. Roedd hi'n tynnu am un o'r gloch y bore. Efallai y dylai hi fynd adra. Roedd Gwil yn gwella, yn doedd? Mae'n rhaid ei fod o. Doedd Siwan ddim wedi dod heno, ac mi fyddai hi yno hefo'i mam pe bai o'n waeth, yn byddai? Arwydd da oedd hynny, debyg, os nad oedd ei ferch yn teimlo rheidrwydd i fynd i weld ei thad bob nos. Roedd Rona ar ei phen ei hun. Rona a'r geg goch 'na yn cario dau neu dri o lyfrau. Llyfrau. Roedd o'n well o lawer, felly, yn doedd, os oedd o'n darllen llyfrau? Roedd gwallt Rona'n wahanol. Yn fyrrach nag yr oedd pnawn 'ma. Mi fu hi'n torri'i gwallt felly ar ôl bod yn gweld Gwilym. Yn ista mewn salon trin gwallt yn cymryd ei phampro tra oedd ei gŵr yn gorwedd yn fama. Ac eto, onid oedd hynny'n arwydd da hefyd? Fyddai hi fawr o wneud hynny, na fyddai, pe bai o'n wirioneddol ddifrifol wael? Daeth dagrau i wddw Mo wrth iddi wylio gwraig Gwilym yn croesi'r maes parcio. Roedd hi isio'i chasáu hi. Y ddynes denau, ddi-wên 'ma fyddai'n berchen arno hyd angau. Ond fedrai hi ddim. Ddim go iawn. Roedd yna bethau pwysicach. Roedd ar Mo angen bob owns o'i hegni i garu Gwil.

I gadw'u cyfrinach nhw.

I'w dderbyn yn dyner i'w breichiau pob cyfle a gâi.

I drysori pob munud.

O achos bod bywyd yn rhy fyr.

Pennod 10

Doedd yna ddim radio yn y car, dim ond twll petryal lle bu yna un. Tebyg iawn iddo yntau, meddyliodd Gwynfor Khan wrtho'i hun. Roedd yna dwll du y tu mewn iddo fo hefyd, lle bu rhywbeth. Beth yn union oedd y 'rhywbeth' hwnnw, ni wyddai i sicrwydd. Ei galon? Ei falchder? Beth bynnag oedd o, roedd o'n uffernol o wag hebddo.

Roedd pres Rona Lloyd wedi ei gael o dwll ariannol, beth bynnag, doedd dim gwadu hynny. Er cymaint roedd o'n casáu'r ddynes, roedd yr hyn a ddigwyddodd rhyngddyn nhw yn y *bedsit* yn Aber wedi gwneud iddo sylweddoli un peth pwysig. Doedd o ddim yn academydd. Ac yn bwysicach fyth, doedd o ddim yn ddeunydd prifysgol. Wel, nid un yng Nghymru, p'run bynnag. Roedd o wedi clywed am y crach mewn ysgolion bonedd yn Lloegr yn sbio i lawr eu trwynau ar blant cyffredin, plant yr ysgoloriaethau na fydden nhw'n gallu fforddio'r ffioedd eu hunain. Roedd o wastad wedi meddwl mai rhyw glwy' Seisnig oedd hwnnw. Nes aeth o i ganol yr holl Gymreigrwydd dosbarth canol pan gyrhaeddodd y coleg. Plant actorion a beirdd ac awduron ac aelodau seneddol. Dyna pam nad oedd yn gallu'i hacio hi mewn neuadd breswyl. Yr holl gliciau 'Welshi' piwclyd. Doedd bod yn Gymro dosbarth gweithiol ddim yn cyfri. Ac roedd cyfaddef eich bod yn dod o dŷ cownsil yn ennyn dirmyg y bechgyn a thosturi'r genod. Roedd pawb yn rhywun yno. Yn perthyn i rywun pwysig. Roedd manteision i hynny bob amser. Doedd y ffaith ei fod o'n chwarter Pacistani ac yn fab i ddynes llnau a boi hefo stondin ar y farchnad o ddim mantais i Gwynfor, er gwaetha'r ffaith fod ei dreigladau fo'n well na'r rhan fwyaf o blant enwogion a fyddai'n graddio yn y Gymraeg gydag anrhydedd maes o law.

Trodd ei gefn ar ei gwrs coleg a mentro allan i'r byd. Doedd hynny ddim yn gymaint o ddychryn iddo ag yr oedd wedi'i ofni. Efallai fod gormod o'i dad ynddo i hynny. Gwyddai y byddai'n syrfeifio. Dyna oedd ei fam wedi'i wneud ers pan oedd o'n cofio. Cadw'r blaidd tu allan i'r giât. Roedd goroesi yn nhoriad ei fogail o. Hefo gweddill arian Rona Lloyd fe brynodd gar.

'Naw cant,' meddai boi'r garej. Roedd y ffôrcort yn wag a'r gwynt yn ddiawledig o oer.

'Na, fedra' i ddim.'

Rover gwyn deuddeg oed a saith deg o filoedd ar ei gloc o. Sedd y gyrrwr yn gyfforddus fel cadair freichiau. Ogla hen ledr ynddo fo. Braf. Dibynadwy fel hen ast ddefaid.

'Ty' laen. Mae o'n fargian!' Boi'r garej yn stwffio. Hwrjio. Desbret. Gwynfor isio gwenu a ddim yn gwneud. Gwybod beth oedd desbret.

'Does 'na'm radio ynddo fo.'

'Be' ti'n ddisgwl am naw cant? Hyb caps aur?'

'Meddwl bod chdi 'di deud na *alloys* oedd arno fo?'

Boi'r garej yn culhau'i lygaid. Gwybod fod Gwynfor yn gwybod nad oedd o ddim wedi rhoi llawer mwy na chwe chant amdano fo'i hun a'i fod o'n sâl isio cael ei wared o. Gwynfor yn codi'i ysgwyddau. Bod yn fab ei dad. Dweud 'Ffwcia chdi, 'ta. A' i i brynu moto beic,' ac yn llwyddo i'w gael o am saith gant.

Ac mi oedd hynny'n fargian. Hyd yn oed heb radio. Y peth nesa' oedd cael hyd i job. Ffawd – a chawod drom o law – ac nid llythyr cais yn llawn celwydd ddaeth â fo i gysgodi i ddrws swyddfa Caleb Morris, Cyfreithiwr, Arbenigwr mewn Cyfraith Ysgar ac Achosion Priodasol.

I ddweud y gwir, yr holl wir, a'r gwir yn unig, roedd

swyddfa'n enw braidd yn rhy grand ar y twll o stafell a oedd yn bencadlys i weithgarwch Caleb Morris.

'Ti isio job gin i, 'ta?'

Gwynfor yn edrych o'i gwmpas. Cwpanau budron rhwng y papurau. Soser lwch yn gorlifo.

'Fel be'? Mam 'di'r ddynas llnau!'

'O, wela' i. Coci, dwyt? Hidia befo. Hynny ddim yn beth drwg weithia. Rho hi fel hyn: dwi'm yn mynd i dy gyflogi di ar sail dy gymwysterau yn y gyfraith, nac'dw?' Chwerthiniad-llawn-smocio am ben ei jôc ei hun. Llais hŷn na'i wyneb yn craclo fel y seloffên yn cael ei dynnu oddi ar baced sigaréts.

'Be' 'ta?'

'Fel ti'n gweld, diforsys a ballu – dyna ydi 'mara menyn i. Ac er mwyn gneud yn siŵr dy fod ti'n ennill dy gês, ti angan efidens. Llunia ac ati. Mynd ar 'u hola nhw. Y gwragedd sy'n cael affêrs. Y gwŷr sy'n mynd allan i hel eu tina. Fel ti'n gweld, mae hi'n anodd i mi ei dal hi ym mhobman. 'Y ngwaith papur i'n gachu rwtsh.'

Gwynfor yn dal ei dafod. Doedd o erioed wedi credu fod llefydd fel hyn, dynion fel hyn, yn bodoli tu allan i ffilmiau ditectif. Caleb Morris yn tanio'i ail ffag ers iddo gerdded drwy'i ddrws o. Y mwg glas yn gwneud i'r lle ymddangos yn wleidyddol anghywir o gartrefol.

'Be' dwi'i angan, yli, washi, ydi rhywun i wneud y legwyrc yn fy lle i. Dilyn y bobol 'ma. Casglu'r dystiolaeth. Ti'n meddwl y medret ti handlo hynny?'

'Fel *Private Investigator*, 'lly?'

'A barnu oddi wrth y crys-T 'na ti'n wisgo, mwy o Brivate Dick, 'swn i'n ddeud!'

Mwy o'r chwerthin papur-seloffên am ben ei jôc ei hun. 'Wel? Ti i mewn?'

'Ydw, am wn i.' Doedd yna neb arall wedi cynnig dim iddo. 'Diolch, Mr Morris.'

'Rŵl Nymbar Wan. Wel, yr unig reol, am wn i: galw fi'n Cal. Mae o'n debycach i enw cowboi nag i enw ffycin gweinidog Wesla!' Ac mi ysgwydon law arni. Jyst fel'na.

Dyna pam roedd Gwynfor yma heno yn ei Rover gwyn di-radio. (Cal wedi chwerthin am ben ei gar o hefyd. 'Handi tasa ti isio arallgyfeirio a dechra busnas tacsis!' Twat. Ond roedd ei bres o'r un lliw â phres pawb arall.) Roedd yna ddigon o fynd a dod – roedd Min Awelon yn westy bach prysur o safbwynt y dafarn. Ac roedd o wedi cael sawl agoriad llygad wrth wylio'r lle. Yn enwedig pan welai ddynion a oedd i bob pwrpas yn 'bileri cymdeithas' yn mynd i mewn drwy'r ffrynt ac yn gadael, yn llawer iawn hwyrach, trwy ddrws y cefn. Y syndod mwya' oedd gweld tad Siwan yn mynd yno. Roedd hi'n amlwg ei fod o'n cael perthynas hefo dynes y lle. Blondan ganol oed. Wedi bod yn slasan yn ei dydd, roedd hynny'n amlwg. Uffar o goesau da ganddi. Nos Wener oedd eu noson nhw, fel arfer. Cawsai Gwynfor fodd i fyw o feddwl ei fod o'n cael ei damaid gan rywun arall. Eitha' gwaith â'r jadan denau 'na o wraig oedd ganddo. Pob lwc i'r hen Gwil!

Ond doedd o ddim wedi gweld Gwilym yma rŵan ers tro. Clywsai iddo fod yn yr ysbyty'n ddiweddar. Yr hen dicar. Dyna oedd i'w gael yn ei oed o, debyg. Llosgi'r ddau ben i'r gannwyll. Crwydrodd ei feddyliau yn ôl at Siwan. Doedd yna ddim diwrnod yn mynd heibio heb iddo feddwl amdani. Roedd yna sôn ei bod hi'n priodi'n fuan.

Daeth y dystiolaeth y bu'n disgwyl amdani allan o'r dafarn, y meddyg teulu parchus a'i fraich am ganol hoeden fach bengoch mewn sgert 'dat ei thin. Bingo. Dyna haneru cyflog y doctor gydag un clic ffôn-gamera, a ffî am ysgariad arall dan felt Cal.

Glân briodas o ddiawl, meddyliodd Gwynfor. Roedd ei jiwing gym yn blasu fel gwadan hen esgid. Taniodd injan y Rover, yn falch o gael gwres o'r diwedd, a chael gwared â'i gwm drwy'r ffenest gyda phoerad sarrug, sydyn.

Pennod 11

'Roish i'r gora i'r rhain y tro diwetha'.' Drachtiodd Mo waelodion eithaf ei sigarét a gollwng y mwg o'i ffroenau yn herciog, bron yn gyndyn. Cododd ac agor cil y ffenest. 'Ond dydi hynny ddim yn rheswm i ti orfod ei ddioddef o chwaith. Sorri.' Tywalltodd ragor o'r gwin i'w gwydrau gwag. 'Y noson cyn yr op. Mi oedd yna ddwy ohonon ni i fod i fynd o dan y gyllell drannoeth. Dyna lle roeddan ni'n ista ac yn siarad, fel rwyt ti a fi rŵan. Mi oeddan ni wedi cael hyd i ryw hen stafell fach cadw tyweli ac ati, rhyw iwtiliti rŵm bach, lle roeddan ni'n medru gwthio'r ffenast ar agor er mwyn cael smôc. Hi'n ista ar dop y wyrctop a finna ar ryw hen step-ladyr fechan!' Parodd yr atgof iddi wenu'n ddyfrllyd. 'Mi smocion ni baced cyfa rhyngon ni mewn llai nag awr. Dal ati nes bod y blydi lot wedi mynd. I be' wnawn ni boeni? medda Steph. Ella na fyddan ni'm yma fory!'

'Dyna oedd ei henw hi? Steph?'

'Ia, Stephanie. Doedd hi mond peth fach ifanc. Fengach na chdi, hyd yn oed, Ler. Ond yn debyg iawn i ti o ran natur. Mi wyt ti'n f'atgoffa i ohoni hi. Stiwdant oedd hi. Ac yn cael y pyliau 'ma o grio bob hyn a hyn. Torri'i chalon. Lwmp yn ei bron yn bedair ar bymtheg oed. Finna'n trio'i chysuro hi. A hitha finna. Cysuro'n gilydd y byddai popeth yn iawn. Ista'n smocio am fod hynny'n teimlo'n saffach na mynd yn ein holau i'r ward a thrio cysgu. O leia roedden ni'n dwy'n fyw, yn ista'n gneud hynny.'

'Be' ddigwyddodd iddi?'

'Mi oedd hi'n iawn wedi'r cwbwl, drwy ryw drugaredd. Y biopsi'n dod yn ôl yn glir. Chafodd hi'm llawdriniaeth.

Wyddwn i mo hynny nes i mi ddod rownd o'r anasthetig fy hun. Hi oedd y gynta' i ddod i edrych amdana' i. Dagrau'n powlio i lawr ei bochau hi a rhosys bach melyn ganddi hi i mi, mewn basged.'

Roedd cofio hynny'n tyneru llais Mo a theimlodd Eleri bang o genfigen tuag at y Stephanie 'ma. Gwyddai nad oedd hynny'n gwneud unrhyw fath o synnwyr. Rhywun o'r gorffennol pell oedd honno. Rhywun oedd jyst wedi digwydd bod yno.

'Welais i erioed mohoni wedyn.' Edrychodd Mo i fyw llygaid Eleri, yn union fel pe bai hi'n darllen ei meddyliau hi.

Cydiodd Eleri yn y botel wag.

'Mo?'

'Be'?'

'Pam na fasech chi wedi gadael i mi ddŵad hefo chi i'r sbyty heddiw?'

Roedd sain y teledu'n isel a hwnnw ymlaen yn y gornel a neb yn ei wylio. Yn y saib a ddilynodd ei chwestiwn, daeth Eleri'n fwy ymwybodol o'r lleisiau. Roedden nhw'n bell ac yn garbwl. Pobol wedi eu cau mewn bocs.

'Oherwydd nad oeddwn i ddim isio i ti drio 'mherswadio i'n wahanol.'

'Yn wahanol i be'?'

'Mae yna botel arall yng ngwaelod y ffrij . . .'

'Yn wahanol i be', Mo?' Ac yn sydyn, doedd Eleri ddim isio'i chlywed hi'n dweud. Ddim isio. Am ei bod hi bron iawn yn gwybod yn barod.

'Dim *chemo*. Dim *steroids*. Cadw fy urddas, Ler. Hynny sgin i'n weddill.' Taniodd sigarét arall. Croesi'i choesau. Ei sanau hi'n siffrwd wrth gyffwrdd ei gilydd. Tynnu mwg. Dal arno. Gollwng yn gyndyn. Ei lipstic yn berffaith. Roedd hi'n edrych fel Lauren Bacall mewn ffilm ddu a gwyn. 'Fedri di fy nychmygu i'n foel fel wy a phedair stôn yn drymach? Mi fasai'n well gen i blydi marw na hynny, dallta!' Ei geiriau hi'n ddewr, fel y colur yr oedd hi'n ei wisgo. Fel y sgert a lithrai'n ogleisiol ar hyd ei choes i ddangos pen-glin a oedd yn dal i fod yn greulon o hardd.

'Lle mae'r botel 'na?' meddai.

Oedodd Eleri o flaen y ffrij agored, gadael i'r chwa oer rewi'r dagrau yn ei llygaid. Bu'r wraig hon fel mam iddi. Yn well na mam. Roedd hi wedi medru rhannu pethau hefo Mo na chawsai hi erioed gyfle i'w dweud wrth ei mam ei hun. Na fyddai hi erioed wedi meiddio'u dweud wrth ei hen ferch o fodryb. Roedd dod i weithio tu ôl i far Min Awelon wedi achub Eleri. Gair rhyfedd oedd achubiaeth. Rhywbeth yr oedd pobol yn ei gysylltu â phrofiad ysbrydol. Ond roedd popeth yn ei bywyd hi bron yn baradocs llwyr o'r gair. Tafarn. Alcohol. Y genod oedd yn gweithio'n ysbeidiol hefo hi'n gwerthu eu cyrff yn y dirgel. I'r rhai dethol a wyddai lle i ddod am eu pleserau, doedd Min Awelon fawr gwell na brothal. Hwrdy. Ac eto, roedd Eleri'n deall. Deall y genod. Yn credu'i bod hi'n deall Mo. Eu ffordd o fyw. Angen cyntefig i oroesi oedd o. Rhain oedd y bobol go iawn. Yn crio pan oedden nhw'n drist, yn rhegi pan oedden nhw'n cael cam. Yn galw shefl yn ffycin shefl. Doedd ganddyn nhw mo'r modd i guddio'u pechodau tu ôl i ffenestri dwbwl a pharchusrwydd morgej a dau gar yn y dreif. Yng nghanol eu bydoedd o dwyll a chrafu byw roedd yna onestrwydd rhyfedd yn perthyn iddyn nhw a hynny am y rheswm syml nad oedd ganddyn nhw'r pres na'r crebwyll i gogio bod yn rhywun nad oedden nhw ddim.

Am y tro cyntaf yn ei bywyd roedd Eleri'n gwybod pwy oedd hi ym Min Awelon. Efallai nad oedd hynny'n beth mor od. Doedd yna neb i'w beirniadu hi yma. Neb i foesoli uwch ei phen hi.

Neb i weld bai.

Roedd y botel win fel bai hi'n toddi o dan ei dwylo hi, yn syth o'r ffrij, yn angar i gyd. Toddi fel pechod ar ôl cyffes.

'Mae hwn yn un da,' meddai Mo. 'Seland Newydd. Un drud. A dim angen tynnu corcyn na dim. Un o fendithion bywyd – sgriw cap yn lle corcyn!'

A daeth y geiriau i gronni ar dafod Eleri, brawddeg a fyddai wedi bod yn anodd i'w dweud wrth sawl un. Ond nid wrth Mo. Onid dyna'r peth mawr, y peth arbennig ynglŷn â'i pherthynas â Mo? Y gallu i ddweud unrhyw beth?

'Dydach chi ddim yn edrych fatha dynes sy'n marw,' meddai.

Petalau bach o eiriau. Am ennyd roedden nhw'n gwneud i'r ddwy ohonyn nhw deimlo'n well.

'Nac'dw, gobeithio!' Ond tu ôl i'r brafado roedd yna rywbeth arall. Rhywbeth dwys ac eto doedd o ddim yn drist. 'Dwi isio marw mewn stafell ag awyr iach ynddi pan a' i. Dillad gwely ag ogla bloda' arnyn nhw. Ogla dŵr lafant. A'r cyrtans wedi agor digon i'r haul ddod i mewn, a rhyw awel fach yn chwarae dan eu godre nhw. Fedri di drefnu hynny i mi, Ler?'

'Mi wna' i 'ngora.' Er eu bod nhw ill dwy'n gwybod na allai Eleri wneud dim ynglŷn â'r haul.

'Stafell felly oedd gen i pan ôn i'n hogan bach yn mynd i aros i dŷ Nain.'

Doedd Mo erioed wedi sôn am ei phlentyndod o'r blaen. I Eleri, roedd hi fel pe bai hi wedi ei chreu'n union fel roedd hi rŵan. Yn gryf. Merch yn erbyn y byd. Roedd meddwl amdani'n ferch fach ei nain yn ei gwneud yn fregus fel pawb arall. Fel Eleri ei hun. Llanwodd ei cheg â gwin. Cegiad arall. Bron heb ei flasu. Roedd o'n win rhy ddrud i'w lowcio fel lemonêd ond wyddai hi ddim sut arall i gael sbario dweud dim byd a gadael i Mo wneud y siarad.

'Llofft-ben-gegin roedd Nain yn ei galw hi. Llofftbengegin. Fel tasa fo'n un gair. Am ei bod hi reit uwchben y gegin. Reit uwchben y rênj hen-ffasiwn lle byddai hi'n cwcio, berwi teciall, aerio dillad. Dyna pam ei bod hi'n llofft fach gynnes bob amser. Ar wahân i'r ffaith ei bod hi'n cael lot o haul. Ha' a gaea'. Mi oedd yna goeden fawr tu allan ac mi fyddwn i'n lecio gorfadd yno'n gwylio cysgodion y dail yn chwarae hyd y sîlin. Fatha adenydd bach. Petha byw. Gneud patryma fel coleri les.'

'Oeddach chi a'ch nain yn agos, 'ta?'

Fferrodd y cwestiwn rywbeth yn llygaid Mo.

'Mi chwalodd bob dim ar ôl colli Nain.' Y sicrwydd. Y cariad mamol. Lloches rhag mam go iawn nad oedd hi byth adra. Rhag ei geiriau brwnt ar yr adegau prin pan fyddai hi yno. Dyna blentyndod go iawn Mo Parry. Y darnau tywyll yr oedd hi wastad yn eu cadw dan glo. Dewisai gofio'r pethau gorau bellach. Y stafell wely lafant a'r dail ar y nenfwd. Sicrwydd pwysau'r holl flancedi ar ei choesau noeth ar noson oer.

Gosododd ei gwydryn yn ofalus ar y bwrdd wrth ei hymyl.

'Mae gen i rywbeth pwysig i'w wneud dydd Sadwrn, Ler, a dwi angen dy help di.'

'Dim byd "hefi", naci, Mo? Nid gwneud ewyllys, na dim byd felly . . .?'

'Rhywbeth pwysicach o lawer! Mynd i B&Q i chwilio am bapur a phaent i ddecorêtio'n stafell wely i. Be' ti'n ddeud?' Y mêc-ofyr ola'. Cael stafell neis i farw ynddi. Pawb yn haeddu hynny, yn dydi?

'Ia, iawn. Gwnaf siŵr iawn.'

Mo'n estyn a gwasgu llaw'r ferch ifanc. Roedd Eleri'n driw. Halen y ddaear. Y ferch na chafodd hi erioed mohoni. Wrth edrych arni roedd hi fel pe bai hi'n edrych arni hi ei hun am y canfed tro.

''Na fo, 'ta. B&Q amdani. A chwilio am gyrtans wedyn. Ac mi gawn ni ginio bach neis yn rwla, mond y ddwy ohonon ni.'

Am ei hewyllys, wel, doedd dim angen poeni dim am honno. Tywalltodd fwy o'r gwin i wydryn Eleri a gwenu. Roedd yr ewyllys eisoes wedi'i sortio.

Pennod 12

Wyddai o ddim sut oedd o'n mynd i gyfarch ei staff ond doedd o ddim am iddyn nhw wybod hynny, nag oedd? Dim am iddyn nhw wybod ei fod o'n cachu plancia'n meddwl am y peth. Roedd yna lawer o hen stêjars ymysg athrawon Ysgol Lewis Morris. A gormod o'r rheiny'n meddwl eu bod nhw wedi anghofio mwy nag oedd o, David, erioed wedi'i ddysgu. Roedd hynny'n amlwg ar wynebau cymaint ohonyn nhw – y sinigiaeth oedd mor ddigyfnewid dros y blynyddoedd â'u dulliau dysgu oedd yn gorwedd yn llwyd yn y cysgodion o dan eu llygaid nhw; roedd yr hanner-gwenau herfeiddiol bron yn herio'i weledigaeth o. Gweledigaeth! Roedd hwnnw'n air mawr. Gair y bu iddo'i ddefnyddio'n ysbrydoledig sawl gwaith yn ystod ei gyfweliad. Ond roedd gan David Beresford weledigaeth. A rhan bwysig o honno oedd cael gwared â'r hen fegoriaid i gyd. Fel tocio'r brigau marw oedd yn sugno'r maeth o goeden gymharol gref.

Daeth y cymhariaeth â gwên ddihiwmor i chwarae hyd ymyl ei wefus. Fu David erioed yn arddwr, ond myn uffar i, meddyliodd, mae yna waith chwynnu i'w wneud yn fama! Roedd meddwl felly'n help i gynnal ei hyder yn ddigon hir i gyfarch ei staff newydd yn ystod yr hyn y daeth pawb ohonyn nhw i feddwl amdano fo fel y 'brîff' cyntaf un.

*   *   *

'Brîffing, wir Dduw!' Sugnodd Jimmy Bevan fwg ffres, cysurus yn ddwfn i'w ysgyfaint. 'Lle ma'r diawl yn ei feddwl mae o? Yn 'rarmi?'

Daeth hyn â phiffiad caled o gyfeiriad Huw Prys. Roedd yr ystafell fach yn ddigon myglyd i gochi penwaig.

'Ella bod y Gwyddelod wedi gwahardd smocio, Jim, ond sgin yr uffar ddim hawl i'n hamddifadu ni o'r stafell yma nes bydd yr un peth wedi'i basio'n fan hyn. Diawl, dydan ni'n gneud dim drwg i neb ond i ni'n hunain. Be' am hawlia'r smygwr, dyna liciwn i ei wbod!'

'Isio'i lle hi i neud stafell gompiwtars i ni!' Daeth y mwg trwy ffroenau Jimmy, gan wneud iddo edrych fel draig penwyn. 'I be ddiawl ma' isio petha felly mewn stafell athrawon? Mi warion nhw filoedd llynadd ar y bloc cyfrifiaduron newydd 'na. Pam, yn enw pob rheswm, mae isio gwario ar fwy?'

'I'r plant ma'r rheiny.' Roedd Hilda Grês newydd sgota paced newydd o Benson's o waelod ei handbag ac wrthi'n rhwygo'r papur oddi arno'n swnllyd. 'Rwbath i'r staff yn unig ydi'r rhain. I "hwyluso'n gwaith paratoi ni"!' Roedd hi newydd ddyfynnu geiriau David Beresford a dynwared yn berffaith yr acen Brymi oedd yn mynnu gwthio drwy'i Gymraeg o bob amser.

'Be ŵyr hwnna am waith paratoi?' meddai Huw Prys yn sarrug. 'Doedd yna fawr o ôl paratoi ar ei anerchiad carbwl o gynna.' Sodrodd ei stwmp gyda mwy o arddeliad nag oedd raid i'r caead tun Nescafé oedd yn gwneud y tro fel soser lwch. 'Yn ôl be' ddalltish i, ma' gynno fo gynllunia crand ar y diawl ar gyfer y lle 'ma, hefo'i holl sôn am baentio a charpedu. Ond gwyliwch chi fy ngeiria i, hogia. Mi fasa'n rheitiach iddo fo gynilo yng ngenau'r blydi sach rŵan, a gwario mwy ar lyfra os ydi o isio gweld canlyniada'n codi. A pheth arall,' gwyrodd ymlaen i gynnig ei leitar i Hilda Grês, 'mi gewch chi weld pawb ar y dechra fel hyn yn llyncu'r holl ddecorêtio a'r cwafars newydd i gyd, ond mi fydd hi'n stori wahanol pan fydd y pot pres wedi gwagio.'

'Be' ti'n ddeud, Huw?' Culhaodd Hilda'i llygaid rhag ei mwg ei hun.

'Mond deud y dylen ni wylio'n cefnau, dyna i gyd. Os eith yr hwch drwy'r siop – ac mi eith os mai fel hyn mae meilord yn mynd i'w chwarae hi – jobsys pwy wyt ti'n ei feddwl fydd ar y lein gynta?'

*   *   *

'Wel, dwi'n licio fo!' Plygodd Tracey Walsh ymlaen a defnyddio drws gwydr y popty fel drych. 'Mae o'n uffar o bishyn! Rhy ddel o lawar i fod yn brifathro. Mi fydd pawb hefo crysh arno fo, gei di weld!' Trodd ei gwefusau pinc gwlithog i gyfeiriad y wraig hŷn a eisteddai wrth y bwrdd gyferbyn. 'Be' dach chi'n ddeud, Lil? Dach chi'n dawel iawn. Dydi hynny ddim fel chi!'

Dowciodd Lilian Hughes ei chystard crîm i waelodion ei phaned coffi. Cnodd y sgedan yn fyfyriol â hanner gwên. Roedd hi wedi clywed hyn i gyd o'r blaen. Tracey'n gwirioni ar ryw ddyn neu'i gilydd. Cofiodd am yr helynt hefo Gavin Little yn dod yn ofalwr dros dro pan oedd Ron yn sâl. Tracey'n ysgwyd ei thin arno a Gavin yn llyncu'r abwyd yn syth. Roedd hi'n bwyta dynion, meddyliodd Lil. A Gavin yntau rhyw fymryn yn fwy diniwed na'r gweddill. Aeth yr affêr ymlaen am tua chwe mis. Pawb yn gwybod ond Phil, gŵr Tracey. Ond dydi'r diafol ddim yn cadw'i was yn hir. Helpodd Lil ei hun i'w thrydydd sgedan. Pan drawodd y tail y ffan mi aeth Phil Walsh, gŵr Tracey, yn honco bost. Hanner lladd Gavin. Mi fuo yna achos llys a phopeth. Phil o flaen ei well am niwed corfforol difrifol a Gavin yn bwyta'i brydau drwy welltyn am wythnosau.

'Ti byth yn dysgu, nag wyt, Três?'

Wnaeth honno ddim ond gwenu arni hi ei hun eto yn nrych y popty a stwffio'i lipstic yn ôl i boced ei hofarôl.

'Bywyd yn fyr, Lilian.' Am unwaith doedd tôn llais Tracey ddim yn smala. Roedd golwg bron yn bell arni am ennyd.

Mygodd Lilian ochenaid fach dosturiol. Doedd Tracey ddim yn berson drwg. Roedd ei cheg hi'n fawr ond roedd ei chalon hi'n fwy. Dynion oedd ei gwendid hi. Mynnai sylw ganddynt a blodeuai o'i gael. Tynnu ar ôl ei mam. Un wyllt fu mam Tracey erioed nes iddi gael gafael ar Frankie a setlo i gael nythaid o blant. Roedd Lilian yn cofio honno'n ferch ysgol hefyd, cochan fronnog hŷn o lawer na'i hoed. Ac roedd Tracey wedi etifeddu'i holl nodweddion hoetiog hi. Gorffennodd ei phaned cyn edrych i fyw llygaid y ferch iau a dweud yn lled-bryfoclyd:

'Dydi un dyn ddim yn ddigon iti, dwed?'

Culhaodd Tracey ei llygaid nes bod golwg bron yn ddieflig arni. Roedd y lipstic pinc yn drawiadol a'i gwefusau fel darn o gelfyddyd yng nghanol ei hwyneb gwyn. Oedd, roedd Tracey'n hardd fel mae merched mewn cylchgronau'n hardd. Ar yr wyneb oedd o. Doedd yna ddim sylwedd oddi tano. Ac roedd o'n ormod o harddwch i le fel hyn, yn llawn stêm a sosbenni ac ogla cabaits yn berwi.

'Wel, dyna fo, 'te, Lil! Dyna lle 'dan ni'n wahanol. Mae un dyn yn ormod i chi bellach, medda chi!'

'Gwranda, 'ngenath i. Mi fyddi ditha'n sicsti ryw ddwrnod ac mi fyddi di'n dallt wedyn. Pan fyddi di f'oed i ac yn gricmala i gyd, blwmar mawr braf fatha parasiwt fydd gin ti am ei fod o'n gyfforddus, nid rhyw hen thong fel weiren gaws yn hollti rhych dy din di! A fydd gin ti'm mynadd efo secs chwaith, dallta. Pan fo gin ti'r dewis rhwng panad a slabyn o Dairy Milk neu rwbath mawr moel yn rhochian ac yn tuchan uwch dy ben di, ma' hi'n *no contest*, yli. Y siocled sy'n ennill bob tro!'

Erbyn hyn roedd llais Lil yn mynd drwy'i phethau wedi cyrraedd pen draw'r gegin a dechreuodd y merched eraill chwerthin. Trwpar oedd Lil, yno o'u blaenau nhw i gyd ac yn ddiawl o gesan. A hi oedd yr unig un a allai sodro Tracey Walsh pan oedd honno'n mynd yn ormod o lances. Ond doedd Tracey ddim yn cymryd cymaint â hynny o sylw o neb heddiw. Roedd ganddi hi ei hagenda ei hun. Ac wedi sylwi o flaen neb arall fod yna gysgod tal yn sefyll yn y drws a'i fod o'n amlwg wedi clywed y rhan fwyaf o'r sgwrs rhwng y merched. Chwifiodd y llwy bren oedd yn ei llaw o gwmpas ei phen fel petai hi'n hudlath a dweud, gydag amseru perffeithiach nag a fyddai gan unrhyw dylwythen deg mewn pantomeim:

'Wel, fedrwn i ddim byw heb secs, beth bynnag, dim ots faint fasa f'oed i. Dwi ei angan o bob dydd fel dwi angan bwyd!' Ac yna fe drodd, giglan, codi'i llaw at ei cheg gan ffugio'r embaras mwyaf a dweud yn chwerthinog:

'Wps, sorri, Mr Beresford! Mi roesoch chi fraw i mi. Welish i monach chi'n sefyll yn fanna!'

Pennod 13

Eisteddai Rona Lloyd yn ôl a theimlo cyhyrau'i chefn yn
tynhau yn erbyn y sedd galed. Doedd hi ddim am ganiatáu
iddi hi'i hun ymlacio'n llwyr eto. Ond gadawodd i ogla drud y
blodau gyffwrdd ymylon ei synhwyrau. Roedd y capel yn
llawn ohonyn nhw. Yn y ffenestri. Hyd ochrau'r seddau. Y sêt
fawr ei hun fel pe bai hi dan gawod eira. Gwyn i gyd. Fel ffrog
Siwan. Daliai i glywed protestiadau'i merch ar lawr y siop.
Hufen wir! Roedd holl ewynnau Rona wedi fferru. Dim diawl
o beryg. Edrych yn wyryfol oedd y peth. Roedd y pecynnu'n
bopeth. Doedd Rona ddim yn wirion. Ddim hanner digon
gwirion i feddwl fod Siwan wedi'i chadw'i hun yn bur ar ôl
bod yn mela hefo'r hogyn Khan hwnnw chwaith ...
Gwrthododd feddwl gormod am hynny a diolch ei bod hi
wedi cael gafael ar hogyn tebol i'w fflipsan benchwiban o
ferch. Doedd Siwan ddim yn glyfar. Efallai nad oedd arian yn
prynu brêns ond roedd o'n prynu pobol. Rhai hefo mymryn o
grebwyll hefyd, os oedd rhywun yn ddigon bachog.

Roedd David Beresford yn un o'r rheiny, meddyliodd
Rona. Isio mynd yn ei flaen ac yn fodlon crafu tin unrhyw un
er mwyn cyrraedd ei nod. Isio'r ddelwedd. Ac roedd ei merch
hi'n rhan o'r ddelwedd honno. Efallai na fyddai hi erioed wedi
bod yn gandidêt ar gyfer *University Challenge* ond erbyn hyn
byddai hi'n addurn ar fraich unrhyw ddyn. Nid fod unrhyw
ddyn, wrth gwrs, wedi bod yn ddigon i blesio Rona. Wedi'r
cyfan, byddai'r sawl a ddaeth, yn y pen draw, yn ŵr i Siwan
hefyd yn fab-yng-nghyfraith iddi hithau.

Edrychodd yn falch ar David yn codi i'r ymdeithgan. Dim

llai na *Mendelssohn's Wedding March*. Roedd pawb oedd yn rhywun yn cael honno. Trodd hefo gweddill y gynulleidfa i weld ei merch yn cerdded i lawr ar fraich ei thad. Roedd golwg digon llwydaidd ar Gwilym o hyd er na chafodd o ddim byd gwaeth na thwtsh o anjeina. Ond roedd hynny wedi bod yn ddigon o esgus ganddo i ista'n ôl yn ystod trefniadau'r briodas 'ma a gadael iddi hi, Rona, sortio'r blydi lot. Tipical blydi dyn. Tipical blydi Gwilym. Roedd hi'n ymwybodol o'i dannedd yn dechrau crensian yn erbyn ei gilydd wrth feddwl am y peth ac anadlodd yn ddwfn. Cael hyd i wên. Fyddai hi ddim yn ymlacio nes byddai'r hogan 'ma wedi dweud 'gwnaf' o flaen pawb a chael y fodrwy 'na'n dynn am ei bys. Câi Rona ymlacio wedyn am weddill ei bywyd lle roedd Siwan yn y cwestiwn.

'Digon o ryfeddod!' sibrydodd un o'r gwesteion tu ôl iddi.

Mi ddylai fod yn rhyfeddod, meddyliodd Rona. Gwerth miloedd o ffrog. A Siwan wedi bod mor bwdlyd yn y siop. Rêl ei thad. Roedd hi wedi colli amynedd hefo'r wep surbwch yn y diwedd. Wedi arwyddo'r llyfr siec a mynd yn ei blaen i'r caffi dros y ffordd. Gadael i'w merch ddisgwyl am ei ffrog. Roedd ei thraed hi'n bynafyd ar ôl trampio Caer drwy'r dydd yn gwario arian fel dŵr ar y bitsh fach anniolchgar.

Felly welodd Rona mo'r wisg wyryfol yn cael ei phacio rhwng haenau o bapur sidan. Welodd hi mo'i merch yn tynnu'r gwaed o'i gwefus wrth wylio dynes y siop, mor boenus o ofalus, yn llyfnu cysgodion pob plygiad yn union fel pe bai hi'n rhoi angel i orffwys.

*   *   *

Byddai Mo wedi gallu marw'n hapus y noson honno ym mreichiau Gwilym. Byddai fel marw mewn gwely meddal ag adar yn canu iddi. Ond Wil Morgan oedd ganddyn nhw ar Radio Cymru am hanner nos yn chwarae ceisiadau corni.

seisnicach, yn Sue ddiarth, yn rhywun nad oedd hi'n ei hadnabod. Yn rhywun a oedd yn perthyn fwyfwy iddo fo. Daliai Siwan i siarad Cymraeg â'i gŵr ond mynnai yntau ei hateb yn Saesneg o hyd. Roedd hi'n colli nabod arno fo, yn hytrach na dod i'w ddeall yn well, ond yn teimlo'i afael yntau arni hi'n tynhau. Dim ond unwaith y mentrodd hi ofyn iddo fo:

'Pam nad wyt ti'n siarad Cymraeg hefo fi, David? Pam wyt ti'n troi i'r Saesneg o hyd?'

Roedd hi wedi teimlo'i llais yn diflannu i rywle wrth iddo edrych arni.

'Troi i'r Saesneg?' Roedd ei lais yntau'n llawn gwatwar. *'I've never been anything else but* Saesneg, *darling, or hadn't you realised?'*

'Ond dwi'm wedi arfer siarad Saesneg hefo ti . . .' Roedd o'n swnio'n esgus tila ac yntau'n gwenu i'r gwagle o'i flaen. Fel pe bai o'n chwerthin am ben rhyw jôc breifat. Yn chwerthin am ei phen hi. Hynny wnaeth ei chythruddo hi. Rhoi hyder iddi ddal arno fo.

'Mae'n siŵr na wnest ti ddim siarad Saesneg hefo dy wraig gyntaf!' Roedd brath i fod yn y geiriau. Roedd hi isio rhoi proc iddo â darn o'i orffennol. Isio brifo. Ond fo gafodd y llaw uchaf eto. Trodd i'w hwynebu. Doedd dim emosiwn yn ei wyneb ond roedd ei ateb yn llyfnach na llaeth:

'Well, there's the difference, you see. I was in love with Eleri.'

Fyddai waeth iddo fod wedi rhoi'i ddwylo am ei gwddw a gwasgu ddim. Er nad oedd hithau'n caru David fel roedd hi wedi caru Gwynfor roedd clywed hynny wedi'i llorio hi. Dyna un o'r rhesymau pam roedd hi'n gallu dygymod yn y berthynas yma – y ffaith ei bod hi'n credu fod David yn ei haddoli hi er nad oedd hithau'n teimlo cweit yr un fath. Roedd hi wedi gwneud ei gorau i guddio hynny, wrth gwrs. Wedi trio bod yn wraig dda iddo. Rhoi chwarae teg iddo. Edrychodd David arni fel pe bai newydd ddarllen ei meddwl.

Gwil wedi cael ei draed yn rhydd ar nos Sadwrn am unwaith am fod Rona wedi mynd am benwythnos hefo'i chwaer. Roedd y cyfan mor wirion o braf. Y gwin gwyn drud. Tynerwch eu caru – hi ar y top a fynta a'r gobennydd tu ôl i'w gefn (rhaid i ni fod yn ofalus a chditha hefo dy anjeina!) – a'r chwerthin plentynnaidd, afreolus wedyn. Oedd. Braf. Diofal hyd yn oed. Nes dywedodd Gwilym rhwng dagrau ei chwerthin:

'Fel hyn fyddan ni pan landian ni yn y cartra hen bobol 'na ryw ddwrnod!'

Yn sydyn reit, roedd y gwin yn rhy gynnes. Roedd y llais yn dod o'r radio fel cacwn mewn cwd papur. Sylweddolodd Mo fod yna rywfaint o ogla paent yn dal i fod yn yr ystafell ers y decorêtio. Fu'r ffenest ddim ar agor yn ddigon hir. Damia. Roedd o hyd yn oed wedi dechrau mynd ar ei stumog hi. Estynnodd am ei chôt goban. Sidan a les. Llaes at y llawr. Glam. Gwisg ffilm star a'i chorff yn wylo o dani. Agorodd y ffenest. Roedd y papur wal newydd yn hyllach na'r hen un wedi'r cyfan. Gormod o flodau.

'Ti'n iawn, 'mach i?' gofynnodd yntau. Ddim yn gwybod ond yn synhwyro bod rhywbeth o'i le. Yn falch pan gafodd ateb smala.

'Meddwl pa mor lwcus dwi,' meddai hithau.

'Lwcus?'

'Wel, ia. Uffernol o lwcus dy fod ti'n gallu aros tan bora am unwaith!'

Ond wyddai o ddim go iawn gymaint oedd hynny'n ei olygu iddi'r noson honno.

Pennod 14

Chafodd Siwan Beresford mo'r pleser, hyd yn oed, o gael dweud nad oedd bywyd priodasol yn ddim byd tebyg i'r hyn a ddisgwyliasai. Oherwydd roedd o'n union fel roedd hi wedi'i ofni yn ei chalon o'r eiliad y dywedodd 'Gwnaf' yn sêt fawr Moreia a gweld y bodlonrwydd smyg yn fasg ar wyneb ei mam.

Oedd, roedd ganddi'r cysuron i gyd. Tri bathrwm, conserfatori, cegin gwerth miloedd. A chae o stafell wely. Dim ond na allai hi fwynhau moethusrwydd y stafell honno pan oedd David yno hefo hi. Roedd sŵn ei anadlu'n mynd ar ei nerfau. Doedd o ddim yn chwyrnu, ac roedd hi hyd yn oed yn teimlo'n filain tuag ato am hynny. O leiaf wedyn byddai ganddi rhywbeth real, rhywbeth clywadwy, i'w gasáu. Doedd o ddim yn pigo ewinedd ei draed nac yn gadael sugion yn y bath. Roedd o'n dwt, yn lân. Felly penderfynodd Siwan gasáu'i lendid o. Ei ddiffyg arferion drwg. Roedd o'n rhy berffaith, hyd yn oed yn ei gwsg.

Ac eto, roedd yn well ganddi edrych arno'n cysgu nag edrych arno'n cymryd ei bleser ohoni. Nid caru oedd o. Nid iddi hi. Teimlai fel un o'r merched Indiaidd hynny y darllenasai amdanynt yn cael eu rhoi'n wragedd i ddynion nad oeddynt yn eu caru, dim ond am mai dyna ddymuniad y teulu. Priodasau wedi eu trefnu. Ac onid dyna oedd hon? Priodas wedi'i threfnu i blesio'i mam a David. Ia, David. Roedd yntau isio'r briodas yma, nid er mwyn ei chael hi, Siwan, ond er mwyn ei ddelwedd gyhoeddus ei hun. Y wraig *classy* ond ufudd a'i theulu hi'n gefnog. Yr union beth i ddyn fel fo. Ac roedd ei mam yn cael mab-yng-nghyfraith y gallai hi

---

ganu'i glodydd dros goffi hefo'i chrônis o Ferched Teimlai Siwan gasineb ati hithau hefyd, at ei mam ei doedd hynny'n ddim byd newydd, nag oedd? Roed bod yn frwydr barhaus rhwng Siwan a Rona o'r sylweddolodd Siwan fod yna ffyrdd amgenach na mam o wneud pethau. Weithiau byddai'n tynnu'n g ond er mwyn diawledigrwydd, dim ond er mwyn mam yn cynddeiriogi. Efallai fod yna fwy o Rona nag oedd y ferch yn fodlon ei gyfaddef. Roedd y bengaled, yn rhygnu yn erbyn ei gilydd fel dwy gyllell

Gallai Siwan fod wedi gwrthod priodi David. D ddim mor llywaeth na allai hi fod wedi troi ar ei dweud wrthi am roi'r gorau i wthio a hwrjio a threfnu hi. Ond y gwir plaen ar y pryd oedd nad oedd hi dymuno rhoi stop ar bethau. Wel, nid ar y dechra bynnag. Roedd David yn olygus. Yn ei thrin yn fonhe roedd yna rywbeth yn ddeniadol iawn yn y ffaith y brofi i Gwynfor ei bod hi'n dipyn o gatsh i ddyn o sylw werth ei chael. Byddai hi, Siwan, yn wraig i brifathro, a hi am i'r byd – a Gwynfor Khan – wybod ei bod hi w symud ymlaen. Doedd hi ddim am dreulio gwe dyddiau'n hen ferch dim ond er mwyn iddo fo gael hw phen. Y drwg oedd ei bod hi – a'i mam – wedi ne cynnig cyntaf gafodd hi. Nid y byddai David Beres ddewis ffôl yng ngolwg y rhan fwyaf o ferched. Roedd lawer iawn o'i blaid – roedd o'n olygus, roedd uchelgais (er mai gweledigaeth yr oedd David ei hun yr galw hynny), dyfodol disglair a chyflog a olygai na fyd angen i'w wraig fynd allan i weithio byth.

'Paid hyd yn oed ag ystyried y peth, Sue.' Dyna oedd ei ddweud wrthi. Er mai swnio'n fawrfrydig a hael o fwriad gallai Siwan fod wedi taeru fod tinc bygythio geiriau. Ac erbyn hyn, wrth dalfyrru'i henw, aeth y S

'*You really don't get it, do you, Sue?*'

'Be ti'n feddwl?'

'*I've known all along that I'm only second best, my darling.* Ail ddewis. Dwi'n gwbod o'r dechau.' Roedd golwg bron yn fileinig arno, bron fel pe bai o'n mwynhau. Ac roedd ei gymysgedd o Gymraeg a Saesneg yn ei thaflu oddi ar ei hechel. Gwyddai ei fod o'n ei herio hi. 'Ond doedd dim ots gen i, Sue. Ddim go iawn. Wedi'r cyfan, ti oedd fy ail dewis innau hefyd, cariad. *It's all about appearances. Connections. A healthy bank balance.*' Daeth yn nes ati nes bod ei anadl yn gynnes yn erbyn ei gwallt. '*Almost as important as a healthy sex life, don't you think?*'

Doedd hi ddim wedi llwyddo i'w dwyllo'n llwyr felly. Wel, nid rhwng y cynfasau, beth bynnag. Mynd trwy'r mosiwns. Dyna'r cyfan oedd o iddi hi. Gwneud y synau iawn yn y llefydd iawn. Gwneud ei dyletswydd i gadw'r ddysgl yn wastad. Roedd hi'n cau'i llygaid bob amser, gwasgu llun Gwynfor i'w phen. Dyna'r unig ffordd roedd Siwan wedi gallu dygymod â charu hefo David o'r cychwyn un – cogio mai Gwynfor oedd o. Neu yfed digon o fodca fel bod ei synhwyrau'n barlys i gyd. Gorchwyl oedd rhyw, fel llnau'r popty. Mae'n debyg, erbyn hyn, fod yn well ganddi'r olaf. Daeth y syniad â dagrau i'w llwnc. Roedd ganddi flynyddoedd o fyw fel hyn o'i blaen. Blynyddoedd o briodas oer. Doedd hyn yn ddim ond megis dechrau. Roedd hi'n gaeth. A doedd ysgariad ddim yn opsiwn. Ddim go iawn. Ddim ar ôl i'w thad wario'r holl arian arni. A fyddai yna ddim croeso iddi ar aelwyd ei mam pe bai hi, Siwan, yn meiddio gwneud y fath sôn amdani. Pe bai hi'n mynd yn ei hôl adra fyddai bywyd ddim gwerth ei fyw – i'w thad nac iddi hithau. Doedd yna unlle arall iddi fynd felly, nag oedd? Ac roedd morol amdani hi'i hun allan o'r cwestiwn. Allai hi ddim dechrau ystyried peth felly. Byddai bywyd hefo David yn well na gorfod ail ddechrau ar ei phen ei hun yn rhywle. Thalodd Siwan erioed fil yn ei hoes a doedd ganddi ddim awydd cychwyn rŵan. Roedd hi'n haws estyn am y fodca a gwneud y gorau ohoni.

Gwneud y gorau o'i charchar moethus a byw bywyd arall yn ei phen.

Arhosodd hi ddim am funud i feddwl ac i sylweddoli mai'r unig beth oedd yn ei charcharu mewn gwirionedd oedd ei llwfrdra ei hun. Penyd roedd Siwan yn ei weld. Dedfryd oes. Dim dihangfa. A beth pe bai yna blant? Na. Dduw Mawr, na. Fe wnâi hi'n berffaith siŵr o hynny. Byddai plant yn rhywbeth arall i'w chlymu'n dynnach wrtho. Edrychodd o'i chwmpas. Roedd hi'n hoffi ei thŷ. Heb David, gallai ei wneud yn gartref go iawn. Dim ond pan nad oedd o yno yr oedd hi'n gallu ymlacio.

Roedd y boreau'n braf. Cael y gwely i gyd iddi hi'i hun. Ymestyn ei breichiau. Lledu'i choesau. Mwynhau rhyddid y gwely gwag a neb yno wrth ei hochr yn mynnu dim ganddi. Troi'r gobennydd lle bu'i ben o'n gorwedd. Ei droi wyneb i waered rhag cael dim o'i ogla fo. Ogla dyn. Ogla David yn ei gwely hi. Ia, ei gwely hi. Arian ei mam oedd wedi prynu'r gwely. Deuai pyliau o gasineb edliwgar fel hyn dros Siwan yn amlach. Ac wrth iddyn nhw ddod fel hyn, yn ddyddiol, nosweithiol, roedd hi'n anos eu cuddio. Anos cadw wyneb. Anos cogio.

Oedd, roedd popeth yn well heb David. Pe bai o'n diflannu o'i bywyd hi rhyw ddiwrnod mi fyddai pethau'n gwella. Na, nid gwella. Mi fyddai popeth yn iawn. Yn berffaith. Fo oedd y ddraenen yn ei hystlys. Cafodd wared â'i mam dim ond i dreulio gweddill ei bywyd dan fawd David Beresford. Roedd meddwl fel hyn yn corddi Siwan. Yn peri iddi gloddio'i hewinedd yn ddwfn i gledrau'i dwylo. Yn peri iddi fod isio lluchio pethau. Cysuro'i hun â ffantasïau styrblyd lle byddai hi'n dychmygu'i farwolaeth annhymig. Trawiad annisgwyl. Damwain car. Tân. Daeth i fwynhau meddwl fel hyn.

Meddwl pa mor braf, pa mor uffernol o feddwol o braf, fyddai ei bywyd heb ei gŵr.

Pennod 15

Dreifiai Gwil yn araf, ofalus. Oedden, roedden nhw'n lonydd troellog. Ond roedd o'n cymryd mwy o bwyll bron nag oedd angen, hyd yn oed ar lôn garegog, gul fel hon, a gwyddai Mo hynny. Gwyddai ei fod o'n gyrru'n boenus o ofalus o'i hachos hi.

'Ymlacia, Gwil. Wna i ddim torri'n ddarnau mân os wyt ti'n dreifio dros garreg, sti. Gwbod 'mod i'n fregus, ond dydi hi ddim cyn waethed â hynny arna' i. Eto.' Ond doedd hi ddim wedi gallu cynnal y direidi yn ei llais erbyn iddi gyrraedd yr 'eto'. Roedd ei fysedd yn gynnes wrth iddo'u plethu drwy'u rhai hi.

'Iawn, 'ta. Os ti'n deud. Yli, mi ddreifia i hefo un law i brofi i ti pa mor cŵl dwi.'

Roedd y machlud yn ifanc o hyd, fel olion rhyw ddiod binc blentynnaidd yn staenio cadach.

'Barcian ni'n fama, ia? Ma'r gwynt yn feinach nag oeddwn i wedi'i feddwl.'

Doedd o ddim isio dweud yn uchel yr hyn oedd yn debygol o fod yn mynd drwy'i meddwl hithau ar yr un pryd. Gwyddai'r ddau ohonynt y byddai cerdded i lawr y llethr at y traeth yn ormod iddi rŵan. Ond byddai dweud hynny'n brifo. Yn gyfaddefiad. Y gwir yn rhy noeth.

Agorodd Mo gil y ffenest. Oedd, roedd hi'n oer ond oerni ffres oedd o. Glân. Beiddgar 'fath â rhyddid. Roedd y môr yn pigo'i llygaid hi. Arian byw o fôr. Fel petai rhywun wedi tywallt llwyth o binnau ar hyd ei wyneb o.

'Ma' siŵr bod y dŵr yn ofnadwy o oer 'ta,' meddai. 'Biti ei fod o mor bell . . .'

'Gawn ni weld rŵan,' atebodd yntau. 'Aros di lle rwyt ti!'
Roedd ei lygaid o 'fath â'r môr yn llawn pinnau'n dawnsio.

Roedd o allan o wynt yn lân pan ddaeth o'n ôl.

'Ti'm yn gall!' meddai hithau. Chwerthin. Roedd hi'n
teimlo'n ddeunaw oed. Daliai ddŵr y môr yng nghwpan ei
ddwylo.

'Wel, ty'd yn dy flaen 'ta. Teimla fo. Brysia, cyn iddo fo
ddiferu drwy 'mysedd i . . .!'

''Dio'n oer?'

'Ydi – uffernol . . .!'

Dyna pryd cusanodd o hi. Drwy ffenest agored y car. Dal
ei dwylo'n dynn. Eu bysedd nhw'n wlyb ac yn oer oherwydd ei
anrheg iddi.

'Ty'd yn ôl i mewn i'r car i g'nesu dy ddwylo!' Y direidi yno
o hyd, yn dod â'r hiraeth i'w lwnc. Galarai amdani'n barod, er
ei bod hi yno wrth ei ochr, yn gwenu, yn troi ato. Roedd yr
hiraeth yno cyn iddo'i cholli hi, yn gludo'n rhewllyd fel ias y
môr ar ei fysedd.

Nythodd hithau i'w goflaid. Roedd lliw'r awyr yn
gyfoethocach erbyn hyn. Yn aeddfetach. Lliw'r milc siêc wedi
troi'n lliw gwin *rosé*. Byddai'r cyfan yn gleisiau i gyd ymhen
dim o dro. Y dydd yn ganol oed, yn dlws o hyd, yn derbyn ei
ddiwedd yn raslon.

'Fedra' i ddim meddwl am ddim byd gwaeth na gorfod
byw am byth,' meddai Mo'n dyner.

Roedd hi'n euog. Fo fyddai'n cael ei adael ar ôl. Edrychodd
ar y llinellau mân o gwmpas ei lygaid o a'u caru bob un. Ei
garu am yr hyn oedd o. Am nad oedd o'n ifanc. Am nad oedd
eu hoed nhw'n cyfri. Roedd ganddyn nhw hawl i deimlo fel
hyn.

'Mi ddaru ni gwrdd ar yr adeg anghywir . . .' Roedd o'n
cwffio i gadw'r dagrau o'i wddw. 'Mi fasa petha wedi bod mor
wahanol.'

'Efallai. Efallai ddim.' Anwesodd ei foch. Boch ganol oed. Mor fachgennaidd o feddal oedd ei groen yn yr hanner gwyll. 'Doedden ni mo'r un bobol erstalwm, cofia. Efallai mai ffraeo a gwahanu fasen ninnau wedi'i wneud pan oedden ni'n ifanc a byrbwyll.'

Doedd hi ddim yn credu hynny chwaith. Ddim am funud. Fel hyn yn union fasen nhw wedi bod. Roedd hi'n fformiwla wyddonol. Dau hanner o'r un hafaliad. Dyna oedden nhw. Roedd cymaint o bobol yn treulio oes gyfan heb ddeall yn iawn beth oedd hynny. Parau priod yn byw'n ddedwydd am flynyddoedd yn meddwl ei bod hi ganddyn nhw. Y gyfrinach. Ddim yn sylweddoli mai cyfaddawd ac ymdrech ac aberth oedd yn eu cadw hefo'i gilydd. Dyna sut oedd priodasau'n llwyddo. Nid hud a lledrith oedd o.

Nid fel hi a Gwil. Iddyn nhw, roedd hud yn bod. Nid angerdd a nwyd ieuenctid oedd wedi eu denu at ei gilydd. Nid plant a gofalon a chyfrifoldebau oedd wedi eu clymu wedyn wrth i'r cyffro gilio. Nid cyfeillgarwch henaint fyddai'n uno'r ddau hyd angau. Wnaethon nhw ddim cwrdd pan oedden nhw'n ifanc. Doedd Gwil ddim yn gryf nac yn heini a doedd hithau ddim yn hardd ac yn fain. Ond roedd yna rywbeth arall dyfnach, anniffiniol yn eu tynnu at ei gilydd. Rhywbeth nad oedd modd ei anwybyddu. Rhywbeth tu hwnt i ddyletswyddau rhannu-biliau-rhannu-gwely y rhan fwyaf o gyplau y gwyddai Mo amdanynt a oedd yn trio'n galed i wneud i 'bethau weithio'.

Roedd 'pethau'n gweithio' i Gwil a hithau heb iddyn nhw orfod trio. Am amser maith roedden nhw wedi trio peidio. Gwyddai o'r dechrau ei fod o'n briod. Roedd hi wedi cwffio'i theimladau am yn hir. Doedd hi ddim isio bod ar ei phen ei hun ar benblwyddi a Dolig a meddwl amdano yntau hefo'i wraig a'i ferch. Doedd hi ddim isio bod ar y cyrion yn hiraethu amdano, yn dioddef yn amyneddgar ac yn bod yn bathetig o ddiolchgar am unrhyw friwsion ohono a ddeuai i'w chyfeiriad. Nid un felly oedd hi. Roedd hi'n sengl, yn annibynnol, yn rhedeg ei busnes ei hun. Roedd ganddi fywyd y tybiai rhai iddo fod yn eithaf llwyddiannus. A thu ôl i far Min Awelon cawsai gyfleoedd euraid i gwrdd â phob mathau o ddynion. Doedd dim rhaid iddi gael sbarion dynes arall.

Ceisiai ei hargyhoeddi'i hun o hyn i gyd bob tro roedd hi'n cael ei siomi pan na allai Gwil ddod ati. Pan nad oedd y ffôn yn canu. Ac yna roedd o'n dianc o rywle i'w gweld. Neu fe ddeuai neges tecst ac roedd ei chalon yn methu curiad. Dwrdiai ei hun am ymarweddu fel merch ysgol ond yn ei chalon gwyddai na allai roi'r gorau i deimlo fel hyn. Roedd hi wedi trio. Doedd hi ddim wedi arfer â'r teimlad o fethu cadw rheolaeth ar bethau. Ond rŵan ei theimladau oedd yn ei rheoli hi. Rheoli popeth. Roedd o'n brifo. Isio Gwil a gwybod na châi hi byth mohono'n llwyr. Roedd yn ei gwneud yn orffwyll. Cawsai ei chnoi wrth feddwl amdano dan yr unto â Rona. Byddai ei bywyd gymaint haws pe bai hi'n gallu diffodd ei theimladau fel diffodd swits golau.

'Mae dy feddwl di'n bell.'

'Meddwl amdanat ti oeddwn i.'

Oedd yn berffaith wir. Cododd ei gwefusau i gwrdd â'i rai o. Gwyddai y byddai'n teimlo fel hyn amdano pe bai o'n gant a thair. Oherwydd y cemeg. Yr hud. Y fformiwla gudd anniffiniol 'na. Ac yng ngwres ei gusan dechreuodd feddwl yn sobor na fyddai byw am byth yn syniad hanner mor hunllefus pe bai Gwil yno wrth ei hochr hyd dragwyddoldeb.

Pennod 16

Bu'n dair wythnos ers pan welodd o Siwan. Amser yn hedfan, meddyliodd Gwilym yn chwerw. Ac roedd hynny'n cynnwys ei amser hefo Mo. Roedd ei ben yn llawn ohoni. A'i galon. Mo fywiog, feiddgar. Hi ddaeth ag o o farw'n fyw. Roedd meddwl amdani rŵan yn ei chystudd bron â bod yn ormod iddo. Roedd yna adegau pan oedd o'n credu na allai ddygymod. Ac yna'n wyrthiol cawsai ryw nerth rhyfeddol gan Mo ei hun bob tro yr âi at erchwyn ei gwely. Erbyn hyn roedd hynny'n digwydd yn nosweithiol. Yn ddefod.

Doedd o ddim bellach yn trafferthu i chwilio am esgusodion pan adawai'r tŷ bob nos. Bu'n ei boenydio'i hun i ddechrau. Yn creu straeon tylwyth teg er mwyn lluchio'r llwch i lygaid Rona. Dywedodd unwaith ei fod yn picio i dŷ ffrind i roi cyngor ariannol iddo. Dro arall roedd o'n mynd â Hefin Pant i gasglu'i gar o rywle. Danfon rhywbeth. Nôl rhywbeth. Galw i weld Siwan.

Y gwir oedd fod dyddiau lawer wedi mynd heibio ers i Gwilym Lloyd ymweld â'i unig ferch. Siwan oedd cannwyll ei lygad. Roedd y cwlwm rhyngddyn nhw'n dynn. Y cwlwm arbennig yna sydd rhwng tad a merch. Roedden nhw wedi'u hamddiffyn ei gilydd ar hyd y blynyddoedd rhag tafod Rona ac roedd y ffaith eu bod nhw ill dau wedi bod gymaint o angen cefnogaeth ei gilydd wedi'u tynnu'n nes. Roedd yna ddealltwriaeth gyfrin rhyngddynt. Siwan oedd wedi rhoi blas ar fyw iddo. Wedi cadw'i galon yn curo drwy flynyddoedd o briodas oer. Byddai wedi rhoi'i fywyd er mwyn Siwan. Hi oedd ei ferch. Ei gofid hi oedd ei ofid o. Ei llawenydd yn llawenydd iddo yntau. Ac am amser maith roedd o'n credu y byddai hynny'n ddigon. Yna fe aeth hi. Priodi hefo David Beresford. Roedd o ar ei ben ei hun hefo Rona. Ac yn sydyn fe agorwyd y drws ar realiti oer yr hyn a oedd o'i flaen am weddill ei oes. Roedd y dyfodol fel drafft yn pigo'i lygaid o.

Ond roedd ganddo Mo. Pan drawodd o arni am y tro cyntaf fe wyddai y byddai'n ei dal yn ei freichiau. Roedd yna rywbeth o'i chwmpas na allai mo'i ddiffinio mewn geiriau, rhywbeth yn ei ddenu, yn mynd dan ei groen, yn gludo fel persawr blodyn cudd mewn clawdd. Dywedai ei holl synnwyr wrtho ei fod o'n chwarae hefo tân. Roedd o'n rhy hen i ddechrau cyboli fel hyn. Dynes arall? Affêr yn ei oed o? Pe bai hynny'n digwydd i un arall o'i ffrindiau o'r banc oedd wedi hen ymddeol byddai wedi chwerthin yn uchel. Credai ei fod wedi claddu'i libido ers blynyddoedd o dan doman o filiau a ffraeo a rhygnu byw. Rona a fo'n cadw wyneb parchus er mwyn cymdogion a chydnabod a Siwan fach yn ei gadw yntau rhag drysu'n llwyr.

Doedd Gwilym a'i wraig ddim wedi cael rhyw ers blynyddoedd. Pe bai o'n onest doedd o ddim yn meddwl rhyw lawer iawn amdano erbyn hynny. Gwydraid o malt go lew a llonydd i ddarllen ei bapur. Dyna'r cyfan yr oedd o'n ei ddeisyfu bellach. Bodlonai ar bleserau dirodres bywyd. Derbyniasai ei dynged a dysgu cyfri hynny o fendithion a oedd yn weddill iddo. Roedd digon ohonyn nhw i'w gadw rhag mynd yn gwbl orffwyll. Iechyd gweddol, er gwaethaf yr hen bwcs 'na hefo'i galon. Digon o arian i fyw'n gyfforddus. A'r fendith fwyaf o'r cyfan oedd Siwan ei ferch.

Daeth yn boenus o ymwybodol ei fod wedi'i hesgeuluso ers iddo ailddarganfod pleser ym mreichiau Mo. Feddyliodd o erioed y byddai ei deimladau'n ei feddiannu i'r fath raddau. Fo o bawb, yn ei oed a'i amser, yn dechrau byw.

A feddyliodd o erioed chwaith y byddai'n rhaid iddo wylio'i gariad yn marw. Roedd rhan ohono'n deisyfu am gael marw hefo hi. Roedd rhan ohono wedi gwneud hynny eisoes. Ac roedd yna ran arall – yn ddwfn tu mewn iddo, yn llechu rhwng ei alar annhymig ar y naill law a'i euogrwydd hallt ar y llall – a ofnai mai cosb oedd hyn i gyd. Ei gosb am ei anffyddlondeb. Cosb waeth na phe bai o'n dioddef o'r salwch ei hun. Mo'n darfod yn boenus o flaen ei lygaid, yn talu'r pris am ei bechod o.

Meddyliau fel hyn oedd yn llethu Gwilym pan drodd y gornel ac anelu trwyn y car rhwng y pyrth ac i ddreif Siwan. Roedd hi'n ganol dydd a newydd wneud cawod o law. Sgleiniai'r haul ar hyd y tarmac newydd a mynnu ei ddallu. Llwybr siwgwr o haul a sŵn ei deiars yn crensian drosto.

'Dad! Dyma syrpréis . . .'

Pe bai o yn ei bethau byddai wedi sylwi pa mor anghyffredin o welw oedd hi. Ond erbyn hyn roedd gwelwder iddo fo yn lliw mwy tryloyw na gwyn. Lliw Mo. Fu Siwan erioed mor welw â hynny. Fu neb. Un wyneb gwelw oedd yn byw ym mhen Gwilym, wyneb-papur-sidan yn boddi mewn llygaid rhy fawr.

'Ti'n edrach yn dda, Siw. Dy wallt di'n wahanol.'

Bu'n un da erioed am sylwi ar bethau felly. Plesiwyd Siwan yn syth. Pe bai o'n onest dim ond y pethau arwynebol yr oedd arno isio'u gweld y diwrnod hwnnw. Ysgwyddai ormod o faich fel roedd hi. Roedd ganddo ofn chwilio am chwaneg. Os oedd ei ferch ychydig yn welwach a meinach nag arfer dewisodd Gwilym feddwl mai deiet arall neu golur gwahanol oedd yn gyfrifol am hynny. Teimlai ryddhad o weld ei ferch yn yr un math o ddillad ffasiynol cysurus o ddrud a'i cholur yn edrych yn gelfydd. Dyna un o'r pethau prin oedd ganddi hi a'i mam yn gyffredin.

Doedd yna ddim gormod o helynt ar bethau, felly, meddyliodd Gwilym. Rona oedd ar fai eto fyth. Ochneidiodd yn fewnol. Roedd hi'n codi bwganod am rywbeth byth a beunydd. Gwneud môr a mynydd o ddim byd. Yn ddiweddar roedd hi wedi bod yn mynegi pryder ynglŷn â'i mab-yng-nghyfraith, neu'n hytrach, am ei stumog. Roedd ei thruth y noson o'r blaen yn dal i rygnu yn rhywle yn ei benglog. Awgrymasai nad oedd Siwan yn gwneud rhyw lawer o ymdrech i edrych ar ôl ei gŵr fel y dylai hi.

'Wyddost ti be' oedd gynni hi iddo fo i swpar, os gweli di'n dda? Rhyw bryd parod mewn bocs! A'r gegin 'na werth miloedd! Pob dim i hwyluso'i gwaith. Be' arall sgynni hi i'w wneud drwy'r dydd, Gwilym? Dwed wrtha' i! Y cyfan mae'r creadur yn ei gael ar ôl diwrnod hir yn yr ysgol 'na ydi rhyw nialwch fela. Wel, nid gen i mae hi'n cael rhyw stumia felly, fel y gwyddost ti'n iawn. Ddoist ti erioed adra o dy waith heb fod yna bryd iawn o fwyd ar y bwrdd yn dy ddisgwyl di.'

Hynny a dy hen wep sur ditha noson ar ôl noson, meddyliodd Gwilym yn biwis. Dyna fyddai o wedi'i ddweud hefyd pe bai ganddo'r amynedd – neu'r gyts – i godi twrw. Penderfynodd ar ei dac arferol. Amddiffyn Siwan cystal ag y gallai heb dynnu gormod o flew o drwyn ei wraig.

'Ella'i fod o wedi cael cinio ysgol,' meddai o'r diwedd, yn fwynach nag oedd o'n teimlo. Daliodd ei bapur newydd rhyngddi hi a'i feddyliau. 'Doedd o'm yn llwglyd, ma' raid, nag oedd? Fedra' i ddim gweld Siwan yn ei lwgu o, rywsut.'

'Rêl chdi eto,' meddai Rona'n finag i gyd. 'Fedar dy hogan bach di wneud dim byd o'i le byth. Wedi cael ei difetha'n rhacs gen ti. Wel, mi fydd yn rhaid iddi watsiad, dyna'r cyfan ddyweda' i. Mi oedd hi'n lwcus iawn i gael hogyn fel David.'

Rhoddodd Gwilym ei bapur ar ei lin wrth iddo sylweddoli nad stumog David oedd yn poeni Rona mewn gwirionedd. Chwilio am unrhyw beth i gega amdano fo oedd hi fel arfer. Pam oedd o'n cymryd hyn? Yn eistedd yma fel llo'n gwrando arni'n rhefru? Roedd y min yn ei llais wedi cyffwrdd nerf o'r diwedd. Am unwaith gadawodd i'w lygaid gyfarfod â'i rhai hi.

Doedd hi ddim yn syn ganddo weld nad oedd yna ddim meddalwch ynddyn nhw.

'Ti'n deud?'

Doedd hi ddim wedi arfer â chael Gwilym yn ei herio. Safodd â'i cheg ar hanner agor fel pe bai hi'n synnu at hyfdra plentyn bach. Mewn ffordd od rhoddodd hynny'r hyder iddo fynd yn ei flaen.

'Fo ydi'r un lwcus, yn cael Siwan,' meddai. Sylweddolodd o ddim ei fod o wedi gwasgu'i bapur yn belen a'i stwffio'n flêr i un ochr o'i gadair. Cododd.

'Dwi'n mynd allan,' meddai. Heb eglurhad. Heb chwilio am esgus. Aeth o'r tŷ gan glepian y drws a'i gadael hithau'n syllu'n gegrwth ar ei ôl. Dyna ddechrau ar y mynd allan gyda'r nos heb drafferthu i esbonio. A thrafferthodd hithau ddim i ofyn chwaith.

'Dad?'

Teimlodd ei hun yn hofran mewn gwagle. Daeth llais Siwan o rywle a'i angori unwaith yn rhagor.

'Dad? Wyt ti'n ocê?'

'Champion, 'mechan i. Fy meddwl i oedd yn bell . . .'

Sylweddolodd nad oedd o wedi bwyta ers oriau. Doedd yna ddim golwg o fwyd gan Siwan chwaith. Roedd ganddi bethau eraill ar ei meddwl.

'Be' wyt ti'n ei feddwl o'r ffrog 'ma, Dad?'

'Be' . . .?'

'Y ffrog 'ma dwi'n ei gwisgo. Wrthi'n ei thrio hi oeddwn i pan gyrhaeddaist ti . . .'

Roedd mwy o'i mam yn Siwan ar brydiau nag oedd Gwilym yn fodlon ei gyfaddef.

'Del. Ydi, del iawn . . .'

Gallasai hi fod yn gwisgo sach. Dechreuodd deimlo'n benysgafn eto. Roedd straen yr wythnosau diwethaf yn dechrau dweud arno, meddyliodd.

'Wedi meddwl ei gwisgo hi heno. Mae yna sioe ymlaen yn ysgol David. Rhaid i mi ddangos gwynab, yn bydd? Aç mi fydd pawb yn sbio be' fydda' i'n ei wisgo, felly mae hi'n bwysig i mi edrych y part. Gwraig y prifathro dwi wedi'r cwbwl!'

Ochneidiodd Gwilym. Doedd yna fawr o gysur i'w gael gan ei ferch heddiw chwaith.

'Wel? Be' ti'n ddeud? Dwi'n deud y gwir, tydw? Ac mae'n rhaid i mi siapio. Y sioe'n dechrau mewn awr!'

Eisteddodd Gwilym yn drwm ar un o gadeiriau'r gegin ddrud.

'Oes yna baned i'w chael, Siw?'

Atebodd yr un o'r ddau gwestiynau'r naill na'r llall. Sylwodd Siwan ddim pa mor llwydaidd oedd ei thad. Sylwodd yntau ddim pa mor eithriadol o fain ydoedd hithau erbyn hyn. Diflannodd hi i fyny'r grisiau i orffen pincio, a gwnaeth Gwilym Lloyd ei baned ei hun.

Pennod 17

Roedd coesau Tracey Walsh yn ddigon siapus, chwarae teg, er nad oedden nhw ddim yn hir. Ond heb deits roedden nhw'n llawer rhy wyn. I unrhyw un a fyddai wedi trafferthu i edrych yn fanwl arnyn nhw fe fyddai wedi gweld pennau pinnau o groen gŵydd yn dechrau codi ar hyd ei chluniau noeth. Rhyw damaid fflimsi o sgert a wisgai, dwy haenen o ffrils llydan, un ffrilen yn ddu fel ei thop tyn, a'r ffrilen isa'n wen. Roedd o'n gyfuniad anffodus, yr hem yn wyn fel y coesau. Roedd y ferch yn gwyro bron o un ochr i'r llall, gan roi'r argraff mai sefyll ar ei hesgidiau yr oedd hi yn hytrach nag ynddyn nhw. Rhoddasai'r sodlau uchel a'r platfforms sylweddol hyd brawychus i'w chorff a pheri iddi sticio'i thin allan er mwyn cadw'i chydbwysedd. Edrychai fel bilidowcar ar fin plymio.

Roedd o'n hwyr. Taniodd sigarét arall. Doedd hi ddim yn poeni. Roedd o wastad yn hwyr. Pum munud. Deg ambell waith. Edrychodd i lawr ar ei choesau a difaru nad oedd hi wedi mentro rhoi ffêc tan. Roedd coesau noeth yn lot mwy hwylus ar gyfer cael rhyw mewn car, ond roedd hi'n blydi oer yn sefyll o gwmpas yn disgwyl fel hyn. Tynnodd fwg trwy'i ffroenau a'i deimlo'n gynnes, braf. Meddyliodd am wyneb Phil pan ddywedodd wrtho heno ei bod hi'n mynd allan hefo'r genod. Gwyddai nad oedd o'n ei thrystio hi bellach ar ôl y tro diwethaf. Ac ar ôl y tro diwethaf roedd yn rhaid iddo yntau wylio'i dymer. Dim ond un sgarmes arall a byddai dyrnau Phil Walsh yn ei landio yn y jêl.

Drwy'r gwyll daeth golau car. Teimlai Tracey'r cyffro'n bigiadau ar ei gwegil, o dan ei gwallt, i lawr ei hasgwrn cefn.

Iasau. Hwn oedd y prifathro! Nid gofalwr oedd hi'n ei ffwcio'r tro hwn. Nid ei bod hi erioed wedi meddwl fod prifathro allan o'i chyrraedd hi. Cymrodd Tracey ei drag olaf o'r hanner sigarét a gadael ôl ei gwefus arni'n rhimyn gwaedlyd. Mygodd wên. Doedd yna'r un dyn erioed wedi bod allan o'i chyrraedd. Dyna'r her. Fel cariadon ei ffrindiau erstalwm. Roedd hi wedi mynnu eu cael i gyd, hyd yn oed y rhai nad oedd hi'n eu ffansïo. Gwybod ei bod hi'n gallu eu denu oedd yr apêl. Eu denu, eu dal, a'u lluchio dros yr erchwyn wedyn. Dyna'r rheswm amlwg pam na fu ganddi erioed lawer o ffrindiau genod ond roedd Tracey'n cael digon o sylw gan ddynion i hynny beidio â bod yn ormod o broblem.

'*Alright, Trace?*' Doedd David ddim yn gwastraffu'i Gymraeg ar hon. Gwyrodd ymlaen dros y sedd i agor drws y car iddi.

'*Alright, Dave?*' adleisiodd hithau.

Dave. Llyncodd David wên fach galed. Roedd y talfyriad yn merwino'i glust fel arfer, ond gan hon roedd o'n eitha hoffi'r syniad o fod yn Dave galed, goman dros dro. Roedd hi fel petai bod yn Dave yn ei wneud yn rhywun arall tra oedd o'n gwneud hyn. Nid David Beresford oedd o pan oedd o hefo hi. Roedd o'n byw ei ffantasi, yn ei slymio hi hefo'r ferch yn y dillad rhywiol, rhad.

'*Glad to see there's not too much underwear to take off.*' Roedd ei anadl yn boeth ar ei gwegil wrth iddo dynnu strapiau'r top du i lawr. '*Leaves more time to concentrate on other things!*'

Syrpréis annisgwyl oedd y fodrwy fechan yn ei theth dde pan dynnodd o amdani'r tro cyntaf hwnnw wythnosau'n ôl bellach. Doedd o ddim i wybod mai presant i Phil oedd honno i geisio ail-gynhyrfu'r dyfroedd rhywiol rhyngddynt wedi'r ffling anffodus gafodd hi hefo Gavin Little. Edrychai David ymlaen at ddinoethi'r fron honno bob tro a theimlo caledwch y fodrwy fach arian yn oer yn erbyn ei dafod. Blas metel a blas cnawd, yn boeth ac yn oer, yn galed ac yn feddal a hithau'n gynnes oddi tano, yn griddfan ei phleser. Edrychodd David ar wreiddiau duon ei gwallt wrth i'w phen grwydro'n is i lawr ei gorff. Mor wahanol i Siwan, meddyliodd, yn gwneud ei hapwyntiad yn y salon hefo Orville bob chwech wythnos yn ddi-dor fel bod y melyn yn ei gwallt yn berffaith bob amser. Fel ei mam, roedd hi'n talu'n ddrud i edrych yn naturiol. Roedd harddwch Tracey'n rhywbeth mwy cras, mwy cyntefig. Roedd llinell amlwg o dan ei gên lle roedd ei cholur yn darfod ac roedd ei phersawr yn felys ac yn rhad. Ond rhwng ei choesau roedd hi wedi eillio'n gelfydd. Roedd gweld, teimlo hynny, fel teimlo caledwch y styd yn ei thafod a'r arian yn ei theth, yn ei yrru bron yn orffwyll. Roedd Tracey'n ei ddiwallu'n llwyr, yn ei lenwi i'r ymylon, fel drachtio peint oer ar ddiwrnod chwilboeth heb oedi i anadlu bron. Roedd arno'i hangen fel dyn yn marw o syched. Roedd ei angen am Siwan yn wahanol. Roedd rhyw hefo'i wraig fel wyrc-owt neu fwyta pum ffrwyth y dydd. Rhywbeth angenrheidiol er mwyn byw yn iach, cadw corff ac enaid mewn cytgord. Doedd Siwan ei hun ddim yn cyfri rhyw lawer. Gallasai fod yn unrhyw un hefo gwallt perffaith, croen meddal a phersawr drud. Roedd hi'n ddiwyneb iddo. Yn rhan o'r ymarfer, fel dymbels neu dredmil. Amherffeithrwydd Tracey oedd y tyrn-on gorau un. Ei hafradlonedd. Dywedai wrtho'n ddigywilydd lle i'w chyffwrdd a mynnu ei phleser. Cymryd cyn bod yn fodlon rhoi.

Yn hynny o beth, roedd David Beresford a Tracey Walsh yn hynod o debyg i'w gilydd.

*   *   *

Roedd David yn hwyr yn cyfarfod ei wraig hefyd. Edrychodd Siwan ar ei wats am y canfed tro. Erbyn hyn roedd neuadd yr ysgol bron yn llawn. Roedden nhw wedi cytuno ar geir ar wahân. Byddai David yn aros ymlaen yn yr ysgol, p'run bynnag, meddai wrthi'r bore hwnnw. Gwell iddi ddod â'i char ei hun. Roedd llai o densiwn rhwng y ddau am unwaith, y botel win roedden nhw wedi'i rhannu'r noson cynt wedi bod yn help iddyn nhw oddef ei gilydd yn well – o flaen y teledu ac yn y gwely. Roedd Siwan wedi yfed digon fel na allai hi gofio'n iawn sut oedd hi wedi ymateb iddo rhwng y cynfasau ond beth bynnag wnaeth hi roedd o wedi peri iddo wenu arni'n anghyffredin o dyner dros frecwast fel bu bron iddi wrido. Bu'n rhaid iddi gyfaddef wrthi hi ei hun ei bod hi'n haws byw hefo fo pan oedd o'n ymddwyn yn gleniach. Fe'i gorfododd ei hun i wenu'n ôl a llyncu ffalsrwydd ei 'see you later, cariad' hefo cegiad o goffi llugoer.

Roedd hi'n mynd i wneud ymdrech arbennig heno, nid oherwydd ei bod hi'n ei garu, ond oherwydd fod ganddi ei balchder. Roedd hi'n wraig i'r prifathro ac roedd hi'n mynd i wneud ei gorau i actio'i rhan. Gwyddai ei bod hi wedi troi pennau pan gerddodd i mewn i gyntedd yr ysgol. Roedd ei chorff main yn drawiadol mewn ffrog werdd dynn a gyrhaeddai hyd at ryw fodfedd weddus uwchben ei phen-glin. Eto i gyd, edrychai'n rhywiol mewn ffordd ddrud, glasurol. Cydweddai ei bag a'i hesgidiau â gweddill ei gwisg. Roedd popeth o'i chwmpas yn fwy amlwg am fod y rhan fwyaf o'r gynulleidfa – yn blant ac yn rhieni – yn gwisgo trênyrs a chotiau glaw. Ac roedd hi hefyd ar ei phen ei hun. Gosododd ei handbag gwyrdd yn biwis ar y sedd wag wrth ei hochr. Roedd o wedi dweud wrthi y byddai'n dod ati i eistedd. Y dirprwy brifathrawes oedd yn croesawu ac yn cyflwyno'r noson. Ei waith o, David, fyddai'r diolchiadau a'r cloi. Ond lle oedd o? Tindrodd yn anniddig ar y sedd blastig galed. Roedd goleuadau'r neuadd ar fin tywyllu pan deimlodd Siwan anadl poeth ar ei gwar. Mared Evans, y dirprwy. Clompan o hogan fawr drwsgl yr olwg a oedd, er gwaetha'i hymdrechion gwrol i goluro'i hwyneb ac i wisgo ffrog flodeuog, yn edrych yn frawychus o debyg i ddyn mewn drag. Dim peryg i David fod yn gwneud sôn amdano'n cyboli hefo hon, meddyliodd Siwan. Roedd sbeit yn ei chorddi, tuag at y ferch 'ma a'i gwên ddanheddog, tuag at y lle 'ma a'r holl blydi bobol ddiflas, ddiglem o'i chwmpas. Tuag at ei gŵr.

'Mrs Beresford? Mared Evans 'dw i. Y dirprwy.' Ceisiodd anwybyddu ymdrech dila Siwan i guddio'i diflastod wrth i aeliau perffaith honno godi'r mymryn lleiaf. 'Neges gan y prifathro.' Cododd aeliau Siwan yn uwch. 'Mae o wedi cael ei alw allan i rywle, ond dydi o ddim isio i chi boeni. Rhyw fusnes llywodraethol wedi codi'n sydyn. Mi fydd o yma erbyn yr ail hanner.'

*   *   *

O gornel ei lygad gwyliodd David Tracey'n tywallt ei bronnau'n ôl i'w bra. Roedd o'n mynd i fod yn hwyrach nag yr oedd o wedi'i fwriadu. Byddai wedi colli mwy na hanner y sioe gerdd. Fyddai hynny ddim yn edrych yn dda o flaen y blydi staff. Roedden nhw am ei waed o fel roedd hi. Gweld bai ar bopeth. Edrychai ymlaen at y diwrnod pan gâi ddangos y drws i'r hen fegoriaid oedd yn dal i lusgo i'w gwaith ac yn glynu wrth y lle fel ogla cachu ci nes deuai dydd eu pensiwn. Rheiny oedd yn boen iddo. Yr hen rai. Fel Hilda Grês a Jimmy. Yn gwthio'r cwch i'r dŵr bob gafael. Cynhyrfu'r dyfroedd. Cwestiynu popeth. Nid fel y rhai ifanc. Roedd gormod o ofn arnyn nhw i'w herio'n agored. Gormod i'w golli. Yn enwedig yr athrawesau bach ffres a'r bechgyn main hefo mwy o awydd nag o brofiad. Y rhai yr oedd o'i hun wedi eu penodi i'w swyddi. Y rhai diolchgar. Gwyddai na châi o byth hasl gan y rheiny.

'God, Trace. Get a move on.' Daeth hen, hen awydd am sigarét arno a dechreuodd ei gasáu'i hun. Dechreuodd gasáu

Tracey hefyd y funud honno. Am ei wneud o'n hwyr. Am fod mor tsiêp. Am ei hyfdra pan oedd hi'n siarad hefo fo. Roedd o wedi cael ei wala, a rŵan roedd o mewn car oer a'i wallt o'n flêr a'i ddillad o rywsut-rywsut. Ac roedd ei hogla hi arno.

'*Oi, you! You weren't complaining a minute ago!*' Rhoddodd ei llaw'n awgrymog ar ei glun a gwasgu.

'*Stop it.*'

Chymrodd hi ddim sylw. Doedd hi byth yn cymryd sylw. Sylweddolodd David yn sydyn ei fod o wedi cael digon arni. Roedd o wedi ei chael hi fwy nag unwaith, mewn mwy nag un ffordd, a rŵan roedd hi'n rhygnu ar ei nerfau. Roedd hi'n dryloyw. Yn wag. Doedd ganddi ddim byd ar ôl i'w gynnig iddo. Fedrai o ddim wynebu'r syrffed. Mwy o'r un peth, dro ar ôl tro.

'*I said give it a rest.*'

Parodd rhywbeth yn nhôn ei lais iddi dynnu ei llaw yn ôl.

'*You're one moody bastard,*' meddai.

'*Get out of the car.*'

'*What?*'

'*You heard.*'

Roedd hi wedi ei glywed y tro cyntaf ond doedd hi ddim yn siŵr ei bod hi wedi deall. Pam oedd o wedi newid, wedi troi fel hyn mor sydyn? Wel, doedd yna neb yn cael ei thrin hi fel'na a doedd hi ddim am symud. Fo ddaeth â hi allan i fama, i ryw hen faes parcio hyll lle nad oedd yna ddim i'w weld ond rhes o finiau ailgylchu, dwy sgip a hen lorri. Doedd yr olygfa ddim wedi'i phoeni hi cynt ond erbyn hyn roedd y lle'n dechrau codi ofn arni. Ia, fo ddaeth â hi yma, felly câi roi lifft iddi yn ei hôl i'r dre'.

'*Well? Are you getting out then?*'

Eisteddodd Tracey'n ôl yn erbyn y sedd yn benderfynol. Ceisiodd edrych yn galed, yn ddi-hid er bod ei thu mewn yn corddi. Er ei gwaethaf dechreuodd gnoi'r croen o gwmpas

ewin ei bys bach. Edrychodd arno heb droi'i phen a phoeri'i
hateb yn bwdlyd i'w gyfeiriad:

'*Fuck off.*'

Digwyddodd y cyfan mor sydyn fel bod Tracey'n cael
trafferth cofio wedyn beth wnaeth o'n gyntaf. Cyn iddi gael
cyfle i fynd o'i afael roedd David allan o'r car ac yn ei llusgo
hithau allan gerfydd ei gwallt. Roedd y boen yn boeth ac
annisgwyl, yn llosgi'i llygaid hi. Disgynnodd ar ei gliniau
noeth i'r gro llychlyd. Roedd hi ar ei phedwar ac yntau tu ôl
iddi, yn dal i afael yn ei gwallt fel na allai symud ei phen.
Plygodd yn nes ati nes iddi deimlo'i anadl yn boeth ar ei gwar.

'*I could have you again now if I wanted you,*' meddai wrthi.
Roedd o'n sibrwd yn gras er nad oedd yno neb arall i'w
glywed. Roedd y lorri wedi dechrau newid lliw yn y gwyll a
throi'n gysgod. Laciodd o mo'i afael dynn ar ei gwallt a gallai
Tracey deimlo'r dagrau'n egr, yn llosgi fel finag. '*But I don't. I
don't want you at all any more. Because I've had my fill of you
and now I'm feeling sick!*'

Yn sydyn llaciodd ei afael. Disgynnodd Tracey ar ei hyd.
Gwrandawodd ar sŵn caled ei draed yn cerdded drwy'r cerrig
yn ôl i'r car. Roedd o'n ei gadael hi yma ar drugaredd unrhyw un
a ddeuai heibio. Meddyliodd yn siŵr ei fod o'n mynd i'w threisio
gynnau. Ond roedd hi'n waeth, bron, cael ei gadael fel hyn.
Roedd o cystal â dweud wrthi nad oedd ots ganddo pwy fyddai'n
ymosod arni bellach. Doedd dim ots ganddo amdani. Ffwl stop.

Cododd ar ei thraed unwaith y clywodd hi'r car yn
diflannu i'r pellter a diolch fod ganddi signal ar ei ffôn. Roedd
hi'n crynu'n afreolus. Plygodd yn ei hanner yn sydyn a
chwydu'i pherfedd yn flêr i'r cerrig y bu hi'n penlinio arnynt
funudau ynghynt.

'Y bastad!'

Roedd ei gwallt am ben ei dannedd, ei sgert wedi'i
gwthio'n hyll o gwmpas ei chanol a'i phenna glinia'n

sgriffiadau gwaedlyd fel geneth fach wedi cael codwm. Doedd ei llais hi'n ddim ond cyfres o igiadau swnllyd yn disgyn i'r tywyllwch ac yn diflannu fel gwyfynod. Ond roedd eu heco'n aros, yn glynu 'fath â'r nos.

'Mi ca' i di am hyn!'

*　　　　*　　　　*

Roedd toiledau'r staff yn eitha' cyntefig ym marn Siwan. Toiledau-tynnu-tshaen henffasiwn a'r paent yn plicio oddi ar y waliau. Pendroni roedd hi p'run ai i hofran uwchben y sedd ynteu ei gorchuddio â phapur cyn eistedd pan glywodd hi leisiau'r ddwy athrawes tu allan i'r ciwbicl.

'Lle mae *o* heno 'ta?' Roedd y pwyslais ar yr 'o' yn drwm o goegni. Doedd dim amheuaeth mai am David yr oedden nhw'n sôn.

Roedd llais y llall yn fengach ac yn llawn chwerthin.

'Wel, meddyliwch rŵan, Hilda! Pa un o staff y gegin sydd ddim yma heno? Maen nhw i gyd wedi dod i gefnogi – heblaw pwy?'

'Ti erioed o ddifri?' Roedd llais yr athrawes hŷn yn berwi o fwg sigarét. 'Rôn i wedi clywed rhyw si ond . . .'

'Si wir! Mae o'n ffaith i chi, Hilda. Maen nhw wedi cael eu gweld, fo a'r Tracey Walsh gegog 'na. Mae o'n ei shagio hi ers wythnosau meddan nhw. Bob cyfle gân nhw. Genod y gegin yn deud ei fod o'n ei galw hi i mewn i'r offis yn aml ar y diawl er mwyn edrych ar y bwydlenni newydd. Bwydlenni, *my arse*! Beth bynnag sy ar y meniw, mae o'n fwy ecseiting na thatws a grefi, ma' hynny'n garantîd!'

Teimlodd Siwan ei stumog yn rhoi tro. Roedd hi fel pe bai hi'n cael ei gorfodi i wrando ar ddrama radio erchyll. Doedd dim modd diffodd y lleisiau diwyneb tu allan i'r drws. Roedd hi'n gaeth yn y ciwbicl a'r gwirionedd yn nofio ati dan y drws fel ogla drwg. Symudodd hi ddim. Dim gewyn. Roedd arni ofn anadlu. Ofn tynnu'r tshaen.

Ofn popeth.

Roedd David yn cael affêr. Ac roedd clywed hynny wedi cnocio'r gwynt allan ohoni. Sylweddolodd gyda braw nad cenfigen roedd hi'n ei deimlo. Ei balchder oedd wedi cael tolc. Y ffaith fod pobol eraill yn gwybod ac yn chwerthin ac yn hel clecs a'i bod hi, Siwan, yn cael ei gwneud yn ffŵl. Ffrydiodd casineb drosti tuag at David. Roedd hi wedi meddwl mor aml pa mor braf fyddai bywyd hebddo. Yr eiliad honno, yn sŵn dau doiled yn fflysio bob ochr iddi, gallai'n hawdd fod wedi rhoi cyllell ynddo a'i gladdu â'i wyneb i lawr.

Pennod 18

Roedd Gwilym Lloyd wedi bod allan drwy'r nos. Daeth adra ganol bore a golwg y diawl arno. Fedrai o ddim credu fod popeth yn edrych mor normal. Ogla polish a blodau ffres. Popeth fel oedd o ddoe. Roedd hi fel petai o wedi camu dros dro i fyd arall a rŵan roedd o'n ôl adra yn ei dŷ ei hun. Dim ond bath a siêf a newid i'w slipars fyddai angen. Cydio yn ei bapur newydd a sincio'n ôl i'w hoff gadair. I fywyd braf rheolwr banc wedi ymddeol.

Ond roedd pethau wedi mynd yn rhy bell i hynny allu digwydd rŵan. Roedd gormod wedi bod. Gormod wedi dod i ben.

'Peth rhyfedd na fyddai gen ti stwff molchi sbâr yno erbyn hyn.'

Trodd i weld Rona'n sefyll yn ddramatig ar ben y grisiau fel actores yn dechrau heneiddio wedi cael rhan mewn addasiad teledu o drasiedi ddwy-a-dima. Doedd hi'n ddim syndod iddo ei bod hi wedi amau rhywbeth ers tro. Pe bai hi wedi dweud peth felly wrtho wythnosau'n ôl mae'n debyg y byddai wedi gwadu cyhuddiad o'r fath. Trio dod allan ohoni. Ond roedd hi wedi dewis y diwrnod anghywir i'w gyhuddo o unrhyw beth. Thrafferthodd o ddim i'w hateb.

'Wel, wel! Dwyt ti ddim hyd yn oed am wadu'r peth felly?' Roedd digon o fin ar ei llais i grafu'r papur oddi ar y waliau. 'Rêl dyn. Cadw dy frêns yn dy falog. Ac yn dy oed di. Ma'r peth yn obsîn! Mae angen triniaeth arnat ti!'

'Fel bydd ei hangen arnat ti os do' i i fyny i fanna a dy daflu di dros ganllaw'r grisiau 'na!'

Doedd o ei hun ddim yn credu ei fod o wedi ynganu'r geiriau. Aeth wyneb Rona'n welw o dan y masg o golur perffaith. Roedd hi wedi cychwyn y sgwrs ar gefn ei cheffyl fel arfer ond roedd y cyfan wedi llithro o'i gafael. Am y tro cyntaf yn ei hoes roedd ganddi ofn Gwilym. Fo oedd wedi bod yn ei thwyllo hi ond roedd o'n ymddwyn fel pe bai o wedi cael cam. Ceisiodd ei meddiannu'i hun eto. Pwy oedd o'n ei feddwl oedd o? Ymwrolodd. O'r fan lle safai ar ben y grisiau roedd hi'n edrych i lawr arno. Ganddi hi roedd y pŵer. Gwelodd ddyn dros ei drigain a'r gwallt yn teneuo ar ei gorun.

'Hen ddyn pathetig yn dechra colli'i wallt.' Dechreuodd dynnu'i falchder yn dipiau am na wyddai hi ddim beth arall i'w wneud. Roedd hi isio rheoli a dyma'r unig ffordd y gwyddai hi sut i gymryd yr awenau'n ôl. Brifo. 'Wn im be' ddiawl ma' hi'n ei weld ynot ti. Ma' hitha'n desbret yr un fath â chditha ma' raid.'

Roedd hi wedi disgwyl ymateb o ryw fath. Cerdded oddi wrthi oedd y peth arferol a hithau'n ei ddilyn o stafell i stafell yn poeri gwenwyn, yn cael ei chorddi'n waeth am ei fod o'n gwrthod ffraeo'n ôl. Ond doedd hi ddim wedi disgwyl hyn. Disgynnodd Gwilym ar ei liniau.

'Mae hi wedi mynd,' meddai.

Daliai Rona i sefyll yno'n stond yn edrych i lawr ar ei gŵr. Rhwygwyd ei gorff gan nadau swnllyd. Roedd hyn yn waeth na phathetig. Roedd yr hwran yma, pwy bynnag oedd hi, wedi ei ddympio fo o'r diwedd, wedi laru ar ei *sugar daddy*, debyg iawn, ac wedi symud ymlaen at yr idiot nesa' oedd yn ddigon o ben bach i feddwl ei bod hi'n ei ffansïo go iawn. Daeth i lawr y grisiau'n araf, fesul gris, nes ei bod hi'n ymwybodol o'i sodlau'n suddo i feddalwch ei charped drud gyda phob cam mesuredig. Roedd o wrth ei thraed hi rŵan, lle dylai o fod. Ar ei liniau'n crio. Ond doedd o ddim yn crio am y rhesymau iawn. Nid dagrau o edifeirwch oedden nhw. Roedd Rona isio mwy. Cyffyrddodd ynddo â blaen ei throed a'i wthio nes ei fod o ar ei hyd yn nadu i'r carped.

'Eitha gwaith â ti'r bastad!'

Am i'w hwran ei adael o. Am iddi ei ddarostwng i hyn. Eitha gwaith. Camodd drosto a'i adael yno'n wylo fel dynas. Wyddai hi mo'r gwir. Wyddai hi ddim fod Mo wedi marw yn ei freichiau rai oriau ynghynt mewn stafell flodeuog pan oedd drafft y bore cyntaf yn llithro dan y llenni fel ysbryd busneslyd. Wyddai hi ddim eu bod nhw wedi caru'i gilydd nes bod o'n brifo.

Pe bai hi'n gwybod hynny efallai byddai Rona wedi ymddwyn yn wahanol. Ond y peth tebyca' ydi na fyddai hi ddim. Byddai'i dicter yn waeth. A fyddai hi ddim tamaid haws o fwrw'i llid arno.

Am y byddai hi'n gwybod na allai'r holl gasineb yn y byd gystadlu â'i gariad tuag at Mo.

*   *   *

Y bore hwnnw cyhoeddodd David Beresford wrth ei staff fod pethau'n dynn. Cytbacs oedd y gair ddefnyddiodd o er mwyn cael sylw pawb. Byddai angen cytbacs. Llai o wario. Rhannu adnoddau. Torri i lawr ar staff. Aeth y staffrwm yn ddistawach na distaw. Neb yn troi eu cefnau arno rŵan. Roedden nhw ganddo fo'n ddiogel yng nghledr ei law. Rhan orau'r job. Y pŵer roedd munudau fel hyn yn ei roi iddo. Edrychodd David ar yr wynebau o'i flaen. Roedd rhai yn welwach na'i gilydd. Edrychai eraill yn fwy haerllug arno. Mwy bolshi. Ei herio â'u llygaid culion. Hen lygaid oedd wedi gweld gormod. Wedi syllu'n rhy hir ar yr un pethau. Peswch-smocio Hilda Grês graciodd y tawelwch llethol fel deryn cors yn clirio'i wddw. Ac yn yr eiliad hwnnw gwnaeth David ei benderfyniad.

Yn ystod ei gwers rydd werthfawr y pnawn hwnnw galwyd Hilda i swyddfa'r prifathro. Ailadroddodd yntau stori'r cytbacs. Byddai'n rhaid cael gwared ag athrawon. Ond doedd hi ddim yn mynd i fod ar ben arni. Roedd llais David yn felysach na mêl. Fyddai hi ddim yn ddi-waith. Byddai'n cael ei hadleoli i ysgol arall. Dyna fendith, yntê? Yr un cyflog. Ei phensiwn yn saff. Awgrymodd yn gryf mai bod yn ddiolchgar ddylai rhywun yn ei sefyllfa hi. Onid oedd o wedi mynd allan o'i ffordd i sicrhau'r swydd newydd yma iddi a hynny heb orfod mynd drwy artaith cyfweliad yn ei hoed hi. Chyfeiriodd o ddim at yr hyn a âi drwy feddwl y ddau ohonynt, sef pa mor anodd fyddai iddi ei hailsefydlu'i hun mewn ysgol hollol newydd a hithau bron ar ddiwedd ei gyrfa. Roedd Hilda wedi mynd yn ddiog, yn ddifater, yn hwylio'n braf i gyfeiriad ei phensiwn yn y fan hyn. Efallai y byddai David wedi gallu goddef hynny am flwyddyn neu ddwy eto pe na bai Hilda Grês yn gymaint o ast. Ac roedd hi wedi gwrthod cowtowio iddo reit o'r dechrau. Dyna'i phechod anfaddeuol.

Roedd Hilda bron yn drigain oed. Hen gaseg oedd wedi arfer cael llonydd i bori'n cael ei halio yn ei hôl i'r harnais. Roedd hi wedi dysgu rhai hŷn na hwn ac roedd o wedi codi pwys arni o'r munud y daeth o yno'n brifathro. Rwbath ifanc, fflash ar delerau afiach o dda ag o 'i hun. Edrychodd arno rŵan yn ei grys drud a'i gyfflincs o'n sgleinio fel ceillia ci wedi troi'i fol at yr haul. Edrych arno a'i gasáu â'i holl enaid.

Byddai ganddi awr dda o daith bob dydd i'w hysgol newydd. Doedd Hilda ddim yn dreifio. Ond roedd hi'n gwybod sut i gael gafael ar rifau ffôn. Yn gwybod ar ôl blynyddoedd o ymarfer sut i gael pobol eraill i wneud pethau drosti. Yn gwybod sut i ollwng gwybodaeth ffrwydrol yn y llefydd iawn fel gallai hi eistedd yn ôl wedyn yn gyfforddus a mwynhau'r tân gwyllt a fyddai'n siŵr o ddilyn.

Daeth Tracey Walsh i'r ysgol drannoeth a'i llygad dde'n glais cymaint â dwrn. Yr esgus clasurol. Cerdded i'r drws. Dim ond Hilda Grês a wyddai'n union pwy oedd y drws hwnnw, a rŵan ei fod o wedi dysgu gwers i'w wraig odinebus roedd Phil Walsh yn barod am waed y bastad twyllodrus fu'n ei thrin hi, waeth faint o jêl fyddai'n ei aros y tro hwn.

Pennod 19

Wyddai Gwynfor ddim yn iawn pam ei fod o wedi agor ei galon i'r ferch tu ôl i'r bar ym Min Awelon. Efallai mai un dda am wrando oedd hi. Efallai nad oedd hi'n gwrando arno o gwbl, dim ond yn gadael iddo fo fwydro ymlaen yn boléit am fod peth felly'n dod hefo'r job. Ac efallai, mewn rhyw ffordd, ei fod o'n trio tynnu'i meddwl hi oddi ar ei phoen ei hun yn parablu fel hyn. Roedd perchennog y dafarn, Morwenna Parry, newydd farw o ganser. Bu'r ddwy'n agos iawn yn ôl pob sôn. Fel mam a merch, meddai pobol. Roedd o wedi ei gweld o gwmpas ond wyddai o ddim tan y diwrnod hwnnw mai Eleri oedd ei henw. Roedd ei gwallt yn hir a'i chroen yn wyn. Gwisgai flows heb lewys. Pan ymestynnai i dynnu peint neu i gyrraedd y silff tu ôl iddi roedd y croen tu mewn i ran uchaf ei breichiau yn hyfryd o noeth a llyfn. Doedd o ddim wedi bwriadu mynd â hi i'r gwely'n syth, ond wedi iddo redeg ei fys ar hyd y croen hwnnw a theimlo'r gwres o dan ei chesail ac o dan ei gwallt doedd hi'n gwneud fawr o synnwyr i beidio.

'Mae gen ti fronnau braf,' meddai wrthi.

Gorweddodd hithau'n ôl ar y gobennydd a gadael iddo eu mwytho. Mwynheai ei gyffyrddiad, y wefr o gael dyn yn hel ei ddwylo drosti unwaith eto. Ond doedd o'n golygu dim iddi, yr hogyn ifanc, del 'ma hefo croen lliw mêl. Profiad oedd o. Teimlad. Rhywbeth i chwarae dros dro ar ei synhwyrau fel y môr yn dod i fyny i lyfu bodiau'i thraed. *No strings*. Roedden nhw ill dau ei angen o, fel eli ar friw.

Arhosodd o ddim tan y bore. Doedd hi ddim isio hynny. Deffrodd i wely gwag ac ymestyn ei choesau a'i breichiau.

Roedd hi'n well fel hyn a charu'r noson cynt yn ddiogel o bell, fel breuddwyd. Gwyddai y byddai Gwynfor yn ôl. Roedd hi isio hynny. Mwy o neithiwr. Ond ar ei thelerau hi. Roedd Eleri wedi callio. Heneiddio. Dod i nabod dynion. Dod i'w nabod hi ei hun. Ei thro hi oedd o bellach. Ei hamser hi. Ei chyfle hi i ddefnyddio dyn cyn iddo fo ei defnyddio hi.

Dechrau eto.

Llechen lân.

Cael rhywun arall i'w phlesio hi am unwaith.

*   *   *

Yr unig ffordd y gallai Gwilym ddygymod â cholli Mo oedd ei gau ei hun oddi wrth weddill y byd. Gadael i'r wisgi llyfn bigo'i wddw a pharlysu hynny o synhwyrau oedd ganddo ar ôl. Clodd ddrws y stydi a gadael i'r gadair ledr adeiniog ei amgylchynu fel croth. Deffrodd o freuddwyd styrblyd lle roedd clychau'n canu'n ddi-baid cyn sylweddoli mai sgrech y ffôn ar y ddesg oedd yn rhwygo'i ymennydd. Saib. Canu eto. Byddai wedi ei anwybyddu'r eilwaith oni bai fod y clochdar yn rhy annioddefol. Daliodd y derbynnydd wrth ei glust am rai eiliadau cyn ateb yn floesg:

'Ia?'

Doedd ganddo ddim amynedd byw, heb sôn am ddal pen rheswm hefo neb dros y ffôn. Roedd o'n difaru'n barod na fyddai wedi rhwygo plwg y bastad peth o'r wal.

'Gwil? Arthur sy 'ma . . .'

Arthur ffycin Ffatri.

'Ti'n iawn, Gwil? Ti'n swnio dipyn yn . . .' Swta oedd y gair roedd arno'i angen. Di-serch. Blin.

'Nac'dw, Arthur. Dwi 'di blino byw. Dyna'r cyfan. Be' tisio?'

'Materion ysgol. Mae angen cyfarfod brys o'r llywodraethwyr. Chdi, fi a . . .'

'Na.' Doedd o ddim am falu cachu. Syth i'r pwynt. Roedd o wedi hel hynny o esgusodion roedd o am eu gwneud i bara gweddill ei oes.

'Dwi'm yn dallt, Gwil.'

Ac eto, mi oedd o'n deall rhywfaint. Roedd y stori'n dew fod Gwilym yn cyboli hefo rhyw ddynas arall a bod honno newydd farw. Doedd cydymdeimlo ddim yn teimlo'n iawn rywsut. Bai Gwilym oedd o a neb arall, meddyliodd Arthur yn biwis. Pwy oedd yna i gydymdeimlo â Rona, ei wraig o? Ac eto, pe bai o'n onest, roedd o'n fwy dig wrtho ef ei hun am fod ofn rhoi'i droed ynddi. Dweud yn blaen fyddai unrhyw un ag asgwrn cefn yn ei wneud: Gwranda, Gwil, 'rhen fêt, dwi'n gwbod dy fod ti'n mynd drwy'r felin ar hyn o bryd . . . Ond cachwr fu Arthur Ffatri erioed pan oedd angen siarad yn blaen. Roedd cogio nad oedd o'n gwybod dim yn haws o lawer. Beth bynnag, roedd gwybod beth i'w ddweud wrth bobol mewn galar yn boen iddo bob amser, hyd yn oed pan oedd hwnnw'n alar cyfreithlon. Yn alar roedd ganddyn nhw hawl arno. Pa hawl oedd gan Gwilym Lloyd i dorri'i galon dros hoeden goman y bu o'n mynd hefo hi yng nghefn ei wraig? Roedd hi'n ddilema foesol a oedd yn llawer rhy gymhleth i Arthur. Teimlodd dderbynnydd y ffôn yn mynd yn chwyslyd yn ei law.

'Be' sy mor anodd i'w ddallt yn y gair "na", 'ta, Arthur?'

Nid yr un Gwilym oedd hwn bellach, chwaith. Llais dyn na faliai pwy oedd o'n ei bechu byth eto ddaeth yn galed drwy'r gwifrau. Triodd Arthur Ffatri dacteg arall a methu.

'Dy fab-yng-nghyfraith di sydd mewn tipyn o bicil yn yr ysgol,' meddai'n llyfn, obeithiol. 'Meddwl y dylen ni fel llywodraethwyr roi'n pennau hefo'i gilydd i drio'i helpu o.'

Pe na bai o mor uffernol o ddigalon byddai Gwilym wedi chwerthin yn uchel. Rhoi eu pennau hefo'i gilydd, wir Dduw. Mi fyddai hi'n anodd cael hyd i un ymennydd o werth hyd yn oed wedyn, meddyliodd yn chwerw.

'Ei helpu o? Mae o'n ddigon hen a hyll i ddod allan o'i lanast ei hun, decini. Mi ydan ni'n talu digon iddo fo.'

Dim ond distawrwydd chwithig oedd yna o du Arthur. Roedd llwyddo i wneud i hwnnw deimlo embaras wedi rhoi pleser i Gwilym erioed. Byddai wedi ymestyn y saib annifyr oni bai am un peth. Roedden nhw'n sôn am ŵr ei ferch o wedi'r cyfan. Meddalodd ryw fymryn dim ond er mwyn Siwan.

'Be' mae o wedi'i neud 'ta?' Gallai ddychmygu'r rhyddhad ar wyneb y llall am fod y sgwrs yn symud yn ei blaen o'r diwedd.

'Ma'r peth dipyn yn delicet, a dweud y gwir . . .'

'Blydi hel, Arthur! Jyst dwed, wnei di . . .!'

'Mae o'n rhywbeth i'w wneud â merch un o genod Wil Finn.'

*   *   *

Fel dyn dŵad, doedd dim modd i David Beresford wybod am enwogrwydd teulu Wil Finn. Gwyddel caled, gwyllt oedd yn canlyn stalwyni oedd tad Wil erstalwm er bod ei fam yn Gymraes lân, loyw o deulu cyffredin ond tra pharchus yn yr ardal. Magwyd Annie Jones Tan Capel ar aelwyd henffasiwn lle roedd lliain glân ar y bwrdd ac oedfa bob Sul yn hanfodion. Ond doedd hyn i gyd yn cyfri dim pan fopiodd Annie ei phen hefo Frank Finn. Diwedd y gân oedd y ddau'n gorfod priodi ac ni thywyllodd Annie na chapel nac oedfa na hyd yn oed gartref ei rhieni ei hun ar ôl hynny. Cawsant bump o feibion a thair merch, digon o epil i sicrhau enw'r Finns yn yr ardal am genedlaethau i ddod. Er gwaethaf ymdrechion Annie i roi'r un fagwraeth i'w phlant ag a gafodd hithau, safonau ffwrdd-â-hi Frank a orfu.

Feiddiodd neb yn ei iawn bwyll groesi Frank Finn. Roedd yn setlo pob dadl â'i ddyrnau ac yn teyrnasu nid yn unig ar ei aelwyd ei hun ond ar ran helaeth o'r ardal lle roedd o'n byw. O ganlyniad, roedd gan y meibion – Jimmy, Jac, Tommy, Wil a Frankie Bach – dipyn o act i'w dilyn er mwyn gwarchod enw caled y teulu. Wnaeth y merched ddim siomi neb chwaith yn hynny o beth. Roedden nhw'n genod tlws i gyd. Kathleen oedd yr hynaf, merch fronnog, lygatddu oedd yn fistar corn ar ei brodyr i gyd, ac ar bob dyn arall ddaeth ar ei thraws erioed. Rose, ddwy flynedd yn iau, oedd yr harddaf, a'r gallaf ohonynt. Hi oedd yr unig un i fynd yn ôl at ei gwreiddiau a phriodi milfeddyg yn Donegal. Beverley oedd tin y nyth go iawn, canlyniad noson wyllt rhwng Frank ac Annie pan ddaeth hwnnw adra'n feddw a dod â photel fodca'n bresant annisgwyl i'w wraig. Sioc oedd Beverley ym mhob ystyr o'r gair. Roedd Rose, yr ieuengaf tan hynny, bron yn bedair ar ddeg pan ddaeth Bev i'r byd yn gynnar rhyw fore o Fai yn sgrechian dros y tŷ, a chaeodd hi mo'i cheg byth wedyn.

Pan oedd Beverley Finn yn bymtheg oed aeth i ddisgwyl babi. Wyddai hi na neb arall yn iawn pwy oedd y tad ond fyddai hynny ddim wedi bod yn bwysig beth bynnag oherwydd roedd y ferch fach, Wendy, yr un ffunud â'i mam, yn fochgoch a chegog a'i gwallt yn ffrwydrad o gyrls tywyll. Erbyn hyn roedd Wil, hoff frawd Bev, wedi priodi a chanddo dri o blant mân ei hun. Fyddai un arall ddim wedi gwneud fawr o wahaniaeth felly cymrodd Wil a'i wraig, Doreen, fabi bach Beverley a'i magu fel eu merch eu hunain.

Merch Wendy Finn oedd Kirsty Parry. Roedd hi'n gwisgo Wonderbra dan flows ysgol a oedd yn fwriadol un seis yn rhy dynn, yn cario mobeil drud yn ei phoced ac yn gwrthod tynnu'r cylchoedd mawr aur o'i chlustiau i blesio neb. Gwyddai David Beresford fod ar y rhan fwyaf o enethod Blwyddyn 11 ei hofn.

Yr hyn na wyddai oedd y dylai yntau fod wedi ei hofni hefyd.

Pennod 20

Roedd Gwilym yn mynd hefo Eleri i weld y twrna am un ar ddeg. Edrychai ymlaen at gael setlo popeth. Cau pen y mwdwl. Gwyddai beth oedd cynnwys ewyllys Mo. Eleri oedd i gael y cwbwl. Roedd yntau'n falch o hynny. Gwyddai faint o feddwl oedd gan Mo ohoni. Bu Eleri hithau'n dda iawn wrth Mo yn ei chystudd. O'r hyn a ddywedaṣai Mo'n gyfrinachol wrtho, doedd Eleri ddim wedi cael bywyd hawdd. Crwydrodd ei feddwl yn ôl at ddiwrnod yr angladd. Eleri mor urddasol yn ei ffrog ddu syml. Mor anghyffredin o hardd yn ei galar ac eto mor ddiymhongar ei hosgo. Fe'i cafodd ei hun yn syllu arni fwy nag unwaith yn ystod y gwasanaeth ac ar lan y bedd wedyn. Roedd ei llygaid gymaint yn hŷn na'i hwyneb bach gwelw. Cawsai hon ei siâr o dorcalon yn rhy gynnar. Gallai weld hynny wrth edrych arni, ar y ffordd wrol y syllai'n syth yn ei blaen, yn plethu a dadblethu'i bysedd main. Yn gwau cysur iddi hi ei hun fel un oedd wedi dysgu peidio mynd ar ofyn neb.

Doedd hi fawr hŷn na Siwan ac eto hi, Eleri fach, oedd wedi ei gario'r diwrnod hwnnw. Bu'n rhaid iddo gyfaddef wrtho fo'i hun na fyddai ei ferch wedi ymateb mor anhunanol i bethau. Ei phoen mwyaf fyddai pa mor ffasiynol oedd ei gwisg ddu a sut byddai steil ei gwallt yn debyg o ddal yn awel gref y fynwent.

Fyddai'r busnes hefo'r twrna ddim yn cymryd llawer o amser. Bwriad Gwilym oedd cyfarfod Arthur Ffatri'n nes ymlaen i weld beth oedd ganddo. Bu hwnnw'n eitha cryptig ar y ffôn ac ni fu Gwilym yntau'n arbennig o gydweithredol. Gwell fyddai ceisio cadw pethau ar y gwastad. Ailosod y ddysgl. Ailafael mewn ambell i beth. Roedd ganddo gywilydd ohono'i hun wrth feddwl sut y bu yn y dyddiau ers y cnebrwn. Cawsai gysur o beidio codi mewn trefn, peidio gwrando, peidio siafio. Lledodd tyfiant budr, anghyfarwydd dros ei wyneb a'i ên. Fe'i temtiwyd i adael iddo. Cuddio'i ofid dan farf. Nes iddo godi un diwrnod ac edrych yn y drych am y tro cyntaf ers claddu Mo. Yn gam neu'n gymwys, heb lawn sylweddoli'r peth ar y pryd, roedd o wedi bod yn trio'i gladdu'i hun hefyd. Byddai Mo wedi ei ddwrdio. Rhoddodd sgytwad iddo'i hun. Roedd arno fo gymaint â hynny iddi, i'r cof amdani. Ymolchodd ac eilliodd a rhoi crys glân a mynd â rhosyn coch ffres at yr hyn oedd eisoes ar ei bedd.

'Dach chi'n edrach yn well, Gwilym.'

Roedd ei feddwl mor bell fel na welodd o mohoni'n cyrraedd. Roedd mwy o liw yn ei gruddiau hithau heddiw. Mwy o fywyd.

'Tyrd, Eleri fach. Gorau po gynta.'

Cynigiodd ei fraich iddi'n dadol. Daeth llyngyren o haul rhwng dau gwmwl a chyrlio'n dynn o'u blaenau yng ngwydr llwyd y drws.

*   *   *

Cododd David oddi wrth y bwrdd yn sydyn nes bod sŵn y gadair gegin dderw'n sgrech yn erbyn y llawr llechi.

'Speak bloody English, for Christ's sake!'

Roedd tymer y diawl arno. Cymrodd Siwan lowc arall o'i gwin. Roedd cuddio'i chasineb wedi mynd yn anos bob dydd. Doedd hi ddim wedi'i gyhuddo o fod yn anffyddlon. Ddim wedi cymryd arni o gwbl. Pan fyddai hi'n dial arno, fe ddeuai'r ergyd yn annisgwyl. Doedd hi ddim am weithredu'n fyrbwyll. Cnoi cil oedd orau. Cnodd a chnodd. Amseru oedd popeth.

'I only asked,' atebodd hithau'n llyfn. Ei swcro'n anfoddog â'r iaith fain. Cadw'i theimladau o'r golwg.

'Some little slapper says I touched her up.'

'*A pupil?*'

'*Well, of course she's a bloody pupil! Only a deranged schoolgirl would make up such a filthy lie! Don't tell me you thought it was one of the teachers!*'

Na, un o'r merched cinio aeth â dy ffansi di, meddyliodd Siwan yn ddig. Gadawodd iddo fynd ymlaen â'i druth. Roedd hi'n dal i ori ar yr wybodaeth hyll oedd ganddi amdano fo a Tracey.

'*Only asked the little bitch to hand over her mobile. Made her turn out her pockets, that's all. Then what does she do? Only goes and tells Mared Evans the deputy that I body searched her. Touched her . . .*'

Roedd hyd yn oed yr awgrym fod ei gŵr ei hun wedi cyffwrdd mewn merch bymtheg oed yn codi cyfog ar Siwan. Gwyddai yn ei chalon na fyddai David byth yn breuddwydio gwneud peth felly. Er cymaint o fastad twyllodrus oedd o, nid genod ysgol oedd ei wendid. A hyd yn oed pe bai o wedi ffansïo hon, fyddai o byth yn peryglu'i swydd a'i enw da. Eto i gyd, roedd casineb Siwan tuag ato, a'i hawydd am ddial, am ei weld yn dioddef, yn dechrau cymylu ei holl reswm. Roedd pedwar gwydraid o Cabernet Sauvignon wedi dechrau codi'n boeth i'w phen hi. Rowliodd y geiriau o rywle yng nghefn ei gwddw cyn iddi sylweddoli ei bod wedi eu dweud nhw. Roedd hi gymaint o isio'i frifo. Ei thu mewn yn gryndod i gyd. Roedd hi'n anodd cadw hynny o'i llais pan ddywedodd:

'*You've really messed up now, haven't you?*'

Roedd ei wyneb o'n wyn pan edrychodd arni. Doedd yna ddim cydymdeimlad yn ei lais. Ond roedd mwy na dim ond awgrym ei bod hi'n amau'r hyn ddigwyddodd rhyngddo fo a Kirsty Parry. Pan welodd ei bod wedi llwyddo i'w gynhyrfu, ychwanegodd yn llyfn: '*By being on your own with her, I mean. You should have had more sense, shouldn't you? She could accuse you of anything. It's your word against hers now.*'

Camgymeriad mwyaf Siwan y noson honno oedd gadael i'r gwin siarad drosti. Roedd ei brawddeg olaf fel picell yn ei ystlys yn ei wallgofi tu hwnt i eiriau. Felly defnyddiodd ei ddwylo.

Doedd o erioed wedi cyffwrdd ynddi cyn hynny. Roedd y slap roddodd David i Siwan ar draws ei hwyneb yn sioc i'r ddau ohonyn nhw. Sobrodd Siwan drwyddi. Roedd ei boch ar dân. Roedd o fel dyn lloerig rŵan. Trodd weddill ei ddicter ar y gegin gan droi cadeiriau a chwalu llestri fel pe bai wedi colli'i bwyll yn lân. Ciliodd hithau oddi wrtho, heb sylweddoli mai gweld ôl ei law ei hun ar wyneb ei wraig oedd yn rhannol gyfrifol am ei dymer wyllt. O fewn eiliad i'w tharo, roedd ganddo gywilydd ond yn lle dangos rhywfaint o edifeirwch, gwaethygodd ei gynddaredd – ati hi am ei wthio i wneud y fath beth, ato fo'i hun am fethu rheoli'i deimladau. Trodd ei wendid o a'i gwendid hithau'n niwl coch o flaen ei lygaid.

*   *   *

Doedd gwisgo'n anffurfiol, gyfforddus ddim yn rhywbeth a ddeuai'n naturiol i Arthur Ffatri. Roedd o'n ddyn a oedd wedi'i eni i fod mewn siwt. Roedd o wedi gwneud ymdrech boenus heddiw i wisgo'n hamddenol ac o ganlyniad edrychai'n fwy stiff nag arfer. Roedd wedi llwyddo i rowlio llewys ei grys mewn ffordd mor fathemategol o gymesur fel y tybiodd Gwilym Lloyd iddo fod wrthi am oriau'n cael y plygiadau'n berffaith. Roedd ei ddwy benelin binc wedi dod i'r golwg am y tro cyntaf ers amser maith. Yr un trowsus ffurfiol oedd ganddo, yr un sglein ar ei esgidiau. Yn hytrach nag edrych yn ymlaciol heb ei dei, roedd hi fel pe bai rhywun wedi mynd â hi oddi arno'n fwriadol rhag iddo'i grogi'i hun.

'Be' gymri di, Gwil? Coffi bach? Neu ma' gynnyn nhw betha' sofft – J2O neu rwbath?'

Chdi ydi'r unig beth sofft yma, meddyliodd Gwilym, yn sbio ar lewys y crys a'r ysgwyddau crwm.

'Gymra i beint, Arthur, os gweli di'n dda,' meddai, yn fwy o ran diawlineb na bod arno angen yr alcohol. Unrhyw beth i dynnu'n groes. Aeth Arthur at y bar yn anfoddog. Roedd y Bull yn dechrau llenwi a hithau'n tynnu at amser cinio. Pobol wedi riteirio fel Gwilym ac Arthur oedd y rhan fwyaf ohonyn nhw. Pobol ac amser ar eu dwylo. Merched oedd llawer iawn ohonyn nhw, yn cyfarfod am goffi a brechdanau. Doedd Gwilym ddim yn teimlo'n gysurus yno. Dyma'r union fath o le y byddai Rona a'r gwrachod sentiog eraill yr oedd hi'n eu galw'n ffrindiau yn debygol o'i ddewis am ginio bach gwaraidd. Disgwyliai iddi hi neu un o'r lleill gerdded i mewn unrhyw funud. Daeth Arthur yn ei ôl yn cario'r gwydr peint o'i flaen yn araf.

'Dwyt ti'm yn cymryd dim, Arthur.'

'Coffi,' meddai hwnnw. Roedd yna dinc hunangyfiawn yn ei lais. 'Mae hi'n dod â fo draw.'

Drachtiodd Gwilym. Er ei bod hi braidd yn gynnar yn y dydd iddo fo, roedd o'n beint go lew. Serch hynny, doedd o ddim isio bod yn y fan hyn hefo hwn yn hirach nag oedd raid. Daeth i'r pwynt.

'Be' sy'n dy boeni di 'ta, Arthur? Rwbath yn bod tua'r ysgol? David?'

Gwnaeth Arthur fôr a mynydd o drio agor pecyn bach o siwgwr brown. Methu. Trio eto. Siwgwr hyd y bwrdd ac yn y soser. Gollwng y llwy. Roedd Gwilym isio'i ladd o.

'Fel dudish i ar y ffôn . . . ym – mater dipyn yn delicet . . .'

'Ia?'

Gwyddai Arthur fod ffiws Gwilym yn fyr. Cliriodd ei wddw. Gostwng ei lais. Ysai am sychu'r diferion coffi oddi ar y bwrdd hefo'r serfiét ond penderfynodd y byddai'n edrych yn ferchetaidd a newidiodd ei feddwl. Roedd sŵn y lle'n chwyddo, yn codi a gostwng o'u cwmpas. Plymiodd i'r dwfn.

'Mae yna ferch ysgol wedi gwneud cwyn yn erbyn David.

Celwydd noeth wrth gwrs, ond mae pethau fel hyn yn gallu bod yn ddinistriol. Ma' isio rhoi stop arni cyn i bethau fynd yn rhy bell. Fel dwi'n deud, celwydd i gyd ond . . .'

Sylweddolodd ei fod o'n parablu fel geneth ysgol ei hun. Cymrodd lowc o'r coffi. Roedd o'n llugoer ac yn chwerw ac roedd o'n sâl isio gofyn am fwy o siwgwr.

'Be' di'r gŵyn 'ma, Arthur, er mwyn Duw?'

Cymrodd Arthur ato o'r diwedd. Doedd dim rhaid i Gwilym Lloyd fod yn gymaint o fwch hefo fo heddiw. Wedi'r cyfan, lles David, ei fab-yng-nghyfraith, oedd ganddo mewn golwg. Sut nad oedd Gwilym yn gallu gwerthfawrogi hynny? Dyma lle roedd o, yn trio bod mor ystyriol ag oedd modd o ddeimladau'r dyn, ac eto, doedd o'n cael dim yn ôl ond ebychiadau di-serch a rhywbeth tebyg iawn i ddifaterwch. Rhoddodd fin yn ôl ar ei lais.

'Mae hi'n honni ei fod o wedi cyffwrdd ynddi!'

'Cyffwrdd ynddi?'

'Mewn ffordd anweddus.' Daeth dau glwtyn o wrid gwythiennog i fochau Arthur.

'Arglwydd!'

'Dydi o ddim yn wir, wrth gwrs . . .'

'Nacdi, gobeithio!' Ond daeth cnotyn sâl i bwll stumog Gwilym. Nid am David oedd o'n meddwl ond am Siwan.

'Mae'n rhaid i ni fel llywodraethwyr weithredu ar unwaith, Gwilym. Diarddel yr hogan o'r ysgol yn syth. Cadw pethau'n dawel. Fiw i beth fel hyn fynd ar led.'

Ni allai Gwilym wneud dim ond nodio'i ben yn fud. Wedi'r cyfan, roedd ei ferch ei hun yn mynd i fod yn rhan o lanast fel hyn pe na bai Arthur a'i grônis yn trio rhoi stop ar y miri. Er nad oedd ganddo feddwl mawr iawn o'i fab-yng-nghyfraith, roedd yn rhaid iddo yntau gyfaddef mai gair David fyddai unrhyw un call yn ei gredu yn erbyn gair un o deulu'r Finns diawledig 'na. Blydi hel, ia. Arthur oedd yn iawn.

'Ti'n iawn, Arthur. Rhaid gwneud be' fydd raid i gael gwared ohoni. Fasa David byth yn gwneud y fath beth!'

'Na fasa.' Ond doedd wyneb Arthur ddim wedi llacio. 'Mae yna rwbath arall dwi'n meddwl y dylet ti wbod, Gwilym.' Oedodd. 'Dwi'm yn licio mai fi ydi'r un sy'n gorfod deud wrthat ti . . .'

Nag wyt, ma' siŵr, y diawl c'lwyddog. Cymrodd Gwilym gegiad o ddicter hefo'i gwrw.

'Be'?'

'Mae yna sôn . . .' Roedd Arthur ar dir go sigledig. 'Mae yna stori'n mynd o gwmpas bod David yn cyboli hefo rhywun sy'n gweithio yng nghantîn yr ysgol. Rhyw Tracey.'

Ddywedodd Gwilym ddim byd. Roedd hi fel pe bai Arthur heb siarad o gwbl. Yfodd ei beint i'r gwaelod. Yfodd yn araf. Sychu'i geg. Gosod ei wydryn yn dawel ar ganol y bwrdd. Tu mewn roedd o'n crynu. Tu mewn roedd o'n colli rheolaeth eto. Colli Mo a rŵan hyn. David Beresford yn cael affêr. David Beresford yn twyllo'i Siwan fach o. Roedd y cyfan yn berwi ynddo fel cyfog. Onid oedd o wedi gwneud yr un peth ei hun? Cael perthynas hefo rhywun arall yng nghefn ei wraig? Dylai o, Gwilym, o bawb, ddeall cymhellion David. Oni ddylai? Roedd Siwan yn bitsh fach hunanol fel Rona, yn ddigon i yrru unrhyw ddyn dros y dibyn. Roedd yr un peth wedi digwydd i David ac yntau. Roedden nhw ill dau wedi chwilio am gysur ym mreichiau dynes arall. Onid oedden nhw'n eneidiau o'r un anian?

Penderfynodd Gwilym nad oedd o isio ateb y cwestiwn hwnnw. Tad Siwan oedd o, nid tad David. Roedd gwaed yn dewach o lawer na rhesymeg. Cododd a cherdded allan i'r stryd lle daeth golau dydd a'i daro fel gordd, a gadael Arthur Ffatri i ddal pen rheswm â'r cysgodion oedd yn gorwedd dros y bwrdd.

Pennod 21

'Ma' gin i joban newydd i ti.' Sylweddolodd Cal Morris o'r diwedd fod ei soser lwch yn orlawn a diffoddodd ei stwmp yn y pot iogwrt gwag ar ei ddesg. 'Rhyw blydi ddynas hefo gwynab fatha cath. Digon o bres ganddi i'w luchio o be' welish i. Yn sent drud a modrwya' i gyd.'

'A be' wyddost ti am sent drud?' Dowciodd Gwynfor ei ben yn sydyn wrth i belen galed o bapur-lapio-brechdan fflio heibio'i glust.

Roedd y berthynas rhwng Cal ac yntau wedi mynd yn fwy o gyfeillgarwch nag o drefniant gwas a chyflogwr erbyn hyn. Doedd dod i'w waith ddim yn straen ar Gwynfor. Mwynheai'r crwydro a oedd yn rhan mor hanfodol o'i job. Doedd o ddim yn gaeth i ddesg ac amserlen. Teimlai'n amlach na pheidio ei fod o'n fôs i raddau helaeth arno ef ei hun. Oedd, roedd yna elfennau anghynnes i'w waith. Roedd Gwynfor yn ymwybodol mai helbulon rhyw greaduriaid diawl eraill oedd yn rhoi menyn ar ei fara ond wedyn onid oedd hynny'n wir am y rhan fwyaf o swyddi? Cysurai ei hun yn aml na fyddai doctoriaid chwaith yn gallu ennill eu bywoliaeth oni bai fod yna bobol sâl yn y byd. Ac weithiau roedd hi'n oer ac yn ddiflas gwylio symudiadau pobol o'i gar am oriau bwy'i gilydd. Ond roedd o'n dal yn ddigon ifanc a chanddo ddigon o ramant yn ei enaid i'w gynnal pan oedd ei gymalau'n dechrau cyffio. Cymeriadau mewn rhaglenni teledu oedd ditectifs preifat i'r rhan fwyaf o bobol. Wel, mi oedd o, Gwynfor, yn un go iawn. Efallai'n wir mai Starsky heb yr Hutch oedd o, ond roedd o'n anghonfensiynol yn ei ddewis o waith, yn wahanol i'r norm. Doedd yna neb yn cadw tabs arno fo, oherwydd mai fo oedd y ditectif. Fo oedd ynder cyfar. Rhyw freuddwydion bachgennaidd fel hyn a'i cadwai i fynd pan oedd ei gar yn oerach nag arfer a'i gyflog yn hwyr.

'Pa greadur diawl sydd yn mynd i fod *under surveillance* gynnon ni'r tro yma 'ta?'

Trodd Cal i gyfeiriad y cwestiwn. Roedd o wedi dod yn hoff iawn o Gwynfor dros y misoedd diwethaf. Meddyliai amdano bron fel mab. Mewn sawl ffordd, roedd o'n well na mab. Doedd yna ddim pwysau ar Cal i fod yn ddim arall ond yn fo 'i hun. Doedd dim rhaid gosod esiampl. Doedd yna ddim tabŵs. Roedden nhw'n rhydd yng nghwmni'r naill a'r llall er gwaetha'r gwahaniaeth oedran. 'Chi' yn 'ti' megis dros nos a dim lol.

'Wel, yn rhyfedd iawn, mae'r joban wedi newid ers iddi hi ddod ata' i i ofyn am ein gwasanaeth ni,' meddai Cal yn smala.

'Be' ti'n feddwl?'

'Ei gŵr hi oedd i fod i gael ei ddilyn i ddechra, ond mi farwodd ei gariad o neu rwbath, felly rŵan, yn lle hynny, ma'r snoban drwynsur isio i ni wylio'i mab-yng-nghyfraith hi!'

'Blydi hel, ydi hi'n paranoid neu rwbath?'

'Dio ddiawl ots gin i be' ydi hi cyn belled â bod ei phres hi'r un lliw ag un pawb arall!' meddai Cal yn ddiafolaidd. 'Mae hi'n gwbod na fedar hi ddim nabio'i gŵr ei hun bellach, felly mae hi am drio cael rwbath ar ŵr y ferch. Nytar? Posib iawn. Ond nytar fydd yn talu i ni wrth yr awr, mêt!'

Gwenodd Gwynfor yn gam a phoeri'i jiwing gym yn gelfydd i ganol y papur yn y bin.

'Pwy ydi'r boi 'ma 'ta?'

'Ma' gin i lun ohono fo yn fama, yli. Efo'i wraig. Boi smart i'w weld. Pryd tywyll. Yn ei dridegau cynnar. A ma'r wraig yn dipyn o slasan hefyd. Sbia. Uffar gwirion. Faswn i ddim isio chwara o gwmpas hefo neb taswn i'n cael deffro wrth ochor honna bob bora.' Pasiodd y llun dros y ddesg i Gwynfor. 'Prifathro ysgol uwchradd ydi o, coelia neu beidio. I'w weld yn ifanc ar gyfer job fel'na hefyd. Dipyn o go-getyr ma' raid. Ei lygad ar y top. Beresford ydi'i enw fo. David Beresford.'

*　　　*　　　*

Edrychodd Wil Finn ar y ferch oedd yn ei alw'n daid ers y diwrnod y gallai hi ynganu'r gair. Felly'n union yr oedd yntau'n meddwl amdani. Roedd o wedi magu Wendy, merch Beverley ei chwaer ieuengaf, fel ei blentyn ei hun. Wil a'i wraig, Doreen, oedd nain a taid Kirsty fach i bob pwrpas ac ni feiddiodd neb erioed ddweud yn wahanol. Ond roedd yna lot o'i nain fiolegol yn y ferch, meddyliodd Wil. Y llygaid gwyllt a'r dymer i fynd hefo nhw. Rêl Beverley erstalwm. Ac erbyn hyn doedd Kirsty ddim mor fach.

'Pam nad wyt ti ddim yn 'rysgol heddiw?'

Lluchiodd Kirsty ei gwallt dros ei hysgwydd gydag un symudiad sydyn, pwdlyd.

'Sysbendud, tydw? Ond dim bai fi odd o. Hedmaster 'na sy rêl nob.'

Efallai ei fod o'n mynd yn hen, ond doedd Wil Finn ddim yn wirion.

'Ti'n deud?'

'Isio ffôn fi, doedd? No wê, medda fi. Mae o werth thri hyndryd cwid! Dwi'm yn gadal ffôn fi i neb.'

Roedd Wil yn gwybod yn well na holi sut oedd Andrew Parry Postman yn gallu fforddio prynu ffôn tri chant o bunnau i'w ferch. Hogyn clên, gweithgar, agos i'w le oedd Andrew. Bu'n rhaid i Wil gyfaddef mai o ochr y Finns roedd Kirsty'n cael ei hyfdra. Syllodd arni rŵan yn fêc-yp ac yn fronnau i gyd a theimlo fel lluchio siôl drosti.

'A ti wedi cael dy hel o'na am beidio rhoi'r ffôn iddo fo felly?'

Doedd Wil ddim yn disgwyl i Kirsty ddechrau crio. Rhedodd y colur o'i llygaid hi'n afonydd duon.

'Nath o "searchio" fi, Taid. Twtshiad fi i gyd. Odd o'n horybl! Ond toes 'na neb yn coelio gair dwi'n ddeud!'

Teimlodd Wil rywbeth tebyg i ddŵr poeth yn crynhoi yn ei frest. Nid merch bymtheg oed ddigywilydd, goman welodd o, ond hogan bach Wendy, y babi-dillad-pinc y bu'n ei gwarchod yn ei choitsh. Ac mi oedd yna ryw fastad o brifathro wedi rhoi ei ddwylo arni. Doedd yna mo'r fath beth yn bod â phrifathro clên, yn nhyb Wil. Bastads oedd pob un y bu iddo'i adnabod erioed. A doedd yr athrawon eu hunain fawr gwell. Ffernols brwnt oedd yn stido plant hyd at y gwaed oedd yr athrawon a'r prifathrawon roedd o'n eu cofio yn yr ysgol pan oedd o'n hogyn. Cafodd ei ecsbelio'i hun yn bymtheg oed am roi dwrn i'r athro Wdwyrc. Hen uffar cas oedd hwnnw. Pledu'r hogia hefo darnau o goed. Pigo ar Wil Finn ddydd ar ôl dydd ar ôl dydd nes cafodd o fwy na digon. Ac un diwrnod, a'r wers mewn gwaith coed yn ddim ond niwl coch o flaen ei lygaid, cofiodd Wil ei fod o'n fab i Frank Finn. Hitiodd yr athro nes i'w ddant blaen ddisgyn o'i ben. Na, doedd Wil Finn ac athrawon erioed wedi gweld llygad yn lygad. A rŵan, wrth glywed yr hyn a ddywedodd ei wyres, gwelodd Wil Iwerddon mewn mwy nag un ystyr.

'Dos i olchi dy wynab, 'mechan bach i,' meddai, yn dal ei lais yn wastad, pob gewyn yn ei gorff yn tynnu wrth feddwl am achub cam Kirsty fach, 'a rho gardigan amdanat, bendith y Tad, neu niwmonia gei di.'

Ond mi fyddai'r sglyfath prifathro 'na'n cael rhywbeth lot gwaeth, ac mi fyddai o, Wil Finn, yn gwneud yn saff o hynny yn bersonol cyn wired â bod gwaed Gwyddel ynddo.

Pennod 22

Roedd llygad Tracey'n brifo. Syllodd arni hi ei hun yn nrych cwpwrdd y bathrwm. Hyd yn oed trwy'r niwlen o angar oedd wedi hel dros y gwydr, roedd golwg y diawl arni. Ac edrychai'n saith gwaeth heb fêc-yp. Mwy o gosb, meddyliodd yn chwerw, o achos roedd cyffwrdd y croen briw i daenu'r lliw drosto yn uffernol o boenus. Estynnodd am ei thiwbiau o golur a chychwyn eto'r bore hwnnw ar y gwaith o guddio ôl dwrn Phil. Nid ei gŵr roedd hi'n ei feio am wneud hyn iddi, ond David Beresford. Feddyliodd hi ddim, neu'n hytrach gwrthododd feddwl, am ei rhan ei hun yn y llanast.

Gwyddai Tracey pe bai Phil yn colli'i dymer eto byddai'n lladd David. Un peth oedd achosi niwed corfforol difrifol i rywun. Peth arall oedd curo rhywun i farwolaeth. Jêl am oes. Doedd arni hi ddim isio colli Phil. Doedd hi ddim isio gorfod mynd i edrych amdano i'r carchar mewn sgert laes a'i bronnau o'r golwg o dan siwmper bolo nec a byw fel lleian am flynyddoedd. Doedd fiw i Phil Walsh gael gafael ar David Beresford. Ond yn hwyr neu'n hwyrach, byddai hynny'n siŵr o ddigwydd oni bai ei bod hi, Tracey, yn sicrhau y byddai rhywun arall yn dod o hyd iddo'n gyntaf.

Gorffennodd goluro'i hwyneb fel roedd drws y cefn yn agor. Gwyddai mai ei thad oedd yno. Dyna'i arfer ar fore Sadwrn. Nôl ei bapur. Panad efo'i ferch tra oedd o'n stydio'r fform a rhyw awran neu ddwy hefo'r bwci wedyn cyn darfod ei ddiwrnod yn yr Eggerton Arms. Roedd faint roedd o'n ei yfed yn y fan honno'n dibynnu'n hollol ar nerth y carnau roedd o wedi'u dewis y bore hwnnw. Clywodd Tracey'r synau cyfarwydd – clep ar y drws, sŵn rhywun yn llenwi'r tecell a choesau cadair yn llusgo hyd y llawr. Synau Frankie Bach yn ei wneud ei hun yn gartrefol.

Roedd y blynyddoedd wedi bod yn garedig wrth Frankie, yr ieuengaf o feibion yr hen Frank Finn. Er ei fod o'n fychan o gorffolaeth – yn fyr ac yn fain – fo oedd y mwyaf golygus o'r hogiau o ddigon. Roedd o'n rhedwr chwim ac yn sydyn hefo'i ddyrnau fel pob un o'r brîd, ond y gwahaniaeth yn Frankie Finn oedd ei fod o'n cwffio hefo dipyn o steil. Yn ei lencyndod bu'n baffiwr pwysau bantam a gwnaeth gryn enw iddo'i hun mewn gornestau yn ochrau Lerpwl. Bu ond y dim iddo droi'n broffesiynol ac efallai y byddai wedi llwyddo i wneud rhywbeth ohoni oni bai' ei fod o wedi cael carchar yn fuan wedyn am ei ran mewn rêd ar iard goed yng Nghaer.

Doedd pobol ddim yn tynnu blew o drwynau'r un o'r Finns os oedden nhw'n gall, ond roedd Frankie'n beryclach na'r brodyr eraill i gyd hefo'i gilydd. Roedd o'n fyrbwyll ac yn tanio fel matsian. Dyna'r perygl mwyaf oedd ynddo. Wyddai neb pryd y byddai'n ffrwydro, nac i ba gyfeiriad yr âi'r gwreichion. Dyna pam mai dim ond y dewraf o ddynion – neu'r gwirionaf, yn dibynnu ar ba ffordd yr edrychai rhywun ar bethau – a fyddai'n mentro priodi'i ferch o. Byddai'n rhaid iddo fod yn ddyn go iawn yng ngolwg Frankie ei hun – caled, dal ei ddiod, abal mewn ffeit. Roedd gan Phil Walsh yr holl rinweddau hyn a chafodd groeso brwd i gorlan y Finns. Un rheol aur oedd yna – ei fod o'n defnyddio'i ddyrnau i amddiffyn ei wraig ac nid i'w churo hi. Er cymaint o arab oedd Frankie Finn, chododd o erioed law i daro merch. Dyna pam roedd o'n sbio'n wirion rŵan pan welodd o Tracey a'r clais yn gwthio'n ffyrnig i'r wyneb er gwaethaf cacen o golur.

Er iddi adael i'w gwallt ddisgyn yn llen dros ochr ei hwyneb, gwyddai Tracey na allai guddio'i llygad yn llwyr.

'Be' ti di'i neud i dy wynab?'

'Dio'm byd, Dad.'

Frankie'n syllu. Eiliadau fel munudau hirion a'r gwacter rhynddyn nhw'n llawn dim byd. Dim byd ond sŵn cetl yn codi i ferwi'n ffyrnig. Hithau'n gwybod y byddai'n rhaid iddi wneud yn well na hynna.

'Os mai fo ddaru hynna i ti, mi . . .'

'Naci siŵr!' Bu bron i'w phrotest swnio'n rhy frwd. Trodd ei sylw at wneud y banad.

'Pwy 'ta?' Rêl ei thad. Rêl Frankie. Teriar. Doedd o ddim am ollwng. Meddyliodd Tracey'n gyflym. Merch ei thad. Dechreuodd eu palu nhw.

'Ffeit. Hogan o dre tu allan i'r Clwb. Deud bod fi'n llgadu'i chariad hi.'

O wybod am fistimanars ei ferch yn y gorffennol, gallai Frankie gredu hynny. Ochneidiodd. Roedd hi wedi taro ar ei matsh y tro hwn yn ôl pob tebyg. Doedd hynny ddim fel Tracey chwaith. Cystal â hogyn mewn sgrap bob amser.

'Mi odd gynni hi uffar o lefft hwc, ma' raid!'

'Lyci pynsh!' Cymrodd Tracey arni i sgwario. A hyd yn oed dechrau mwynhau. Roedd dweud celwydd yn dod yn rhwydd iddi. 'Ond hi sy hefo patsh moel rŵan lle dynnish i lwmp o'i gwallt hi!'

'Lle oedd Phil?'

'Ddim yna, nag oedd? Allan efo'r genod ôn i, 'de?'

'Diolcha nad ydi o'n gwbod pam gest ti'r slap 'na.'

'Dad! Bai ar gam ges i. Fo oedd yn rhoi'r "cym-on" i mi. Sgin i mo'r help fy mod i'n drop-ded gorjys, nag oes? Pawb ar f'ôl i . . .' A gwelodd Tracey ei chyfle. Roedd ei thad yn llyncu'r stori. Roedd hithau wedi llwyddo i gadw ar Phil. Rhoddodd y gyllell i mewn. 'Fatha'r pyrf hedmastyr 'na!'

'Be'? Hwnna ti'n gweithio iddo fo?'

'Wel, nid fo ydi fy mòs i, naci? Lil ydi hed y gegin . . .'

'Ti'n gwbod be' dwi'n feddwl! Ydi o'n dy hambygio di?'

'Dad, ti'n gwbod fy mod i'n medru edrych ar f'ôl fy hun. Dwi'n gwbod sut i'w gadw fo hyd braich, paid ti â phoeni. Ond . . .'

Roedd Tracey'n sefyll a'i chefn at ei thad. Welodd Frankie mo'i llygaid hi'n culhau'n fileinig. Roedd hi wedi cymryd saib hir. Yr amseru'n berffaith.

'Ond be'?'

'Dydi hi ddim mor hawdd i genod ysgol, nac'di?' Trodd wedyn, yn araf, a wynebu'i thad. Meddwl am David. Am ei sarhad. 'Genod fel Kirsty ni.'

'Kirsty? Hogan Wendy?' Teimlodd Frankie ruthr o waed i'w ben. 'Be' mae o wedi'i neud iddi?'

'Dad, gwranda. Rhaid i ti addo peidio deud dim wrth Yncl Wil . . .' Gan wybod mai dyna'r peth cyntaf un fyddai Frankie'n ei wneud. 'Dad?'

'Ia, iawn.'

'Nath o drio . . . nath o . . . mi oedd hi ar ei phen ei hun hefo fo . . .' Daeth y dagrau ffug cyn rhwydded â'r celwydd gynnau. 'Ond pan ddudodd Kirsty amdano fo, doedd neb yn coelio a mae hi wedi cael ei hecsbelio. Y gyfernors i gyd ar ei ochor o, tydyn?'

'Ti'n trio deud bod y sglyfath yna wedi mela hefo Kirsty ni?'

Yn sydyn, doedd dim ots am y te. Cododd Frankie ar ei draed. Cymrodd Tracey arni ei bod hi wedi cynhyrfu. Gwasgu deigryn neu ddau yn rhagor. Roedd o'n chwarae'n syth i'w dwylo yn union fel pe bai hi wedi sgriptio'r cyfan. Meddyliodd am David Beresford yn cael diawl o gweir. Doedd croesi'r Finns ddim yn beth call i'w wneud os oedd gan ddyn feddwl o'i bennaglinia. Fyddai Tracey ddim yn cynnig llawer am fywyd unrhyw un y byddai ei thad yn mynd i'r afael ag o.

'Dim trwbwl, Dad. Mi wnest ti addo.'

Ond roedd hi'n gwybod nad oedd addewidion yn cyfri

bellach. Roedd hi'n gwybod mai fel hyn y byddai Frankie Finn yn ymateb. Hyd yn hyn roedd ei chynllun yn gweithio fel wats. Crwydrodd ei meddwl yn ôl at ei chyfarfyddiad â Kirsty rai dyddiau ynghynt. Roedd honno wedi edrych ar ei modryb ifanc hefo'r llygaid cysglyd, hanner-cau 'na a gwenu'n slei.

'Be' ti'n feddwl, "creu miri iddo fo", Três?'

Fel pe bai angen egluro. Crechwenodd Tracey a gwagiodd Kirsty ddiferion gleision ola'r botel WKD. Roedd y ddwy fel un byth oddi ar y diwrnod uffernol hwnnw pan aeth Tracey hefo Kirsty pan fu'n rhaid iddi gael erthyliad. Doedd Wendy, ei mam, yn gwybod dim am y peth, ac felly roedd Kirsty am i bethau aros. Nid fod yn rhaid i Tracey fygwth dweud dim byd o'r fath wrth honno er mwyn cael help Kirsty i wireddu ei chynllun. Byddai'r ferch wedi ufuddhau'n ddigwestiwn. Cymwynas am gymwynas. Serch hynny, fyddai dim rhaid i Kirsty faeddu'i dwylo am ddim. Roedd Tracey'n gyfrwys. Doedd dim modd gwybod pryd y byddai'n rhaid iddi fynd ar ofyn y ferch rywbryd eto, nag oedd?

'Ma' gin i bresant i ti, Kirst.' A gwthiodd yr anrheg ar draws y bwrdd.

'Mi ôn i angen bag mêc-yp newydd,' meddai Kirsty'n werthfawrogol. 'Waw, mae o'n un da hefyd. *Designer!*'

'Ti 'rioed yn meddwl y baswn i'n rhoi rybish i ti, Kirst. A mae yna rwbath go lew tu mewn iddo fo hefyd.'

Gwyddai Kirsty yn ôl winc y llall nad am golur newydd roedd hi'n sôn. Agorodd y sip. Roedd y pecyn tua maint blocyn o sebon, yn cymryd ei le'n ddel yn y bag. Goleuodd llygaid y ferch.

'Mae yna chwanag o lle doth hwnna,' meddai Tracey'n llyfn. 'Hanner rŵan, hanner ar ôl gneud y job.'

A doedd hi fawr o 'job' ym meddwl Kirsty, yn enwedig am y dôp 'ma i gyd. Dweud fod y prifathro wedi cyffwrdd ynddi mewn ffordd amhriodol. Hawdd. A phe bai pethau'n mynd o chwith, beth oedd y peth gwaethaf allai ddigwydd? Cael ei diarddel o'r ysgol am ddweud celwydd. A chelwydd neu beidio, roedd cyhuddiad fel yna, waeth pa mor ddi-sail oedd o, yn sicr o fwrw amheuaeth dros y cymeriad glanaf. Sut bynnag roedd hi'n edrych ar bethau, roedd Kirsty ar ei hennill. Culhaodd ei llygaid-pryfed-cop a gwenu'n gyfrwys eto. Roedd digon o stwff yn y bag colur iddi allu gwneud ceiniog fach ddel ohono, a byddai digon dros ben iddi hithau. Ac roedd Tracey wedi addo chwaneg ato fo ar ôl iddi chwarae'i rhan.

'Dim problem, Três.' O dan y wên ddiog roedd ei meddwl yn gweithio fel rasel. 'Gad y cwbwl i mi.'

Pennod 23

Teimlai David awyr y môr yn llenwi'i ysgyfaint yn araf. Roedd hi bron fel boddi, yr oerni caled 'ma'n llenwi'i frest. Peth braf oedd medru agor ei ysgyfaint heb gymorth blydi pwmp asthma. Oddi tano roedd ffrwtian y tonnau llwyd yn beryglus o hudolus wrth iddo sefyll yn anghyfforddus o agos at ymyl dibyn Trwyn Pen y Garreg. Gallai fod wedi dreifio dros ymyl y clogwyn yn rhwydd ond pam difetha car da pan fyddai neidio'n gwneud yr un job, meddyliodd wrtho'i hun yn chwerw. Doedd marw ddim yn ei ddychryn o. Gwneud llanast o'r peth fyddai'r hunllef. Yr ymdrech i ddarfod popeth yn mynd o chwith ac yntau ynghlwm wrth diwbiau – ac wrth Siwan – am weddill ei oes druenus. Doedd dim byd yn fyrbwyll yn David. Hyd yn oed pe bai'n penderfynu cyflawni hunanladdiad, byddai'n rhaid cynllunio'r cyfan yn glinigol ofalus. Doedd neidio oddi ar glogwyn ar hap ddim yn opsiwn o gwbl i ddyn a oedd wedi dod yn gymaint o berffeithydd.

Roedd ei blentyndod mor bell o'r fan hyn. Crwydrodd ei ddychymyg ar hyd y strydoedd o dai brics coch lle roedd hyd yn oed natur ei hun dan reolaeth – rhesi o goed unffurf twt yn cysgodi'r palmentydd; ogla'r dîsl o'r bysys oedd yn cyrraedd bob chwarter awr; cegin ei nain hefo'r pantri tywyll, oer a'r bwji glas yn ei gaets ar ben y cwpwrdd llestri. Roedd o'n dal i gofio'r patrwm ar y llestri. Blodyn hefo canol glas 'run fath â'r bwji, a'r petalau a'r dail yn aur. Dyna'r lliwiau roedd o wastad yn eu cysylltu â'i nain. Glas ac aur. Bwji a haul. Erstalwm, yn blentyn wedi'i gipio o'i gynefin, roedd clydwch yr atgofion hyn yn cau'n dynn amdano pan oedd gweddill y byd fel briw agored. Erbyn hyn roedden nhw'n rhy bell iddo allu eu cyffwrdd. Roedd o'n rhywun arall rŵan, yn ddiarth hyd yn oed iddo fo'i hun.

Dechreuodd feddwl am Eleri. Am ei fam. Roedd o wedi rhoi'i fywyd i'r ddynes anghywir. Cachwr oedd o bryd hynny hefyd. Roedd arno ormod o ofn ei fam i allu caru'i wraig. Bu'n wan. Eleri oedd yn gryf. Hi aeth. Dylai fod wedi mynd hefo hi. Edrychodd i lawr. Roedd sŵn y tonnau'n ei wneud o'n benysgafn, y môr i gyd fel cynulleidfa'n chwerthin o bell. Neu'n cymeradwyo. Meddyliodd am staff yr ysgol yn cymeradwyo'n frwd ar ôl i Hilda Grês godi ar ei thraed i ddweud ychydig eiriau a hynny dan deimlad ar ddydd ei hymadawiad. Doedd hi ddim yn boblogaidd ond eto i gyd cafodd ei llith hirwyntog or-emosiynol fwy o groeso gan y staff nag unrhyw beth a ddywedodd o wrthyn nhw erioed. Roedd pawb yn gwybod nad oedd o'n hoff o Hilda a'i bod hithau'n ei gasáu yntau ond blydi hel, roedd hi'n hen, yn doedd? Dim ond blwyddyn neu ddwy tan ei hymddeoliad. Oedd rhaid iddo fod yn gymaint o fastad? Dyna'r cyhuddiad welodd David yn llygaid hyd yn oed y crafwrs tin mwyaf. Cyhuddiad mor amlwg a thrwm a chyffyrddadwy â'r sosej rôls oer ar y platiau papur ar liniau pawb: sut medret ti'r diawl dideimlad? Bryd hynny hefyd, roedd dwrn dur yn cau am ei frest ac yn gwasgu. Roedd hyd yn oed y wên ar ei wyneb yn dynn.

Meddyliodd am Tracey, Siwan, Kirsty Parry. Ei fam. Eleri'n mynd. Meddyliodd pa mor anodd fu popeth erioed.

Am ennyd, o'r fan hyn, roedd rhoi terfyn ar y cyfan yn edrych mor uffernol o hawdd.

*　　　　*　　　　*

Teimlodd Gwynfor Khan ei ben yn troi. Ei ben a'i stumog. Roedd o wedi credu'n llwyr iddo symud ymlaen. Yn enwedig ar ôl neithiwr. Neithiwr, am y tro cyntaf ers Siwan, teimlodd ei fod o wedi caru hefo merch yn hytrach na dim ond cael rhyw.

Roedd Eleri, fel Siwan, yn un o'r rhai sbesial. Hyd yn oed ar ôl un noson, gadawodd iddo'i hun feddwl efallai fod hyn yn gychwyn newydd. Gallai ddychmygu dyfodol hefo Eleri. Roedd bod hefo hi wedi ei lanhau rhywsut. Roedd rhywbeth iach wedi dychwelyd i'w fywyd. Yna daeth Cal ato hefo'r joban newydd. Doedd hi'n ddim gwahanol i weddill ei waith o ddydd i ddydd. Cadw llygad ar ddyn priod oedd yn twyllo'i wraig. Dim ond mai Siwan, o bawb, oedd yn cael ei thwyllo. Ei Siwan o. Doedd o erioed wedi gweld ei gŵr hi nes iddo edrych ar y llun. Llun priodas o bopeth. Roedd y cyfan yn rhy greulon. Pan edrychodd o ar y llun hwnnw teimlodd ei fod o'n mygu.

'Ti'n iawn, boi? Ti wedi mynd yn rhyw liw rhyfedd, 'chan . . .' Llais Cal reit o'i flaen o ond yn dod o bell.

'Rwbath . . . rwbath fytish i, ma' raid . . .'

Baglodd o'r stafell, allan ar y palmant oedd yn llwyd fel ei wyneb, a chwydu'i berfedd i'r bin sbwriel ar y gongol a oedd yn drewi o ogla tships oer.

*   *   *

Roedd Rona'n gwybod. Pan aeth Gwilym adra sylweddolodd fod gwraig Arthur Ffatri wedi cael y blaen ar ei gŵr. Fel arfer. Ochneidiodd. Doedd hynny ddim yn anodd i ddynes mor llac ei thafod â honno. Fyddai dim osgoi siarad hefo Rona ar gownt Siwan rŵan. Roedd hi'n disgwyl amdano, ei chefn yn syth fel procer mewn ffrog ddu a gwyn. Edrychai ei hysgwyddau'n galed ac yn sgwâr. Ni fedrai gofio'r tro olaf iddo gyffwrdd ynddi.

'Wel, wel,' meddai Rona. Doedd ei cheg ddim fel petai hi'n ffurfio siâp y geiriau. Teimlai Gwilym ei fod yn edrych ar ddymi yng ngofal dyn-lluchio-llais. 'David o bawb yn cael affêr. Mae o'n dilyn esiampl ei dad-yng-nghyfraith, mae hynny'n amlwg. Mi ddylat fod yn falch iawn dy fod ti'n cael y fath ddylanwad arno fo.'

Ond doedd ei choegni ddim yn cyffwrdd ynddo bellach.

Tywalltodd wisgi mawr iddo'i hun ac edrych i berfeddion y gwydryn cyn ei roi i lawr ar y bwrdd drachefn heb gyffwrdd ynddo. Sylweddolodd yn sydyn nad oedd arno angen alcohol i'w alluogi i edrych i fyw ei llygaid.

'Deud ti,' meddai.

'Sut fath o ateb ydi hwnna?' brathodd Rona, yn codi i'r abwyd yn syth. 'A beth am y cyhuddiad 'ma yn yr ysgol? Be' wyt ti'n bwriadu ei wneud ynglŷn â hwnnw?'

'Arthur yn sortio fo, 'tydi?' meddai Gwilym yn llyfn. Yn ateb cwestiwn hefo cwestiwn. Arthur Ffatri hefo'i lygaid gwylan a'i ysgwyddau crwm. Byddai Arthur a'i grônis yn sortio hynny. Rhyfeddodd at ei allu'i hun i fod mor ymlacedig yn nannedd y fath storm.

'Dyna'r cyfan wyt ti am ddeud, ia, a ninna'n destun siarad i bawb? Pan dwi'n meddwl faint wariais i ar y briodas grand 'na . . . Mae yna fai mawr ar David, yn cymryd ei hudo gan ryw slwt, ond dyna fo, mi wyddost tithau ddigon am hynny.' Cymrodd saib i wlychu'i cheg tra oedd hi'n disgwyl i'w hergyd daro'i nod. Ond nid atebodd Gwilym. Gwyddai fod hynny'n mynd i wallgofi mwy arni. Doedd dim rhaid iddo ddisgwyl yn hir. Chwaraeodd Rona gerdyn peryglus a meiddio beio Siwan am anffyddlondeb David. 'Tasa Siwan wedi bod yn debycach i wraig ella basa hi wedi medru cadw'i gafael arno fo. Os nad ydi dyn yn ei gael o adra . . .'

Sylweddolodd yn rhy hwyr ei bod hi wedi mentro'n rhy bell. Hi oedd ar dir peryglus erbyn hyn a chollodd Gwilym mo'i gyfle i edliw hynny iddi.

'Hollol, Rona, 'nghariad i.' Fe'i bwriwyd oddi ar ei hechel gan ei goegni anghyfarwydd. Drachtiodd yntau o'i wisgi rŵan, nid er mwyn ennill hyder, ond am ei fod o'n gwybod mai fo oedd yn mynd i ddod allan ohoni orau'r tro hwn. 'A tasat titha wedi agor mwy ar dy goesau a llai ar dy geg ella na fasen ni ddim yn cael y sgwrs yma heddiw.'

118

Dywedodd Gwilym hyn i gyd heb godi'i lais. Trodd ei gefn ar Rona ac yfed y wisgi ar ei dalcen. Roedd y distawrwydd rhyngddyn nhw am y gorau â'r gwres canolog diangen i fygwth mygu popeth yn yr ystafell. Gwyddai y byddai Rona'n cael hyd i'w llais toc ond doedd hynny'n poeni fawr ddim arno bellach. Cawsai ddweud ei ddweud ac roedd o'n deimlad anghyffredin o braf.

'Os nad wyt ti'n bwriadu gwneud rhywbeth i sortio'r holl lanast 'ma, mi wna i! Ti'n clywed?'

Roedd Gwilym wrthi'n tywallt gwydraid arall. Sylwodd Rona fod ei ysgwyddau'n crynu. Pathetig. Os oedd o'n meddwl mai mwy o'r crio gwirion 'ma oedd ei ffordd o drio cymodi . . . Ac yna, trodd i wynebu'i wraig. Roedd dagrau'n powlio i lawr ei ruddiau, ond dagrau o chwerthin oedden nhw.

'Ti'm yn gall, y diawl gwirion!' Poerodd Rona'r geiriau i'w gyfeiriad ond roedd hi fel pe bai hi newydd luchio bonyn arall ar y tân. Roedd y chwerthin bron â'i dagu bellach ac meddai hithau, ag un cynnig arall i'w dynnu oddi ar ei echel: 'Be' haru chdi, dwed? Ma' raid dy fod ti'n cael rhyw fath o nyrfys brecdown!'

Sychodd Gwilym ei lygaid â chefn ei law. Roedd ei wyneb yn goch.

'Ella'n wir,' meddai, ac roedd igiadau o chwerthin yn dal yn ei lais pan ychwanegodd: 'Ond os mai peth fel hyn ydi nyrfys brecdown, mae o'n deimlad uffernol o braf!'

*   *   *

Gwylio David Beresford oedd gwaith Gwynfor, nid gwylio symudiadau'i wraig o. Ond roedd yn rhaid iddo gael gweld Siwan hyd yn oed pe bai o ddim ond yn ei gweld hi o bell. Cip, dyna i gyd. Cip sydyn. Ceisiodd ei argyhoeddi'i hun y byddai'n iawn wedyn. Roedd rhywbeth yn ei gorddi byth ers i

Cal roi'r aseiniad yma iddo. Rhyw anesmwythyd. Erbyn hyn sylweddolodd mai cenfigen pur oedd o. Cenfigen at y bastad yma oedd wedi cael ei gariad o'n wraig ac yna'n ei thwyllo. Cachu am ben y cyfan.

Doedd dim rhaid iddo fod yn gwylio'r tŷ am wyth o'r gloch ar fore Llun. Roedd hi'n amlwg mai cychwyn am yr ysgol fyddai David yr adeg honno ac nid i gyfarfod ei gariad. Ond roedd Gwynfor yn cael cysur o wybod fod Siwan yno ar ei phen ei hun heb y Beresford 'na. Roedd o'n gofalu nad oedd o'n parcio yn yr un lle bob tro rhag i rywun ddechrau sylwi arno. Byddai'n mynd ar ôl ychydig, a dychwelyd efallai ymhen awran neu ddwy. Ambell waith byddai'i char hi wedi mynd o'r dreif. Wedi mynd allan i siopa neu rywbeth, siŵr o fod. Ar yr adegau hynny teimlai Gwynfor yn unig, ar goll, fel pan fyddai'n cyrraedd yr ysgol erstalwm a chanfod fod ei ffrind gorau adra'n sâl a bod y sedd wrth ei ymyl yn wag. Roedd y peth yn dechrau mynd yn obsesiwn ganddo a gwyddai ymhell cyn cyfaddef wrtho'i hun mai'r unig ffordd o ddatrys hyn oedd siarad hefo hi.

Daeth ei gyfle'n annisgwyl rhyw fore glawog ac yntau'n cadw'r car i droi a'r weipars i symud rhag i bobol ddechrau amau rhywbeth.

'Fedra i'ch helpu chi? Ydach chi'n chwilio am rywle?' Wyneb sbectolog lond y ffenest. Cap fflat ac anorac wedi'i sipio hyd at gwlwm ei dei. Grêt. Cadeirydd y Neighbourhood Watch, siŵr o fod, yn treulio hanner ei oes yn y ffenest fel blydi jerêniym. Ochneidiodd Gwynfor. Agor y ffenest.

'Na, iawn diolch. Wedi cael hyd i'r tŷ rŵan.' Gwenu. Edrych yn joli. Isio dweud: *piss off*, y ll'gada pot jam uffar. Pwy ti'n feddwl wyt ti, Inspector Morse?

Safodd Jerêniym ar y palmant yn ei wylio'n troi trwyn ei gar i mewn i ddreif David Beresford. Doedd gan Gwynfor ddim dewis. Roedd o wedi'i gornelu. Private Eye ar y diawl, meddyliodd wrtho'i hun. Rŵan, ac yntau reit o flaen y tŷ, ofnodd ei fod yn colli'i hyder. Yn blydi wel colli arno'i hun. Be' ddoth dros ei ben o? Meddyliodd am droi'r car a'i sgrialu hi oddi yno. Doedd y Jerêniym ddim yn gallu'i weld o'r fan hyn. Tasa ots. Y gwrychyn yn rhy uchel. Damia! Tra oedd o wrthi'n pendroni, gwelodd wyneb yn un o ffenestri'r llofftydd. Rhewodd. Roedd o'n dal i eistedd yn ei unfan wrth y llyw pan ddaeth Siwan i'r drws. Syllodd arno heb ei adnabod, ei llaw dde'n cysgodi'i llygaid rhag y glaw. Roedd ganddo ddewis rŵan: rhoi'i droed ar y sbardun a diflannu cyn iddi sylweddoli pwy oedd o, neu ddod allan o'r car a wynebu Siwan. Wynebu'i orffennol, a'i lwfrdra'i hun. Wynebu'r ffaith ei fod o wedi cytuno i orffen perthynas hefo'r unig ferch roedd o wedi'i charu o ddifri erioed er mwyn dod allan o lanast ariannol. Roedd ei gywilydd yn ei rewi yn ei unfan a wyddai o ddim sut i symud ymlaen. Peth gwirion oedd hyn, peth lloerig. Ddylai o ddim fod wedi dod. Ddylai o ddim fod wedi mela hefo'r gorffennol. Roedd hynny'n beryglus, bron yn amharchus, fel codi corff.

Hi wnaeth y dewis iddo. Pan gododd ei ben drachefn roedd hi'n sefyll wrth y car. Roedd y glaw eisoes yn dechrau plastro cudynnau o'i gwallt ar hyd ei thalcen. Byddai unrhyw un arall yn edrych yn druenus fel anifail gwlyb, ond i Gwynfor roedd Siwan yn debycach i gerflun. Parai'r glaw i esgyrn hardd ei bochau edrych yn feinach a mwy bregus. Mwy perffaith. Gwyddai hyd yn oed pe bai'n cysgu hefo cant o ferched, ni allai byth ddileu hon o'i galon. Rhyngddyn nhw roedd ffenest wlyb y car fel wyneb a fu'n wylo.

Ofynnodd hi ddim pam ei fod o yno. Pam ei fod o ar stepan ei drws hi ar ôl yr holl amser. Dim ond yr eiliad honno oedd yn cyfri. Hi agorodd ddrws y car a chamodd yntau allan fel pe bai o mewn breuddwyd. Roedd ei ben o'n wag a'r geiriau'n gwrthod dod. Gafaelodd Siwan yn ei law a'i arwain i'r tŷ. Roedd ei bysedd yn oer a'i hwyneb yn ddi-golur, wyneb-ben-bora, yn wyn 'fath â'r awyr.

*   *   *

Fu Hilda Grês erioed yn un dda am godi yn y bore. Diolchodd rŵan o waelod ei henaid ei bod hi'n fore Sadwrn. Newydd droi'n hanner dydd ac roedd hi'n dal heb ymolchi na gwisgo. Bochiai ei chnawd yn flêr dan felt ei gwnwisg fel pe bai rhywun wedi clymu clustog mewn tywel. Llusgodd ei soser-dal-stwmps yn nes ati ar draws y bwrdd isel ac ochneidio. Roedd ei hwyneb yr un lliw â'r llwch oedd ynddo. Bu'r wythnos hon yn hunllef. Ei hwythnos gyntaf yn y swydd newydd. Doedd hi ddim wedi bod yn hawdd. Fe'i gorfodwyd i rannu car hefo criw ifanc nad oedd hi'n adnabod dim arnynt. Roedd yn rhaid iddi ddal bws yn gyntaf er mwyn cyrraedd tŷ'r athrawes Wyddoniaeth oedd yn gyrru'r car, a golygai hynny fod Hilda'n gorfod codi'n blygeiniol yng ngwir ystyr y gair. Doedd o mo'r un peth o gwbwl â chael Jimmy'n canu corn tu allan a hithau'n lluchio'i bag i'r bŵt ac yn tanio smôc i'r ddau ohonyn nhw i'w cynnal ar y daith ddeng munud i'r ysgol. Doedd yna ddim o'r cyfeillgarwch rhwydd hwnnw rhyngddi hi a Glesni Willis, a fyddai dim yn debyg o ddod byth. Wnaeth Glesni erioed gyfrinach o'r ffaith fod ysmygwyr yn wrthun ganddi. Wnaeth hi ddim cyfrinach ychwaith o'r ffaith fod gorfod rhoi lifft i hon bob dydd yn fwy o blydi niwsans nag o ddim byd arall. Nid ei bod hi wedi dweud hynny. Doedd dim rhaid iddi. Roedd tawedogrwydd Glesni pan oedden nhw ar eu pennau eu hunain yn y car a'i hadfywiad sydyn pan ddeuai'r lleill yn brawf o'r peth. Fel pe na bai hynny'n ddigon, doedd Hilda byth yn rhan o'r sgwrs am weddill y siwrnai. Teimlai weithiau eu bod nhw'n gwneud ati i siarad am bethau a phobol na wyddai hi ddim amdanynt. Roedden nhw'n llwyddo, fel plant ysgol, i'w chau hi allan o gylch eu profiadau a'u jôcs preifat eu hunain.

Doedd yr ystafell athrawon ddim yr un fath yn yr ysgol newydd chwaith. I ddechrau, doedd yna ddim ystafell ysmygwyr. Yn ail, doedd yna neb cyn hyned â Hilda, a chan fod sinigiaeth yn gwaethygu gydag oedran, roedd pawb o'r staff a'u golygon ar yr un nod – disgleirio, dyrchafiad a thai haf yn Lot-et-Garonne. Un o'r hen do oedd Hilda, o genhedlaeth y *silent reading* a chopïo cwestiynau mewn llyfrau i'r diben o gadw plant yn ddistaw a dim arall. Dysgasai Hilda'i dosbarthiadau ar hyd y blynyddoedd yn union fel roedd hi ei hun wedi cael ei dysgu yn yr ysgol: rheoli'n ddi-wên mewn llais uchel a'i thafod yn torri fel siswrn. Daliai i gredu mewn disgyblaeth lem mewn oes lle nad oedd modd bellach gweinyddu'r fath beth gyda'r rhai oedd angen hynny fwyaf. Methodd weld mai trwy deg oedd dofi. Dangos gwendid fyddai hynny yn ei golwg hi. O ganlyniad fe ddaliodd yn dynn yn rhywbeth oedd wedi hen fynd o'i gafael. Fe'i gorfodwyd ers tro i farchogaeth ceffyl diarth; doedd ganddi ddim bellach i gydio ynddo ond cudynnau o'i fwng a oedd yn barod yn llithro drwy'i bysedd:

'Miss 'ta Misus 'dach chi?'

'Miss Elis, 'te, "Miss"! Cos 'dach chi'm wedi priodi, naddo? Yli, Daz, y twat, sgynni hi'm modrwy, nag oes?' Natasha Price oedd y geg fawr yn ei dosbarth diarholiad newydd. Yr un hefo jest digon yn ei phen i wybod sut i daro dan y belt. Llygaid gwrach mewn wyneb pymtheg oed. 'Ydach chi'n fyrjin, Miss?'

A Darren Bach ddiniwed, yr anwylaf ohonynt oherwydd hynny, ddim ond yn gwneud pethau'n waeth drwy fynnu gwneud pethau'n well:

'Dydi mam fi ddim yn fyrjin ond sgynni hitha ddim modrwy briodas chwaith!'

Y dosbarth yn ffrwydro. Ymgododd march Hilda Grês i

bawennu'r awyr a'i lluchio. Glaniodd hithau ar ei thin yn flêr â'i balchder wedi'i dorri mewn mwy nag un lle.

* * *

Roedd mynd i aros at ei dad yn beth digon prin yn hanes plentyndod Gwynfor ond arhosodd yr ymweliadau ysbeidiol hynny'n felys yn ei gof fel yr ogla mwg sigarét a lynai wrth flerwch cyfforddus tŷ Danny Khan. Wel, cyfforddus i fachgen deuddeg oed, beth bynnag. Cŵl. Cylchgronau ceir a chaniau cwrw gweigion yn gymysg ar y bwrdd coffi isel â chwpanau coffi'r noson cynt a soser lwch yn gorlifo; briwsion hyd fwrdd y gegin lle safai'r pupur a'r halen a'r botel sos yn dragwyddol, ddiysgog fel meini'r orsedd. Yma doedd cofio ymolchi a bwyta bwyd yn ei bryd ddim yn flaenoriaethau. Roedd yna bethau pwysicach, fel gwylio pêl-droed, bwyta tships o'r papur a mela yn y sied hefo partiau hen foto-beics. Hynny i gyd a'r recordiau feinyl. Roedd casgliad recordiau Danny Khan yn gwbl ryfeddol. Roedd ganddo focseidiau ohonyn nhw, a chwaraewr recordiau oedd yn dal i gael mwy o barch na dim byd arall bron pan oedd gweddill y byd wedi symud ymlaen i bethau llawer mwy soffistigedig.

'Blydi hel, Dad! Be' di hwn? Brwsh?' I llnau wynebau'r recordiau. Y ddau'n chwerthin yn wirion. Danny'n brwsio llwch oddi ar ei recordiau rhag difetha'r bìn ar y chwaraewr. *Diamond stylus.* Feddyliodd o erioed am dynnu llwch oddi ar ei ddodrefn.

'Gwranda ar hon, Gwyn. Classic. Un o'r grêts, dallta.'

'Ma' gynno fo wallt 'fath ag Elvis Presley!'

Ond Sgowsar oedd Billy Fury. Ei ysgwyddau'n sgwâr a'i dei o'n gul. 'Like I've Never Been Gone'. Dechreuodd wrando ar y gân honno eto ac eto. Breuddwydio am ramant meic a gitâr. Hanner-ffordd i Baradwys a llestri neithiwr yn aros yn ufudd yn y sinc.

Y bore hwnnw ym mreichiau Siwan daeth geiriau'r gân yn ôl. Roedd hi fel pe na bai gwahanu wedi bod. Fel camu i beiriant amser a phwyso botwm. Fel pe bai o erioed wedi'i gadael. Roedd eu caru'r un fath. Yn rhwyddach na sgwrsio. Ar hyn o bryd roedd yna ormod i'w ddweud. Gormod o bethau nad oedden nhw'n gwneud synnwyr. I Siwan, yr un Gwynfor oedd o. Doedd hi erioed wedi adnabod y llall. Yr un a fynnodd ddod â'u perthynas i ben heb eglurhad. Wyddai hi ddim bellach a oedd hi isio gwybod pam. Ond gwyddai un peth. Fo roedd hi ei isio a neb arall. Nid David. Gwelodd ei ffordd yn gliriach nag y gwelodd hi ddim byd ers tro.

Câi wared ar David.

Pennod 24

'Dwi isio ysgariad.' Roedd Siwan yn gwneud ei gorau i gadw'r cryndod o'i llais.

Roedd David newydd gyrraedd yn ei ôl o'r jym. Byddai Gwynfor Khan wedi gallu tystio i hynny, ac i'r ffaith fod ogla chwys ar ei ddillad chwaraeon a bod ei dywel yn wlyb ar ôl y gawod a gymrodd cyn dod adra. Roedd o'n dal i orfod gwylio'r diawl, yn dal i orfod ennill ei damaid drwy riportio i Cal. Byddai maes parcio'r jym yn llawn fel arfer yn syth wedi iddi droi'n bump o'r gloch. Bryd hynny byddai'r gweithleoedd yn chwydu jyncis y wyrcowt allan drwy'u drysau ac i mewn trwy ddrysau gwydr Banc-y-felin Health and Fitness Centre. (Neu Wanc-y-felin, fel y byddai Cal yn hoffi galw'r lle, oherwydd yr unig dro y bu o yno roedd yna ar gyfartaledd dair merch ifanc dinboeth mewn legins tyn ar gyfer pob un dyn moel canol oed, medda fo. A phob un o'r creaduriaid hynny hefo mwy o flew ar eu brestiau nag oedd ganddyn nhw ar eu pennau, a rhyw bylni desbret yn eu llygaid yn hytrach na sbarc wrth edrych ar yr holl dduwiesau rhyw 'ma yn eu hugeiniau yn mynd drwy'u pethau. Gwenodd Gwynfor wrtho'i hun pan gofiodd wyneb Cal wrth iddo, heb ronyn o gywilydd, ei ystyried ei hun yn fawrfrydig yn un o'r dynion trist hynny!)

Ond erbyn hyn roedd David wedi cyrraedd adra ac roedd Gwynfor, ychydig yn ddiangen o bosib y noson honno, wedi ei ddilyn bob cam o'r ffordd. Roedd Siwan yn barod amdano, yn barod am glep gyfarwydd y drws, sŵn goriadau'r car yn disgyn ar y bwrdd yn y cyntedd, a chlec y bag chwaraeon wrth iddo gael ei ollwng yn ddiseremoni ar y llawr coed drud.

Chymrodd David ddim sylw o'i wraig nag o'i chyfarchiad oer. Cerddodd heibio iddi ac i'r gegin lle tywalltodd wydraid hir o sudd oren iddo'i hun. Wrth edrych arno'n sefyll o flaen y ffrij fawr Americanaidd gresynai Siwan na fyddai'n bosib ei wthio i mewn iddi a chau'r drws yn glep arno. Roedd y darlun oedd ganddi yn ei phen yr eiliad honno, ohono'n rhewi'n araf i farwolaeth yn help iddi gael rheolaeth ar ei nerfau. Yn peri iddi ofni llai arno. Roedd o wedi chwalu'r gegin 'ma'n racs y tro olaf y meiddiodd hi ei herio. Fe'i cafodd ei hun yn cael trafferth llyncu. Roedd hi fel pe bai rhywun yn dal pen ei fawd yn drwm yn erbyn ei pheipen wynt.

'Paid â fy anwybyddu i, David.' Roedd mwy o hunan-reolaeth yn llais Siwan nag a wyddai hi ei hun, a'r hyder hwnnw wnaeth i David droi arni. Dyna'i ffordd bob amser pan deimlai dan warchae, dan fygythiad. Ei amddiffyn ei hun drwy ymosod, fel pob dyn gwan sy'n amau'i allu i barhau i gogio bod yn gryf. Byddai unrhyw fflach o gymeriad, o hunanhyder o du Siwan yn bygwth ei danseilio bob amser. Hyd yn hyn, roedd o wedi llwyddo i'w sathru'n ddigon di-lol, yn union fel pe bai hi'n un o'r genod ysgol roedd o'n delio â nhw'n ddyddiol. Ond yn ddiweddar roedd hi'n dechrau mynd yn ormod o lances. Un peth oedd ei hyfdra hi gyda'u cyfrif banc – o leiaf roedd o'n falch ei bod hi'n gwario ar wisgo'n dda ac yn addurn ar ei fraich – ond peth arall oedd meddwl y câi hi, y fflipsan fach benchwiban ddwl, sefyll yno a'i herio a thrio'i ddallu hefo'i geiriau mawr Cymraeg. Y bitsh fach! Merch ei mam, yn gocan i gyd.

'Anwybyddu? Anwybyddu?' Swniai'n chwithig yn ei gwatwar, yn ailadrodd y gair fel poli parot yn dynwared iaith estron ar ôl arfer clywed dim byd ond Saesneg. '*Think you can catch me out, do you, with your long fucking Welsh words. You, of all people. A thick little tart. No, a thick little* Welsh *tart!*' Gwelodd yn syth fod hynny'n ei chythruddo a chafodd bleser rhyfeddol o sylwi ar y cryndod yn ei gwefus isaf. Chwarddodd yn sydyn wrth i'r gwirionedd ei daro. '*And to think that those are two of the main reasons I married you. Because you were too thick to stand up for yourself, well, that was bound to be a bonus, wasn't it? A stupid wife has no choice but to be an obedient one. And the Welsh thing. Nothing but a bonus for someone in my position, even if it is a pain in the arse! Ironic, isn't it? The two things I married you for are the two things I hate about you the most.*' Gostyngodd ei lais wrth ynganu'r geiriau olaf a chamu'n agos ati. Roedd ogla'r oren yn sicli ar ei wynt. Doedd o ddim wedi sychu'i geg ar ôl drachtio ohono gynnau ac roedd yr olion gwlyb ar ei wefus uchaf yn codi cyfog arni. Roedd hi'n agos at ddagrau rŵan, ond dagrau o gynddaredd oedden nhw. Doedd o ddim am gael ei thrin hi fel hyn. Poerodd ei chasineb i'w wyneb:

'Y bastad!'

Daeth yr ergyd mor sydyn fel nad oedd Siwan yn gwybod yn iawn am ennyd beth oedd wedi digwydd iddi. Wedyn y teimlodd hi'r boen, a'r gwaed cynnes ar ei gwefus. Yna roedd David wedi diflannu a doedd yna ddim byd ond niwl o flaen ei llygaid, twrw drws yn clepian ac injan car yn chwyrnu'n filain yn rhywle yng nghefn ei hymennydd. Roedd y distawrwydd a'i hamgylchynai wedyn mor lân, mor feddal â dŵr ffynnon a doedd arni hi ddim isio gwneud dim byd ond sefyll yno a gadael iddo olchi drosti. Yn rhyfedd iawn doedd arni ddim ofn. Yn llygaid David yr oedd hwnnw ar ôl iddo'i daro. Ar ôl sylweddoli ei fod o wedi mynd yn rhy bell.

Ac mai ei thro hi, Siwan, oedd delio'r cerdyn nesaf.

*   *   *

Nid am Siwan oedd Rona'n meddwl, ond amdani hi ei hun, fel arfer. Doedd hynny'n ddim syndod i Gwilym, ond roedd ei rhygnu cyson ynglŷn â David a'i fercheta wedi dechrau mynd yn fwrn arno. Teimladau Siwan oedd uchaf ym meddwl Gwilym. Colli wyneb a bod yn destun siarad gan ei ffrindiau honedig oedd poen mwyaf Rona. Cododd ar ei draed. Roedd o wedi cael llond bol.

'O, ia, dyma ni. Dianc o'r ffordd pan dwi'n trio siarad sens hefo ti.'

Taflodd Gwilym edrychiad chwerw i gyfeiriad ei wraig. Doedd hi ddim wedi siarad synnwyr ers blynyddoedd maith. Trodd ei gefn arni. Estyn ei gôt. Diolchodd yn ddistaw fod goriadau'r car yn gysurus o drwm yn ei boced. Roedd arno angen gofod. Angen mynd o'i sŵn hi. Wyddai o ddim i ble. Doedd Mo ddim yna iddo rŵan. Brathodd ei wefus. Roedd popeth oedd yn digwydd iddo'n gwneud iddo feddwl am Mo.

Efallai mai cyd-ddigwyddiad barodd i Gwilym landio yn nhŷ ei ferch y noson honno. Neu efallai iddo fynd yno am ei fod o'n poeni amdani. Yn meddwl amdani. Ac efallai nad oedd ganddo unlle arall i fynd. Beth bynnag a'i gyrrodd, doedd o ddim yn barod am yr hyn oedd yn ei ddisgwyl.

Roedd ei ferch yn edrych mor fregus, ei hwyneb mor welw tu ôl i'r clais gwlyb. Daeth rhuthr o ddagrau poeth i'w wddw gan fygwth cau ei lwnc. Ei blentyn o oedd hi ac roedd y sglyfath yna wedi gwneud hyn iddi. Gafaelodd amdani ac roedd hi'n frau, yn llonydd fel dol.

'Mi ladda' i o.' Roedd ei eiriau'n aneglur, wedi'u rhwydo yng ngwe ei ddagrau. 'Mi ladda' i'r cythral brwnt.'

*   *   *

Pan agorodd Gwynfor Khan ddrws ei fflat i weld Rona Lloyd yn sefyll yno roedd hi fel pe bai hanes yn ei ailadrodd ei hun yn y dull mwyaf ffiaidd. Bu bron iddo gau'r drws yn glep yn ei hwyneb ond roedd rhywbeth ynglŷn â hi, rhyw sglein od yn ei llygaid hi, a barodd i'w chwilfrydedd fynd yn drech nag o.

'Ga' i ddod i mewn?' Doedd yr hyder arferol ddim ganddi. Siaradai'n gyflym fel pe bai ganddi ofn ei geiriau nesaf.

Chynigiodd o ddim iddi eistedd. Edrychodd Rona o gwmpas ar y cadeiriau gwag, y soffa. Ond dal i sefyll wnaeth hi. Wyddai o ddim fod ei phenna glinia'n gwegian.

'Dwi'n gwbod be' sy'n mynd ymlaen rhyngot ti a Siwan.' Roedd Rona'n trio'n galed i beidio dangos gwendid. I beidio dangos ei hanghysur yn y fflat fach flêr 'ma oedd yn cau amdani fesul eiliad.

Nid atebodd Gwynfor. Roedd o'n gwneud pethau'n anodd iddi'n fwriadol. Gadawodd iddi bydru ymlaen. Gwyddai fod arni isio rhywbeth ganddo neu fyddai hi byth wedi tywyllu'i ddrws o.

'Ti'n gwybod mai fi sy'n talu dy gyflog di rŵan, debyg?'

'Cal sy'n talu 'nghyflog i.' Nid y stiwdant di-glem hwnnw oedd yn siarad bellach. Roedd coleg bywyd wedi'i arfogi hefo rhywbeth llawer mwy ymarferol na gradd. Sylweddolodd Rona ei fod o'n ei mesur hi drwy lygaid culion.

'Mi ddo' i'n syth at y pwynt, Gwynfor.'

'Mi fyddai hynny'n eitha' peth,' meddai Gwynfor yn llyfn. 'Cynta'n byd y dudwch chi, cynta'n byd y ca' inna fadael arnach chi. Does yna ddim croeso i chi'n fama, Rona.'

Roedd ei llygaid yn fflachio gwenwyn ond cwffiodd i reoli'i thymer.

'Mae David wedi mynd yn rhy bell y tro yma,' meddai. Roedd hi fel pe bai hi'n trio'i gorau i beidio anadlu awyr stêl yr ystafell. 'Wn i ddim be' fydd pobol yn ei feddwl pan ddaw'r peth allan . . .'

'Siwan sy'n cael ei thwyllo ganddo, nid chi.'

'Mae o'n gwneud dipyn mwy na hynny erbyn hyn,' poerodd Rona. 'Dwi wedi ei rhybuddio hi i beidio mynd gam o'r tŷ 'na nes bydd y cleisiau wedi clirio. Gwneud gwaith siarad i bobol . . .'

'Be' dach chi'n feddwl?' Ond roedd y gwirionedd eisoes wedi dechrau gorwedd yn oer ym mhwll ei stumog.

'Mae o wedi dechrau ei churo hi.' Roedd llais Rona'n fflat, bron yn ddiemosiwn. Swniai fel pe bai hi'n tynnu sylw at rywbeth oedd wedi achosi anghyfleuster iddi, fel archwiliad meddygol embarasing neu ddirwy am oryrru a phwyntiau ar ei thrwydded. Niwsans. Ond niwsans na fynnai hi i neb arall ddod i wybod amdano. Roedd y gwres wedi codi i ben Gwynfor. Yr hen ast iddi! Roedd hi fel pe bai hi'n beio Siwan am hyn i gyd. Ond hi, Rona, greodd y llanast wrth iddi reoli bywydau pawb.

'Ei churo hi?' Ar ôl iddo fo fod yn ei gweld hi mae'n rhaid, achos welodd o ddim cleisiau'r diwrnod y bu hefo hi . . . Hyd yn oed â'i deimladau'n gybolfa wyllt tu mewn iddo, gallai Gwynfor weld mai amdani hi ei hun yr oedd Rona'n poeni.

'Mae Gwilym a fi wedi tywallt arian i'r briodas yna ymhell cyn i David gael ei draed 'dano.' Llwyddodd Rona eto fyth i droi'r stori yn ôl ati hi ei hun. 'Mae popeth yn mynd i chwalu rŵan, wrth gwrs, ond mi fydd David yn hawlio hanner y cyfan, yn bydd? Y tŷ mawr 'na. Gwilym gafodd y *planning* iddyn nhw am hwnna. A fi dalodd am garpedu a dodrefnu'r blydi lot. O, na, cheith y diawl mo'i facha' ar goes matsian o'r tŷ 'na.' Roedd ei llais yn su isel fel nyth gwiber yn ffrwtian. Sylwodd Gwynfor gyda blas cyfog yn ei lwnc nad oedd hi wedi sôn unwaith am les ei merch. Am ei hofnau. Ei siomedigaethau. Teimlodd don o atgasedd tuag at y siswrn o ddynes a safai o'i flaen.

'Be' ydach chi ei isio yn fama, Rona? Yn 'y nghartra i . . .'

Ar hyn taflodd Rona'i phen yn ôl a chwerthin yn galed fel gwrach mewn pantomeim.

'Cartra ti'n galw dymp fel hyn, ia? Dwyt ti ddim mewn lle fawr gwell na'r hofal 'na oedd gen ti yn Aber.' Culhaodd ei llygaid. 'Ond mi allet ti gael lle dipyn crandiach na hwn pe bait ti'n chwarae dy gardiau'n iawn. Yn gwneud un joban ddifrif i mi yn lle chwarae Scooby Doo i'r lŵsar Cal Morris 'na. Joban go iawn am bres go iawn. Rwbath rhyngot ti a fi.'

'Fedrwch chi mo fy mhrynu i eto am unrhyw bris yn y byd, dalltwch.' Ni allai gredu ei bod hi'n meiddio dod ato unwaith yn rhagor. Ond beth fyddai ganddi arno'r tro hwn? Dim byd, siawns. Doedd o ddim am gymryd ei fygwth ganddi ac roedd Rona'n gwybod pa mor bell i'w wthio. Meddalodd rywfaint ar ei llais.

'Dy brynu di? Na, feiddiwn i ddim gwneud hynny.' Yng nghanol y meddalwch roedd twtsh o goegni. Roedd trio swnio'n gwbl glên yn ormod o ymdrech iddi. 'Ond efallai y medrwn i brynu Siwan i ti!'

'Dwi'm yn 'ych dallt chi . . .'

'Roeddwn i'n rong amdanat ti a Siwan, mae'n debyg. Mae yna rywbeth yn y busnes syrthio mewn cariad 'ma wedi'r cwbl. Chredish i erioed ynddo fo fy hun. Rhyw hen wirioni dwl am rywun. Mae o'n digwydd i bawb ond yn pasio wedyn i'r rhan fwyaf ohonon ni. Fel salwch meddwl dros dro,' ychwanegodd wedyn, ei llygaid neidr yn craffu arno, yn chwilio am wendid. 'Ond dyna fo, mae yna rai sy'n ddigon plentynnaidd i gredu y byddan nhw mewn cariad am byth. Un felly fuo Siwan erioed am wn i. Ffrogiau ffrils a straeon tylwyth teg. Thyfodd hi erioed i fyny. Dyna'i drwg hi. Ac mi rwyt tithau'n rwbath digon tebyg, yn ôl pob golwg, yn dwyt? Dau a'u pennau yn y gwynt.' Caeodd ben y mwdwl â chwerthiniad swta. Llwyddodd i wneud i holl gariadon y byd swnio fel diniweitiaid truenus.

'Dach chi'n syrthio ar eich bai felly?' Gorfododd Gwynfor ei hun i edrych arni.

'Dim o'r fath beth!'

'Ond dach chi newydd gyfadda eich bod chi wedi gwneud mistêc ynglŷn â Siwan a fi.'

'Rhyw obeithio wnes i y byddech chi'n gallach na hynny. Dyna oedd fy nghamgymeriad i. Meddwl y byddech chi'ch dau'n gweld synnwyr.' Roedd hi wrthi eto, yn llwyddo i roi'r bai am bopeth ar bawb ond arni hi ei hun.

'Dwi'n meddwl y dylech chi fynd, Rona.'

'Be'? Heb glywed fy nghynnig i'n gynta?'

'Dwi ddim isio dim byd gynnoch chi.' Camodd Gwynfor i gyfeiriad y drws ond dyna pryd penderfynodd Rona roi'i chlun i lawr ar fraich cadair gyfagos a dweud yn drioglyd:

'Ond mi faset ti'n lecio cael Siwan, yn baset?'

'Nid chi pia hi i'w rhoi!' Roedd hi'n codi'i wrychyn o rŵan, yn chware gemau gwirion ac roedd o wedi colli amynedd ers meitin.

'Naci, David pia hi. A dydi o ddim yn un i ollwng gafael ar ddim byd sy'n eiddo iddo fo heb ffeit. Control ffrîc, ti'n gweld!' Nofiodd eironi ei geiriau ei hun heibio i Rona fel gwyfyn dan drwyn dyn dall.

'Be' ydach chi'n ei drio'i ddeud, Rona?' Roedd ganddo ofn ei hateb hi ond erbyn hyn roedd o wedi clywed gormod ac, er ei waethaf, isio gwybod mwy.

'David ydi'r bwgan,' meddai Rona'n syml. 'Hebddo fo byddai popeth yn disgyn yn ddel i'w le. Dim difôrs i wneud gwaith siarad i bobol. Heb sôn am y sgandal hefo'r hogan ysgol 'na, p'run a oes gwir yn hynny ai peidio. Dim rhannu eiddo hefo estron. Dim poen i Siwan. A fyddet tithau ddim yn gorfod rhannu Siwan hefo dyn arall.' Gwnaeth ei llygaid culion eto, a chyda phwyslais ar y 'dim' olaf, meddai hi'n gyfrwys: 'A'r unig beth ydan ni ei isio i hyn i gyd ddigwydd ydi gwneud yn siŵr nad oes yna *ddim* David.'

Doedd yna ddim amheuaeth. Roedd hi'n gofyn iddo fo gael gwared ar David. Ei ladd o. Trefnu damwain angheuol iddo. Er mwyn cael Siwan. A chael bendith Rona ar ei berthynas â'i merch. Arhosodd Rona nes gweld ei law'n dechrau crynu cyn cynnig hanner miliwn iddo. Roedd tipyn o wahaniaeth rhwng pum mil a phum can mil o bunnau. Cododd Rona wedyn a chydio yn ei bag oddi ar y bwrdd. Ymbalfalodd yn ei phwrs a dod o hyd i gerdyn credyd gloyw. Gwnaeth y plastig newydd glec bach wrth iddi ei daro i lawr ar y bwrdd.

'Mae yna chwe mil o limit ar hwnna,' meddai hi'n drioglyd. 'Fel ewyllys da. No strings. At dy ecsbensys di. A thra wyt ti'n meddwl am y cynnig dwi wedi'i neud i ti. Ella helpith o chdi i benderfynu. Haws meddwl heb boenau pres. Enjoia fo. Tretio dy hun. Dillad. Neu hanfodion. Bara. Llefrith. Gwin. Unrhyw beth.' Roedd ei gwên hi'n rhy wyn i ddynes o'i hoed hi. '6666. Ychwanegu chwech arall at rif y diafol, ti'n gweld. Ôn i'n meddwl y byddet ti'n gwerthfawrogi pìn oedd yn hawdd i'w gofio.'

Roedd pen Gwynfor yn troi.

'Os oes gynnoch chi gymaint o bres â hyn i'w gynnig i mi, pam dach chi'n poeni am Siwan yn gorfod rhannu ysbail yr ysgariad hefo David?'

Roedd o'n gwestiwn call. Doedd Rona ddim wedi llacio'i gwên wen am eiliad.

'O, nid yr arian ydi'r gynnen yn y fan hyn, Gwynfor. Mae'r dyn wedi fy ngwneud i'n ffŵl.' Wedi ei sarhau hi, Rona. Doedd dim sôn am Siwan. A doedd ei gwestiwn ddim wedi digalonni dim arni. I'r gwrthwyneb. Cwestiwn dyn â diddordeb yn yr hyn oedd ganddi i'w ddweud oedd o. Cwestiwn roddodd lygedyn o obaith iddi. Nid y ffaith ei bod hi newydd ofyn iddo ladd rhywun oedd flaenaf ym meddwl Gwynfor erbyn hyn ond y ffaith fod dynes a oedd yn amlwg yn graig o arian yn poeni am bethau a fyddai'n ddim ond manion iddi hi. Ydach chi'n siŵr fod gynnoch chi'r pres i dalu am joban mor fawr? Dyna'r cwestiwn yr oedd o'n ei ofyn mewn gwirionedd.

Cwestiwn darpar lofrudd.

Rhoddasai hynny lawn cymaint o hyder i Rona â'r cryndod yn ei law gynnau fach. Cryndod calonogol oedd hwnnw hefyd. Cryndod dyn a oedd eisoes wedi dechrau ystyried gwneud rhywbeth a fyddai'n pwyso ar ei feddwl am byth.

*　　　　　*　　　　　*

'Ffycin hel, Anti Hilda! Dydach chi erioed o ddifri!'

'Jôc, Philip. Callia, wnei di?'

Ond roedd hi wedi plannu'r hedyn. Un gwyllt oedd Phil Walsh. Y teip i roi clustan i rywun ac esbonio wedyn ymhen hir a hwyr pam oedd o wedi'i rhoi hi. Gweithredu'n gyntaf, meddwl wedyn. Nid bod meddwl wedi bod yn un o gryfderau Phil erioed, meddyliodd Hilda, wrth iddi gofio'r gwersi Maths ychwanegol roedd hi wedi ceisio'u stwffio i'w ben o dim ond er mwyn cadw'i fam o'n ddiddig. Taniodd smôc o'r paced aur ar y bwrdd bach rhynddyn nhw ac edrych ar ei nai drwy gwmwl glas.

Syllodd Phil yn ôl ar ei fodryb gyda pheth edmygedd. Roedd o wedi mynd drwy'r ysgol uwchradd heb i neb wybod ei fod o a Hilda Grês yn perthyn a bu hynny'n fantais aruthrol i'r ddau ohonynt. Cyfnither ei fam oedd Hilda. Grist o'r nef, mi fasai wedi cael stic uffernol gan y lleill pe baen nhw'n gwybod. Doedd o ddim hyd yn oed wedi cyfaddef y gwir wrth Tracey, ei wraig, er iddo adael yr ysgol ers blynyddoedd. Hen ast oedd Hilda Grês – neu Hilda Hwch, fel y'i bedyddiwyd gan ddisgyblion Ysgol Lewis Morris. Ac roedd Phil ei hun yn credu hynny hefyd. Roedd hi wedi cario straeon iddo am fistimanars ei wraig ei hun hefo'r sglyfath prifathro 'na. Doedd hynny, yn y bôn, ddim ond er mwyn iddi hi, Hilda, gael y pleser o wybod bod yr hen Tracey Finn goman 'na, un o'i chasaf gyn-ddisgyblion, wedi cael y stîd yr oedd hi'n ei haeddu o'r diwedd.

Erbyn hyn roedd Hilda'n chwarae gêm beryclach. Gwyddai Phil ei bod hi'n casáu David Beresford gyda chas perffaith am yr hyn a wnaeth o iddi. Roedd o, i bob pwrpas, wedi difetha'i bywyd hi. Byddai sawl un yn dweud fod yr hen bitsh wedi cael ei haeddiant, meddyliodd Phil, ac eto, roedd y prifathro'i hun yn hen uffar diegwyddor hefyd. Pan glywodd o am helynt Kirsty, roedd o isio mynd yno i'w dagu o heblaw bod Tracey wedi'i rybuddio i beidio busnesa, bod gan ei thad gynlluniau i'w 'sortio' fo. Dyna'r unig beth wnaeth i Phil bwyllo. Er ei fod o'n ddiawl gwirion, gwyllt, doedd o ddim yn ddigon gwirion na gwyllt i groesi Frankie Finn. Felly gadawodd i'r cyfan gorddi'n dawel tu mewn iddo – Kirsty, y ffaith fod Beresford wedi meiddio mela hefo'i wraig o – tan rŵan. Tan i Hilda ddechrau cario glo ar dân ei atgasedd unwaith yn rhagor. Gwyddai Phil mai dyma un peth roedd o a'i fodryb yn gytûn arno. Roedden nhw'n casáu gyts David Beresford.

'Faint fasa gwerth y job i ti?'

'Be'?'

'Rhoi cyllall yn y Beresford 'na. Neu beth bynnag arall faset ti'n ei ddefnyddio.' Gwasgodd Hilda'i stwmp i'r soser lwch gydag ychydig mwy o frwdfrydedd nag oedd raid. 'Mi fedrwn i grafu mil o bunnau at ei gilydd i ti, ma' siŵr!'

Os oedd hon yn jôc, onid oedd ei fodryb yn mynd â hi rhyw fymryn yn rhy bell rŵan, tybed? Chwarddodd Phil yn nerfus.

'Dach chi rêl ffycin nytar!' meddai. Cododd, braidd yn rhy gyflym, i fynd. 'Ma' Mam yn deud nad oes 'na'm brys i gael y tun teisan yn ôl.'

'Diolcha iddi'n ofnadwy, wnei di? O, ac os clywa' i bod Beresford yn gelain yn rhywle, mi a' i'n syth am y banc 'na i ti!'

Ond roedd Phil eisoes wedi cychwyn drwy'r drws. Roedd meddwl meddyliau mawr wastad wedi bod yn her iddo. A gwahaniaethu rhwng ffaith a ffantasi yn fwy o her fyth. Faint o

jôc, mewn gwirionedd, oedd meddwl am fwrdro David
Beresford? A pha mor anodd fyddai trefnu rhywbeth felly?
Roedden nhw wrthi ar y teledu o hyd. Yn lladd pobol.
Byddai'n hawdd iawn trefnu i hanner lladd rhywun a hynny
heb iddo orfod baeddu'i ddwylo'i hun. Mi oedd yna ddigon o
wariars allan yn fanna'n barod i stido pobol os oedd y cash ar
gael. Ond lladd go iawn? Sylweddolodd Phil fod y gym yr
oedd o'n ei gnoi wedi sticio'n belen fach galed i dop ei geg o.

Eto i gyd, roedd mil o bunnau yn dipyn o fac-handar.

Pennod 25

I unrhyw un a fu allan i sylwi arni, roedd dwy olwg wahanol ar y lleuad y noson honno. Pan oedd hi'n hanner cudd dan rychau o gwmwl doedd hi ddim yn fygythiad. Roedd ei sglein yn ddiamddiffyn a bregus fel sgodyn yn crogi mewn rhwyd. Ond wedyn, pan lithrai'n annisgwyl i'r golwg fel cyllell drwy dwll mewn cwd papur, roedd hi'n iasol. Yn dyst mud â gwyn ei hunig lygad yn niwlio fel drych.

*　　　　*　　　　*

Roedd llygaid Siwan Beresford yn fawr ac yn llonydd. Lleuadau o lygaid. Ddangosodd hi ddim emosiwn pan dorrwyd y newydd iddi fod corff ei gŵr wedi ei ddarganfod yn gorwedd islaw Trwyn Pen y Garreg. Ddywedodd hi'r un gair, dim ond syllu'n syth o'i blaen. Roedd gwawr dryloyw i'w chroen a hynny'n gwneud iddi edrych fel pe bai'n gwisgo masg o rew. Neu wydr. Wyneb gwydrog.

Ond chraciodd o ddim.

*　　　　*　　　　*

Roedd ogla cwrw stêl yn gryfach nag unrhyw arogleuon eraill yn yr Eggerton, ni waeth pa amser o'r dydd oedd hi. Roedd o'n hofran yn yr awyr, yn herio'r diheintydd yn y bwced mop ben bore ac yn cael mistar hyd yn oed ar ogla saim y tships o'r cefn a'r chwaon coffi amser cinio. Doedd dim modd cael ei wared o. Roedd o'n rhan o wead y lle, yn treiddio drwy'r parwydydd fel bwgan o un ystafell i'r llall.

Doedd hi ddim eto'n hanner dydd a dim ond Frankie Finn oedd wrth y bar.

'Ti'n cychwyn arni'n gynnar, Frank!'

Cododd Frankie un ael heb symud unrhyw ran arall o'i wyneb. Fyddai 'run barman arall wedi meiddio edliw ei oriau yfed i Frankie Finn heblaw Edgar Pot. Ond roedd hwn yn dderyn o'r unlliw. Roedd o a Frankie'n mynd yn ôl cyn belled â'r helynt yn yr iard goed honno yng Nghaer erstalwm. Aeth ael Frankie nôl i'w lle. Ddisgwyliodd Edgar ddim am ateb gan y gwyddai na thrafferthai'r llall i gynnig un. Yn hytrach, gosododd gwestiwn arall yn grwn o flaen Frankie ynghyd â'r peint roedd o wedi 'i archebu funudau ynghynt.

'Glywist ti am y corff wrth Drwyn Pen y Garreg bora 'ma?'

Daeth drafft oer sydyn o rywle wrth i ddrws y dafarn agor fel pe bai'r cwsmer nesaf wedi'i chyd-amseru hi'n berffaith â chwestiwn Edgar Pot. Chododd Frankie run ael y tro yma.

'Do,' meddai, 'mi glywais.' Trodd ei olygon i gyfeiriad cysgod Wil Finn a oedd yn tywyllu ffrâm y drws. 'Gwna hynna'n ddau beint, wnei di, Ed?'

*   *   *

Doedd Hilda Grês ddim wedi mynd i'r ysgol y diwrnod hwnnw. Anfonodd decst i Glesni yn hytrach na'i ffonio i ddweud na fyddai arni angen lifft. Allai hi ddim wynebu clywed ateb nawddoglyd y gocan fach honno'r peth cyntaf yn y bore. Daeth tecst yn ôl ymhen munudau ac er ei fod yn ymddangosiadol ddiniwed synhwyrodd Hilda fod y ddau air yn diferu o goegni: 'Brysiwch wella!' Ffoniodd yr ysgol wedyn. Penderfynodd ar amrantiad mai gastric fflŵ oedd arni. Byddai hynny'n prynu wythnos iddi o leiaf. Câi bapur gan Doctor Idris. Roedd o'n un da felly. Byddai'n chwith mawr iddi pe bai hwnnw'n ymddeol yn gynnar. Gweddïai Hilda y byddai'n dal ati nes byddai'n amser iddi hithau roi ei llyfr marcio yn y to. Gwae hi pe deuai doctor ifanc i gymryd lle Idris yn y practis. Rhywbeth tebyg i'r dirprwy yn ei hysgol newydd fyddai o, siŵr o fod. Coci. Gwybod y cwbwl. Dim rhithyn o gydymdeimlad yn agos iddo. Tynnodd ei gwnwisg yn dynnach amdani. Gwnaeth banad a throi'r radio ymlaen. Diwedd y bwletin newyddion gafodd hi. Rhywbeth am gorff dyn wedi ei ddarganfod ar y creigiau o dan glogwyn Trwyn Pen y Garreg. Creadur diawl, pwy bynnag oedd o. Feddyliodd hi ddim mwy am y peth nes i'w mobeil ganu ddwyawr yn ddiweddarach a'i deffro o gwsg melys. Jimmy Bevan.

'Ti ddim mewn gwers, gobeithio?'

'Adra dwi.' Roedd hi a Jimmy'n adnabod ei gilydd ers gormod o amser iddi drio taflu llwch i'w lygaid o hefo stori dylwyth teg. 'Dwfe dê.'

Wnaeth Jimmy ddim holi. Roedd ganddo rywbeth mwy ar ei feddwl.

'Glywist ti'r newyddion bore 'ma?'

'Do, ond . . .'

'Mi sonion nhw am gorff dyn ar greigiau Trwyn Pen y Garreg.'

'O, ia, mi glywais i rwbath . . .'

'Ma'r stori allan ynglŷn â phwy ydi o.'

'O? Ydw i'n ei nabod o . . .?'

'David Beresford!'

Er ei bod hi eisoes yn gorwedd, teimlai Hilda'n benysgafn. Dduw Mawr, meddyliodd. Phil. Oedd o wedi cymryd ei geiriau o ddifri? Daeth rhywbeth i afael yn ei llwnc a gwasgu fel neidr wrth iddi gofio'i sgwrs ddiwethaf gyda Phil Walsh. Cododd cyfog sydyn i'w gwddw a chafodd drafferth anadlu.

RHAN II

ELERI

1

Dwi'n gweld merch fach yn llaw ei mam, a'r ddwy mewn ffrogiau haf. Mae blodau mawr coch ar ffrog y fam. Blodau coch ar gefndir gwyn.

Blodau coch. Lipstic coch. Sgert ffrog y fam yn llawn, llawn a'i gwasg yn fain. Mae hi'n debycach i ffilm star nag i fam. Marilyn Monroe Stryd Bay View.

Mae ffrog y plentyn yn goch i gyd, heblaw am y ffrilen ar ei godre hi, sy'n streipiau coch a gwyn ac yn sefyll allan yn startslyd fel ffrog balerina. Mae'r ferch fach yn ei chyffwrdd bob hyn a hyn mewn edmygedd ohoni hi ei hun. Mae hi'n hoffi'r ffordd mae'r ffrilen yn sefyll allan ac yn aros felly. Ar du blaen y ffrog mae yna dri botwm mawr fel ceiniogau. Hen geiniogau. Rhai felly oedd yna erstalwm pan oedd y ferch fach yma'n bedair oed.

Dwi'n gweld y ddwy'n cerdded yn bellach, bellach oddi wrtha' i. Yn cerdded dros ymyl fy nghof.

Dwi'n fy ngweld fy hun.

Wn i ddim hyd heddiw be' ddigwyddodd i'r ffrog honno. Fy hoff ffrog erioed. Fuo yna'r un debyg iddi wedyn. Y botymau mawr a'r ffrilen hud. Mi oedd edrych yn ddel yn bwysig bryd hynny. Edrych yn ddel a chwerthin. A chael cyrlio fy ngwallt a'i glymu mewn rhubanau.

Dyna'r unig dro dwi'n cofio gwisgo'r ffrog honno. Sy'n rhyfedd. O achos ei bod hi'n ffefryn gen i. Roeddwn i'n mynnu ei gwisgo o hyd. Ond dyna'r llun ohoni sydd gen i yn fy mhen. Yr unig un. Am ei bod hi'n ddiwrnod braf, mae'n siŵr. Y diwrnod sy'n peri i mi gofio'r ffrog a Mrs Jones Gorffwysfa wedi dweud pa mor ddel oeddwn i ynddi a pha mor dda oeddwn i'n cofio fy adnod i gyd a honno gymaint hirach nag adnodau pawb arall hefo'i gilydd, wir!

Diwrnod o haul a sgidia Mam yn clip clepian hyd y palmant ac yn gwneud sŵn fel morthwyl ar do. Mi aethon ni i nôl eis crîm i de o Siop Bapur ar ffor' adra o'r capel i'w gael hefo tun ffrwyth a brechdan. Roedd yr eis crîm yn drît. Wall's. Gwell na llefrith Carnation. Mi oedd hwnnw'n troi jiws y ffrwyth yn gymylog i gyd a gwneud iddo edrych fel dŵr-golchi-llestri pan fyddai'r sebon wedi mynd.

Mi fyddai 'Nhad wedi siefio a rhoi crys glân amdano erbyn i ni ddod adra. Ac mi fyddai wedi torri brechdan yn denau, denau. 'Fatha fêl', chwadal Anti Grês, chwaer Mam. Mi oedd pethau felly'n bwysig iawn iddi hi. Pwysicach na ringlets yn eich gwallt a lipstic. Oedd, mi oedd fy nhad yn un da am dorri brechdan. Lot gwell na Mam.

'Sbia siâp sy' ar y dorth 'ma ar ôl dy fam!' Felly byddai o'n dweud. Cogio dwrdio. 'Fel cwch yn union!' Ac yn chwerthin wrth ddweud hynny, yn edrych arni'n gariad i gyd fel petai hi newydd gyflawni rhyw gamp anhygoel, gwell o lawer na chofio adnod hir. Roedd ei wên yn dweud nad oedd affliw o ots go iawn am y dorth. Nac am ddim byd arall chwaith, cyn belled â'i bod hi'n gwenu'n ôl arno fo. Roedd hi'n ddigon ganddo fo ei bod hi'n edrych yn ddel ac yn chwerthin a bod ei gwasg hi'n fain.

Dim ond ar Ddiolchgarwch byddai 'Nhad yn dod hefo ni i'r capel. Pawb yn gwneud ffys ohono fo fel petai o newydd ddod adra o'r rhyfel. Mam yn sbio arno fo bob munud fel petai hi'n barod i roi pwniad iddo yn ei asennau pe bai o'n disgyn i gysgu yng nghanol yr oedfa ac yntau heb arfer.

Wrth i ni gerdded adra wedyn mi fyddai hi'n gafael yn dynn yn ei fraich o ac roedd hynny'n golygu, am unwaith, fy mod innau'n rhydd i redeg o'u blaenau. Dyna'r unig dro y gallwn i gicio cerrig yn fy sgidia-dydd-Sul heb i neb falio dim. Roedden nhw tu mewn i gapsiwl eu byd bach eu hunain, ac mor falch nad oeddwn i isio sylw ganddyn nhw am y munudau hirion hynny tra oeddwn i'n cael gwneud yr hyn a fynnwn.

Gyda'r nos oedd amser fy nhad a finna. Doedd neb yn gallu dweud stori-cyn-mynd-i-gysgu debyg iddo fo. Roedden ni'n creu'n cymeriadau *Llyfr Mawr y Plant* ein hunain – Tomos John y ceiliog, Tarw Plisman a Meima Jên yr iâr fach frown. Dyna'r adegau ddaeth â ni'n dau'n nes at ein gilydd, yr adegau sbesial hynny pan nad oedd Mam yn cael mynediad i'n byd bach ni.

Roedd hynny mor braf. Dim ond ni ein dau.

Feddyliais i erioed pa mor wahanol fyddai hynny'n teimlo pan oedden ni'n dau wedi'n gorfodi i ddygymod hebddi am byth.

2

Mo ddaeth i lenwi'r bwlch. A hynny ymhen blynyddoedd maith. Y bwlch adawodd Mam ar ei hôl. Roedd yr amseru'n berffaith. Pan oeddwn i'n naw oed doeddwn i ddim isio neb arall i gymryd ei lle hi. A ddaru Dad ddim mynd i chwilio am neb chwaith. Byddai hynny wedi torri fy nghalon i'n dipia mân. Ond doedd dim rhaid i mi ofni. Dim ond y ni'n dau oedd yna. Fo a fi a'r lle gwag. Ac mi ddaethon ni i ddygymod. Roedd hi'n anodd iddo fo. Dim ond ymhen blynyddoedd wedyn y sylweddolais i'n llawn pam roedd o'n hoffi eistedd ar ei ben ei hun yn y tywyllwch yn gwrando ar recordiau Johnny Cash. Mi ddois i lawr y grisiau'n droednoeth un noson. Methu cysgu. Ac roedd hi'n hwyr. Yr oriau mân. Sŵn lleddf y nodau'n gwasgu'u ffordd o dan y drws.

Chlywodd o mohono fi'n dod i mewn i'r stafell. Welodd o mohono fi. Roedd o'n llonyddach na'r nos ei hun. Drwy'r llenni agored roedd llafn o olau lleuad yn hollti'r stafell yn ddau hanner. Yn oedi fel pioden dros bopeth oedd yn sgleinio – llestri'r dresel, gwydryn wisgi fy nhad. Ei lygaid o. Roedd ei hiraeth yn ei ddieithrio a wyddwn i ddim be' i'w wneud. Peth uffernol ydi hynny. Bod ofn symud. Roedd gen i ofn anadlu rhag chwalu'r llonyddwch 'ma oedd o'i gwmpas o. Roedd o fel weiren bigog anweledig. Yn fur. Yn fy nghadw rhagddo. Yn fy nghadw'n droednoeth wrth y drws, yn euog 'fath â'r lleuad.

'Yeah, me an' Frankie laughin' an' drinkin', Nothin' feels better than blood on blood...' Gitâr yn mynnu wylo drwy bopeth. Hyd yn oed pan oedd y gân yn sôn am chwerthin. 'Me an' Frankie laughin'.' Cofio meddwl tybed pwy oedd Frankie. Dyna pryd daeth cryndod drosta i a pheri i mi wneud sŵn yn fy ngwddw, sŵn bach sydyn brawychus rhwng igian ac ochneidio. '. . . *takin' turns dancin' with Maria while the band played "The Night of the Johnstown Flood". . .'* Trodd ei ben. Ei lygaid o'n wydrog fel llygaid dol. Eiliadau'n pefrio fel tannau gitâr drydan. A'r gân yn newid. Estynnodd ei law. Daeth swildod drosta i a 'ngwneud i'n effro i bopeth – ogla'i sigarét o a'r carped yn cosi 'nhraed i. Swildod am ei fod o'n gwybod fy mod i wedi'i ddal o'n crio. Ond yn naw oed doedd gen i mo'r geiriau.

Roedd botymau'i grys o'n galed yn erbyn fy moch i, ond mi gysgais, rhwng Johnny Cash a'r lleuad a churiad calon fy nhad yn llenwi twll 'y nghlust i.

'Mi ddeffrais y bore wedyn yn fy ngwely fy hun. Fel pe na bai'r cwbwl yn ddim ond breuddwyd.'

'Ti'n siŵr nad breuddwyd oedd o?' Roedd Mo'n edrych mor smart y pnawn hwnnw. Roedden ni mewn caffi crand yng Nghaer a'r bagiau siopa'n fynydd bach cysurus dan ein traed ni. Coffi go iawn mewn *cafetière* a ninnau mewn hwyliau da. Diwrnod mam a merch go iawn. Roedd hyn cyn iddi ddechrau mynd yn sâl.

'Yn berffaith siŵr.' Roedd meddwl am hynny yn gwneud i fy llygaid i gymylu. Doedd gen i mo'r help.

'Mi oeddet ti'n bur ifanc yn ei golli yntau hefyd, yn doeddet?'

'Pymtheg.' Roedd fy meddwl i'n hofran rhwng fy atgofion a sŵn y caffi o'n cwmpas.

'A doedd yna neb tebyg iddo fo, nag oedd? Ddim i ti.' Gwasgodd fy llaw. Roedd ei bysedd modrwyog yn gynnes. 'A fydd yna byth. Neb yn dod yn agos. Ddim hyd yn oed dy ŵr di. Ydw i'n iawn?'

'Nid dyna pam y gadewais i David.' Tynnais fy llaw yn rhydd. Efallai nad oeddwn i'n fodlon cyfaddef faint o wir oedd yn hynny. Tywalltodd Mo'r coffi. 'Bai ei fam o oedd hynny i gyd. Bitsh fusneslyd. Chadwodd o erioed mo 'nghefn i yn ei herbyn hi.'

'Ei fai o oedd hynny am fod mor ddi-asgwrn-cefn felly.'

'Doedd gynnon ni'm siawns o'r dechra, yn byw o dan yr unto . . .' Er y gwyddwn bryd hynny fod David yn fy ngharu i. Wnes i erioed amau hynny. Ac yn y coleg roedd pethau mor berffaith. Wedyn yr aeth pethau o chwith. Y byd mawr go iawn yn cael ei grafangau arnon ni.

'Sôn am fyw dan yr unto, dwi wedi bod yn meddwl . . .' Daeth llais Mo â fi'n ôl at y bwrdd lle roedd fy nghoffi'n oeri heb ei gyffwrdd. 'Mae yna ddigon o le acw os wyt ti isio symud i mewn ata' i.'

Roedd hyn yn annisgwyl. Cefais fy nhaflu oddi ar fy echel am funud.

'Min Awelon?'

'Pam lai? Mi ydan ni'n tynnu ymlaen yn iawn, chdi a fi.'

'Wel, ydan, ond . . .'

'Ac rwyt ti acw'n gweithio bob dydd. Mae o'n gwneud synnwyr. Mae gen i stafell sbâr. Mi fasai hi'n dod hefo'r job i ti. Ac mi faset yn cael sbario talu rhent am yr hen dŷ bach tamp 'na sgin ti! Be ti'n ddeud?'

Y gwir plaen oedd na wyddwn i ddim be' i'w ddweud yn iawn. Ddim yn syth. Pam fi? Pam rŵan? Roedd hi fel petai hi wedi darllen fy meddwl i.

'Dwi'n unig, Ler. Yn yr hen le 'na ar fy mhen fy hun. Peth od i'w ddweud, a'r dafarn yn llawn pobol ddydd a nos, dwi'n gwbod. Ond weithia, mi fedri di fod yn fwy unig ymysg pobol. Ti'n dallt be dwi'n feddwl?'

Roeddwn i'n credu 'mod i. Edrychais arni. Roedd 'na ryw dristwch yn ei llygaid hi nad oeddwn i ddim wedi sylwi arno o'r blaen. Cyfaddefodd wrtha' i ymhen misoedd wedyn ei bod hi'n gwybod am y canser bryd hynny. Yr ofn hwnnw welais i, dim ond fy mod i wedi methu ei adnabod o. Ond o'r pnawn hwnnw ymlaen, am y tro cyntaf ers blynyddoedd, dechreuais deimlo o'r diwedd fy mod i'n perthyn i rywun unwaith yn rhagor.

3

Wn i ddim yn iawn pam fy mod i wedi cerdded i mewn i far Min Awelon y diwrnod hwnnw. Doedd y bwriad o ofyn am job ddim yn flaenllaw yn fy meddwl i. Wel, nid yn y fan honno, beth bynnag. Roeddwn i'n oer, dwi'n cofio hynny. Yn oer ac yn benysgafn. Dwi'n cofio meddwl y byddai Anti Grês yn troi yn ei bedd pe bai hi'n meddwl amdana i'n gweithio tu ôl i'r bar mewn tafarn. Yn enwedig lle fel Min Awelon. Ond wyddwn i ddim am hynny ar y pryd. Oeddwn, roeddwn i'n desbret ond roedd yna rywbeth arall hefyd. Rhyw gythraul yn fy ngyrru. Oni bai am hynny mi faswn i'n gweithio mewn siop fwyd neu mewn cegin yn rhywle.

Roedd gen i gymwysterau dysgu ond ar ôl colli babi fy hun cefais drafferth wynebu plant pobol eraill. Hapusrwydd pobol eraill. Roedd sefyll o flaen dosbarth yn gwneud i mi grio. Doedd gen i mo'r help. Fedrwn i ddim dal y dagrau'n ôl. Erbyn hynny roedd fy newis swydd i wedi mynd yn rhywbeth amhosib. Yn rhy greulon. Roedd sŵn plant – eu chwarae, eu chwerthin – yn ormod i mi. Yn dod â'r cyfan yn ôl. Y siom. Y sioc. Bywyd bach newydd i fod, a hwnnw'n disgyn ohonof yn glymau o waed. A hithau'n gweld drwydda i. Sheila. A honno'n fam mor ffyrnig o amddiffynnol o'i mab ei hun. Dyna'r eironi. Roedd hi'n hunllef o fam-yng-nghyfraith o'r herwydd. Ac yn fy meio i'n ddistaw bach am fy methiant. Fûm i erioed yn ddigon da ganddi i David. Wnaeth y ffaith syml na fyddai'r un ferch dan haul yn ddigon da i'w mab hi ddim croesi fy meddwl i am yn hir. Doeddwn i'n dda i ddim. Ac am amser maith maith roeddwn i'n ddarostyngedig, yn ddiwerth, yn ddiniwed o gytûn â Sheila Beresford ynglŷn â fy niffygion anfaddeuol.

Y peth ofnadwy oedd fy mod i isio iddi fy hoffi i. Fedra' i ddim deall hynny fy hun yn iawn ond roedd o'n wir. Roeddwn i'n chwilio am ei chymeradwyaeth hi. Yn gwneud fy ngorau i drio'i phlesio hi dim ond i gael rhyw lun o wên neu friwsion sych o ganmoliaeth. Roedd hi'n anodd byw o dan yr unto â fy rhieni-yng-nghyfraith. Yn anos nag a feddyliais. Roeddwn i'n ddigon diniwed i feddwl y byddai popeth yn llyfn ac yn ddedwydd a nhwtha'n meddwl y byd ohonof i am fy mod i'n caru eu mab nhw gymaint. Mi fasen ni'n un teulu. Yn deulu, yn uned, y peth amheuthun hwnnw y ces fy amddifadu ohono ers pan gollais i Mam a wedyn Dad.

Roeddwn i'n rhy ddall ar y dechrau i weld yr arwyddion. Neu, os dwi'n onest, yn amharod i gyfaddef eu bod nhw yno. Y cilolygon. Ei llygaid oer hi. Y sylwadau miniog di-alw-amdanynt a fyddai'n aros am byth yn fy nghof:

'Priodi? Chi'ch dau! Glywist ti hynna, Jack?' Y llais Brymi'n rhygnu mwy nag arfer ar fy nerfau i oherwydd y dirmyg oedd yn dawnsio dan y geiriau. Atalnodi'r cyfan â rhyw chwyrniad o chwerthiniad.

Atebodd o ddim. Troi'i lygaid draw am ennyd fel petai o'n ceisio penderfynu sut i ymateb. Roedd bywyd yn haws i bawb pan oedd Jack Beresford yn fyw ond doedd pethau ddim yn ddi-densiwn chwaith. Dyn addfwyn oedd o ac yn casáu ffraeo. Ceisiai gadw'r ddysgl yn wastad er ei fwyn ei hun yn bennaf. Ei wendid mwyaf oedd ei fod yn addoli Sheila. Welais i erioed ddallach cariad. Ac eto, onid oeddwn innau, wrth edrych yn ôl, yr un mor euog o hynny â Jack yn y pen draw?

Eiliadau'n unig o dawelwch a ddilynodd sylw Sheila Beresford ond roedd yn debycach i oes gyfan. Byddai ymyrraeth David wedi bod yn neis. Yn gefnogol. Rhywbeth fel: 'Be' haru chi, Mam, yn deud y ffasiwn beth? 'Dan ni'n priodi a dyna'i diwedd hi, waeth be' dach chi'n ei feddwl!' Ond yn fy nghalon, hyd yn oed bryd hynny, doeddwn i ddim yn disgwyl iddo fo wneud safiad. Roedd ganddo deyrn o fam ac roeddwn innau'n ifanc, yn llawn delfrydau, yn credu y byddai'r ffaith ein bod ni'n dau mewn cariad yn gwneud popeth yn iawn. Jack ddaeth i'r adwy. Peryglu'i heddwch ei hun trwy ddod ata' i, rhoi cusan ar fy moch a dweud:

'Llongyfarchiadau, 'mach i.'

Ddywedodd hi ddim byd. Cadw'i hun yn brysur hefo cwpanau te. Gwneud mwy o sŵn nag oedd raid. Roeddwn i'n ysu am iddi ddweud rhywbeth, unrhyw beth. Isio iddi hi fy llongyfarch i hefyd. Dwi'n fy nghasáu fy hun heddiw am fod mor llywaeth. Am beidio gorfodi David i ddewis rhyngon ni. Mae'n debyg fod arna i ormod o ofn ei golli o. Faswn i ddim yn ei gymryd o gan neb heddiw. Y sbeit. Y bychanu. Ond yr hen Eleri oeddwn i bryd hynny. O dan draed oedd fy lle i. Doeddwn i'n neb. Ddim hyd yn oed yn haeddu fy rhieni fy hun, yn ôl pob tebyg. Marw wnaeth y ddau, tra oedd rhieni pawb arall yn fyw ac yn iach. Pam fi? Dyna'r cwestiwn ofynnais i. Ac yn lle gwrthryfela, mynd oddi ar y rêls fel basa pawb normal wedi'i wneud, mi wrandewais ar ateb Anti Grês grebachlyd: 'Trwy ddirgel ffyrdd, 'y ngeneth i. Trwy ddirgel ffyrdd. Nid ein lle ni ydi dallt y Drefn.' Felly arno Fo i fyny'n fanna oedd y bai. Fo a'i Drefn. A'r Drefn oedd penderfynu fy ngadael i'n amddifad yn y byd am nad oeddwn i'n haeddu dim gwell. Cosb Duw. Am nad oeddwn i'n werth dim. Roedd emyn ddysgais i yn 'rysgol Sul yn mynnu fod yr Arglwydd yn gwylio'r dryw yn y drain. Pob deryn bach sy'n syrthio oddi ar ei frigyn, meddai Mam wrtha' i. Mae'n rhaid felly, yn ei olwg O, nad oeddwn i ddim hyd yn oed cyn bwysiced â dryw.

Roedd Anti Grês a Sheila Beresford wedi'u torri o'r un brethyn. Mae'n debyg mai Anti Grês fyddai'r unig un i roi Sheila yn ei lle pe bai honno wedi cael byw. Ac eto, erbyn

151

meddwl, mae'n debyg mai wedi gangio hefo'i gilydd yn f'erbyn i fyddai'r ddwy yn y pen draw.

Peidiodd y clindarddach uwchben y sinc. Trodd Sheila i'n hwynebu ni'n tri ar lawr y gegin gan sychu'i dwylo'n rhy ofalus o araf yn y lliain sychu llestri sgwarog glas-a-gwyn.

'Eleri,' meddai'n fyfyrgar, ac yna unwaith eto, yn bwyllog, fel patai'n blasu rhywbeth diarth. Yn union fel petai hi'n dysgu ynganu'r gair am y tro cyntaf. 'Wn i ddim sut eith rhyw hen enw Cymraeg od fel'na hefo cyfenw fel Beresford chwaith. Ddim cweit yn matsio, nac'di?'

4

'Sut briodas gest ti 'ta?'

Doeddwn i ddim yn awyddus iawn i drafod hynny, i dyrchio drwy hen atgofion, ond Mo oedd yn holi. Roedd rhyw angen siarad wedi dod drosti'r diwrnod hwnnw. Roedden ni'n dwy yn ei hystafell wely hi, fi'n eistedd yn y gadair freichiau a Mo yn y gwely, yn edrych yn llai fyth oherwydd y mynydd o obenyddion oedd yn ei chodi ar ei heistedd. Doedd ganddi fawr ar ôl. Doedden ni ddim yn gwybod bryd hynny mai tair wythnos union fyddai hi. Doeddwn i ddim yn cyfri'r amser mewn wythnosau bellach. Gormod o ofn. Erbyn hynny roedd pob diwrnod yn rhodd ychwanegol. Syrpréis hyd yn oed. Dyna sut daethon ni drwyddi. Sut des i drwyddi. Byw heb yfory. Gair budr oedd hwnnw. Yfory. Mae hi'n syndod pa mor aml mae pobol yn ei ddweud o. Pa mor aml maen nhw'n cael eu gorfodi i feddwl amdano fo. Ac mae hi'n syndod pa mor anodd ydi peidio â'i ddweud o pan ydach chi'n gwybod na chewch chi ddim.

'Un fach,' medda fi. 'Priodas fach.'

'Hi ddewisodd bopeth ma' siŵr, ia?'

Hyd yn oed y blodau. Roedd gen i lun yn fy mhen. Gwyn. Llond y lle o flodau gwynion. Peth bach oedd o. Braint y briodferch. I fod.

'Gwyn? Dim ond gwyn? Dipyn yn ddiddychymyg, Eleri, os ca' i ddeud.' Roedd Sheila wastad yn rhoi mwy o bwyslais nag oedd raid ar yr ail sill yn fy enw i. El-êêêr-i.

Hi gafodd ei ffordd. Y blodau. Y bwyd. Fy ffrog i. Faswn i ddim wedi cael y deisen fel roeddwn i ei hisio hi chwaith oni bai i mi lwyddo i berswadio Sheila Beresford mai ei syniad hi oedd cynllun honno hefyd. Rhyw boitsh-bob-lliw oedd y capel yn y diwedd. Carnifal o dusw, yn binc a melyn a phiws. Dim ond bod ogla da ar y ffrîsias oedd wedi eu stwffio i ganol y cyfan. Roedd o'n bersawr mor hyfryd nes i mi fy mherswadio fy hun mai Sheila oedd yn iawn wedi'r cyfan. Fel y perswadiais fy hun ynglŷn â'r perlau a wisgais o amgylch fy ngwddw.

'Meddwl baset ti'n hoffi gwisgo'r rhain ar ddydd ein priodas ni.' David yn bod yn rhamantus. Yn fo'i hun am unwaith. Neu dyna feddyliais i. Nes iddo fo gyfaddef mai syniad ei fam oedd perlau.

'Dyna wisgodd hi pan briododd hi Dad, ti'n gweld. Locet aur feddyliais i, ond na, meddai Mam. "Lle mae dy chwaeth di, David bach?"'

Dyna ddywedodd hi wrtho. Lle mae dy chwaeth di? Gan olygu nad oedd ei ddewis o wraig ddim yn addas chwaith, siŵr o fod. Dwi'n cofio'r dagrau'n llosgi pan ddeallais mai Sheila oedd wedi dewis y perlau hefyd.

'*Pearls are for tears.*' Roedd Mo'n ymestyn am fy llaw. Sylwais gyda braw mor fach oedd ei garddwrn rŵan. Mor fregus. Roedd ei llygaid hithau'n loyw. 'Biti nad oeddwn i o gwmpas i ti bryd hynny, 'mach i. Faset ti ddim wedi cael y fath gam.' Gorffwysodd ei geiriau ar gynfas y gwely. Perlau ar gyfer dagrau. Roedd hynny'n gwneud synnwyr. Dyna ydyn nhw, yntê? Dagrau bach gloyw o waelod y môr. Syllodd arna i a daeth y chwerthin yn ôl i'w llais. 'Cymer di ofal na wisgi di ddim perlau ar gyfer fy nghnebrwn i!'

Roedden ni heibio'r cyfnod lle roeddwn i i fod i ddweud wrthi am beidio rwdlian drwy siarad fel'na. Achos doedd hynny ddim yn wir rŵan, nag oedd? Gwallgofrwydd llwyr fyddai mynnu dweud fel arall. Felly wnes i ddim ond gwasgu'i llaw hi'n ôl yn ysgafn, ysgafn.

'Dwi'n addo,' medda fi. 'Dim perlau.'

5

Roedd o'n sefyll yno'n disgwyl amdana' i. Edrych o'i gwmpas. Heb fy ngweld i. Fi welodd o. Roedd hi'n haws i mi. Wyddai o ddim o ba gyfeiriad y byddwn i'n dod. Roedd hynny'n rhoi gwefr i mi, gwybod mai fi oedd ar ei feddwl o. A wyddwn i ddim yn iawn sut i fod. Gwirion, 'te? Oeddwn i i fod i gerdded yn soffistigedig, bwyllog tuag ato fo a pheidio edrych yn rhy awyddus ynteu trio dal ei sylw rhag iddo boeni nad oeddwn i am ddod a chodi fy llaw'n awyddus o bell? Penderfynais y byddai'r olaf yn ormod o sioe. Gormod o frwdfrydedd. Fel plentyn yn dychwelyd o'r ysgol neu dad yn dod adra o'r rhyfel. Pwylla, Eleri. Dwyt ti ddim isio i bobol feddwl dy fod ti rêl het. Ond doeddwn i ddim isio iddo fo feddwl fy mod i'n oeraidd chwaith. Nad oeddwn i ddim isio bod yno. O achos roedd arna' i isio bod hefo fo'n fwy na dim arall yn y byd.

Fel y digwyddodd pethau, doedd fawr o ots. Roeddwn i wedi ei gyrraedd ac yn sefyll wrth ei ymyl cyn iddo sylweddoli fy mod i yno. Dwi ddim yn cofio dim byd arall, dim ond ei fod o'n gafael yn dynn amdana' i ac roedd yr haul yn felynach, fwynach, wynebau pobol o'n cwmpas ni'n gleniach a'r dref yn harddach lle nag oeddwn i'n ei gofio.

Mi gerddon ni heb siarad oherwydd nad oedd geiriau'n dod. Roedd hi fel pe bai'r cyffro o weld ein gilydd wedi'n bwrw ni am rai munudau. Cydiodd David yn fy llaw. Pontio'r distawrwydd a'i wneud yn iawn. Yn rhan o drefn pethau. Gwneud y swildod bach 'ma rhyngon ni'n dlws, yn angenrheidiol. Rhywbeth i aros pryd. Fel disgwyl i flodyn agor.

'Fydd yna neb arall acw heddiw. Penwythnos.' Tynhaodd ei afael yn fy llaw. 'Y lleill wedi mynd adra dros fwrw'r Sul.'

Roedd o rêl tŷ bechgyn. Rhywle lle nad oedd ôl llaw merch. Beic yn y cyntedd. Un pen o'r stafell fyw'n llawn bocsys llyfrau. Dillad ar gadeiriau. Gitâr a hwfer yn pwyso'n hamddenol yn erbyn ei gilydd fel dau feddwyn diniwed wedi penderfynu'n unfryd ei bod hi'n saffach aros yn eu hunfan na mentro cam ymhellach. Ac roedd hi'n dawel yno. Trwy'r ffenest agored roedd ogla'r haf yn dal i lynu'n wrol mewn pethau, yn melysu'r hydref fel siwgwr mewn te. Daeth bysedd main o haul rhwng y llenni hir a chymell gronynnau o lwch i ddawnsio ar eu hyd. Haul yn dod â'r dydd i'w ganlyn, i gymysgu â'n gofod ni, ogla hydref cynnar a baco a choffi ac arogleuon cynnes, melys dau gariad yn darganfod ei gilydd.

Doeddwn i ddim isio i'r pnawn hwnnw orffen. Efallai na ddaru o ddim. Mae rhywbeth tu mewn i mi'n gwrthod dileu'r llun. Dwi'n dal i deimlo gwres yr haul hwnnw. Haul hwyr, anghyffredin o gynnes ar gyfer yr adeg o'r flwyddyn, yn bownsio'n haerllug oddi ar doeau'r ceir yn y stryd tu allan a rowlio i'r tywyllwch oddi tanyn nhw.

Wedyn, cyn i'r haul ddiflannu, mi yfon ni de.

'Does dim rhaid i ti fynd,' meddai.

Felly wnes i ddim. Roeddwn i'n farus. Isio mwy. Isio'r cyfan. Ac am ychydig, fe'i cefais. Roedd o'n ormod o hapusrwydd efallai. Gormod wedi'i wasgu i gyfnod byr. Bron fel pe bawn i wedi cael siâr rhywun arall hefyd.

Ddylwn i ddim fod wedi aros.

Mi ddylwn i fod wedi codi a mynd ar ôl yfed y te.

6

Roedd o'n beth naturiol, meddyliais, i Mo fod isio edrych ar hen luniau ac ati. Cawsai bwcs fel hyn ychydig ddyddiau yn ôl. Hel atgofion. Fel petai dod â'r gorffennol yn nes ati'n ei helpu rywsut i ddygymod â'r hyn oedd o'i blaen. Yn ei helpu mewn ffordd ryfedd i gael hyd i'w lle yn nhrefn pethau. Roedd ei bywyd ar fin dod i ben ac roedd hi'n wynebu hynny gydag urddas. Roedd hi'n dihoeni, yn mynd yn llai bob dydd. Yn bwyta llai. Roedd un frechdan fach deneuach na fêl heb grystyn ar ei chyfyl fel pe bai hi'n chwyddo o flaen ei llygaid wrth iddi edrych arni. Brathai ryw damaid bach oddi ar ei hymyl, tamaid fawr fwy na briwsionyn go lew a byddai ei llygaid yn llenwi.

'Dwi yn trio, sti, Ler. Wir i ti. Ond fedra i ddim.'

Ac mi fyddwn innau'n symud y plât yn ddiymdroi rhag iddi ypsetio mwy.

Er gwaetha'i salwch gwnaeth i mi addo y byddwn i'n rhoi trefn ar ei gwallt a'i cholur bob dydd a'i helpu i molchi'n lân.

'Hyd yn oed pan na fydd gen i fynadd, gorfoda fi i edrych ar f'ôl fy hun, Ler. Ti'n addo hynny i mi'n dwyt? Dwi'm isio i Gwil ddechra meddwl be' ddiawl welodd o ynof fi erioed!'

'Dwi'n addo,' medda finna. Nid fod yna unrhyw ddiben i mi ddweud wrthi na fyddai blerwch ei gwallt na'i diffyg colur wedi mennu dim ar Gwil. Roedd yna gymaint o gariad rhyngddyn nhw. Hyd yn oed â hithau yn ei chystudd ac yntau yn ei wewyr, roedd yna rywbeth yn digwydd i'r ddau'n syth pan oedden nhw'n gweld ei gilydd. Roedd o'n gwbl ryfeddol. Fel golau'n dod ymlaen tu ôl i'w llygaid nhw. Byddai golwg

157

felly ar fy nhad erstalwm wrth iddo edrych ar Mam. Ond hefo
Gwil a Mo roedd o'n digwydd ar yr un pryd. Y ddau olau'n
dod ymlaen hefo'i gilydd. Roedd o'n eich cyffwrdd chi. Nid fy
mod i'n golygu nad oedd Mam yn caru fy nhad. Ond yn ei
lygaid o oedd yr angerdd. Hefo Gwil a Mo roedd o gan y ddau.
Y golau prin 'na.

'Dach chi isio golwg ar yr albwm eto?' Roeddwn i'n
chwilio am rywbeth i dynnu ei meddwl oddi ar y ffaith nad
oedd hi ddim yn gallu bwyta. Roedd hynny'n amlwg yn
rhywbeth oedd yn arwyddocaol iddi. Un cam yn nes at y
bedd.

'O, nid un o fy rhai i ydi hwnna. Gwil ddaeth â fo yma i mi
gael gweld lluniau priodas ei ferch. Neis iawn, chwarae teg.
Cymer olwg arnyn nhw.'

'Mi wna' i wedyn,' medda fi, yn synnu am unwaith at
ansensitifrwydd Gwil yn dod â'r fath luniau i'w dangos iddi.
Lluniau teulu. Lluniau Rona'i wraig yn ei dillad gorau.
Gwenodd Mo'n gam arna' i fel pe bai'n darllen yr hyn oedd ar
fy meddwl.

'Fi ofynnodd iddo fo ddod â nhw. Mi oedd o wedi bod yn
sôn am y peth, ac i ddweud y gwir mi oeddwn inna'n sâl isio
gweld sut beth oedd y dreipan Rona 'na. Mi oedd gin i awydd
gweld y dillad a ballu.' Roedd chwerthin wedi mynd yn
rhywbeth prin ganddi bellach ac roedd y sgytwad sydyn i'w
chorff bregus wedi peri iddi lyncu'n groes. Roedd hynny'n
esgus perffaith iddi wrthod y Complan roedd hi'n cael y fath
drafferth i'w yfed.

'Dos â'r sglyfath yma o 'ma hefyd, diod hen ddynas!'
Clywais dinc o'r hen Fo ddireidus, hyderus dan bigau'r geiriau
a fy nhwyllo fy hun am funud ei bod hi'n swnio'n gryfach, yn
well, fel oedd hi erstalwm. Dim ond am funud.

'Gymrwch chi rwbath arall yn ei le fo 'ta?' Er nad oeddwn i'n
disgwyl iddi ofyn am ddim byd. Ond llwyddodd i fy synnu i eto.

'Cymra,' meddai'n dawel ond roedd sglein yn ei llygaid. 'Ty'd â jinsan bach i mi!' Mae'n rhaid fy mod i wedi edrych yn bur syn arni oherwydd gwnaeth ymdrech i chwerthin eto, dim ond ei fod o'n swnio'r tro hwn fel pe bai hi'n clirio'i llwnc. Roedd hyd yn oed y pethau symlaf, fel chwerthin a chrio, yn dechrau mynd yn draul arni. Cododd ei llygaid, edrych i fyw fy rhai i ac ychwanegu: 'Erbyn meddwl, gwna fo'n un mawr. Wneith o ddim gwahaniaeth i mi rŵan, beth bynnag, pe bawn i'n yfed y botel i gyd.' Doedd yna fawr o hiwmor go iawn yn ei geiriau hi erbyn hynny chwaith. Rhyw ymdrech dila oedd hi gynnau er mwyn gwneud i mi deimlo'n well ynglŷn â'r ffaith ei bod hi'n marw.

Roedd hi'n hanner cysgu pan ddychwelais o'r bar hefo dau wydraid o jin. ('Gymri di un hefo fi, yn gwnei?') Brafado oedd sôn am yfed y botel i gyd, a'r jin mawr, o ran hynny. Bu llymaid neu ddau'n fwy na digon iddi. Gorweddodd yn ôl yn llipa a'i gwallt yn toddi i'r gobennydd gwyn.

'Mi ddaw Gwil heno, daw, Ler?' Doedd o ddim yn gwestiwn chwaith. Isio fy nghlywed i'n dweud oedd hi.

'Mi fydd o'n siŵr o ddod, Mo. Dach chi'n gwbod y daw o.'

Fel roedd o wedi dod bob nos ers iddi waethygu fel hyn. Roedd o'n driw iawn. Sut oedd o'n egluro hynny wrth ei wraig, tybed? Y ffaith ei fod o'n dianc i rywle yr un adeg bob nos a ddim yn dychwelyd adra nes oedd hi'n hwyr. Mi gysgodd Mo wedyn. Dwi'n cofio'i gwylio hi o hyd ac o hyd, fel gwylio baban newydd anedig, dim ond i wneud yn siŵr ei bod hi'n dal i anadlu. Gorffennais fy jin. Roedd o'n gras, yn llosgi cefn fy ngwddw a dechreuais deimlo'n benysgafn. Codais i agor cil y ffenest a thwtio hwnt ac yma wrth i mi fynd. Doedd yna ddim byd i'w ddarllen. Roeddwn i eisoes wedi bod trwy'r cylchgronau wrth ymyl y gwely o glawr i glawr. Byddai agor y drws i fynd yn deffro Mo. Roedd hi'n cysgu mor ysgafn y dyddiau hyn doedd arna' i ddim isio'i styrbio hi, felly

159

penderfynais aros. Heblaw am drio cysgu yn y gadair am ychydig fy hun, doedd yna ddim arall yn yr ystafell i mi ei wneud. Yna cofiais am yr albwm priodas yn ei glawr lledr crand. Fyddwn i'n nabod neb ohonyn nhw heblaw tad y briodferch ond byddai'n ddigon difyr serch hynny, meddyliais. Setlais yn ôl i'r gadair freichiau a'r albwm ar fy nglin. Roedd o'n drwm. Yn llawn lluniau. Agorais y clawr yn ofalus gan sychu fy nwylo ar fy nillad rhag i mi adael unrhyw fath o olion bysedd. Rhwng pob llun roedd tudalen hyfryd o bapur sidan gwyn, ysgafn fel gwe. Roedd y lluniau yma wedi costio ceiniog a dima.

Y briodferch oedd yn gyntaf. Llun mawr ohoni hi ar ei phen ei hun trwy rhyw niwl-gwneud a oedd i fod i greu effaith rhamantus mae'n debyg. Beth oedd ei henw hi hefyd? Siwan? Roedd hi'n hogan dlws. Tynnwyd ei gwallt oddi ar ei hwyneb. Byddai hynny wedi bod yn steil creulon i ferch blaenach ond roedd o'n gweddu iddi hi a'i hesgyrn wyneb-dol. Edrychai dros ei hysgwydd ar y camera. Roedd o'n llun hardd iawn ond doedd hi ddim yn gwenu'n rhwydd. Doedd yna ddim afiaith yn ei llygaid o gwbl. Dim o gyffro a llawenydd merch mewn cariad ar ddydd ei phriodas. Bron nad oedd hi'n edrych braidd yn bwdlyd. Penderfynais mai ar y niwl oedd y bai a throi at y llun nesa.

O'r munud y sylwais i arno cefais fy meddiannu gan gryndod na allwn ei reoli. Y pâr priod hefo'i gilydd. Y priodfab. Doedd yna ddim amheuaeth. Roedd steil ei wallt ychydig yn wahanol a doedd o ddim mor fain. Yn llai o fachgen ac yn fwy o ddyn. Ond fo oedd o. Gŵr newydd Siwan. Mab-yng-nghyfraith Gwil. Dechreuodd yr ystafell droi. Edrychais eto. Ar David, fy nghyn-ŵr, a'i fraich am ganol ei wraig ifanc, newydd, ac roedd godre'i ffrog hi'n diferu dros ymyl ei esgidiau o fel pe bai o'n sefyll mewn eira.

7

Mi fu'n rhaid galw doctor allan at Mo y noson honno.

'Morffin,' medda fo. Y gair hud. Roedd o'n gwisgo tracwisg. Yn amlwg wedi estyn am y peth agosaf i'w luchio amdano. Dyn wedi codi ar frys. Roedd tyfiant drannoeth eisoes wedi dechrau ffurfio cysgod dros ei ên. 'Ei chadw hi mor gyfforddus ag y gallwn ni. Dyna'r cyfan fedar neb ei wneud bellach, Eleri.'

Roedd hi wedi dechrau gwenu mymryn yn ei chwsg.

'Dydi hi ddim mewn poen ar hyn o bryd 'ta?'

'Nid tra mae hwn yn cael effaith arni. Mae o 'fath â rhoi ffics i rywun. Mae hi'n hedfan i rywle rŵan.' Roedd ei eiriau'n fwyn, ei wên yn drist o garedig. Trio'i orau i egluro rhywbeth anodd roedd o. Daeth y nos yn oer dan y llenni a cherdded yn nhraed ei sanau dros fy mreichiau noeth. Roedd sŵn y cloc yn ddidrugaredd o uchel, yn pledu'r distawrwydd. Mesur y cyfan. Isio dangos pwy oedd y mistar. Oriau'n unig oedd ganddi ar ôl.

Gweddïais am wyrth. Am rywbeth i atal y sŵn boddi yn ei brest. Gweddïais am iddi farw. Teimlwn fel pe bawn i'n dod i ddiwedd nofel ond fy mod i eisoes wedi neidio i'r tudalen olaf. Methu aros. Methu maddau. Rŵan roeddwn i'n difaru bod mor hy. Edrychais arni yn y gwely, mor fach a bregus. Roedd hi'n gryfach na fi o hyd.

Cofiais eiriau Gwilym ddoe ddiwethaf:

'Mi ydan ni eisoes wedi dechra dysgu dygymod hebddi, sti.'

Roedd gorfod dweud hynny'n peri cymaint o loes iddo.

Anfonais decst iddo wedyn. Ar ôl i'r doctor fynd. Un gair. 'Dowch'. Roedd hi'n chwarter i bedwar yn y bore. Am bum munud wedi pedwar roedd staen cyntaf y bore bach yn cymysgu gyda golau car Gwilym yn y maes parcio islaw.

Edrychodd arna' i heb fy ngweld. Gwasgu f'ysgwydd. Doedd o ddim wedi trafferthu i roi crys amdano yn ei frys, dim ond siwmper. Edrychai ei wddw'n noeth a diarth heb goler, fel gwddw cyw deryn. Safai ei wallt brith yn bigau blêr. Dyma ddyn arall wedi'i godi o'i wely ar frys. Ond tra oedd gwrthrychedd proffesiynol wedi gwneud i wisg ffwrdd-â-hi'r doctor ymddangos yn dderbyniol, hyd yn oed yn normal, roedd blerwch anghyfarwydd Gwil yn codi ofn arna' i. Roedd hi fel pe bai o'n syrthio'n ddarnau o flaen fy llygaid.

Anghofiodd fy mod i'n sefyll yno. Gorweddodd yn dyner ar y gwely wrth ochr Mo. Rhoi'i fraich amdani. Yn yr hanner golau edrychai'r ddau ohonynt yn hen. Dŵr budr o olau dydd oedd o. Dŵr pwll yn halogi popeth, yn troi popeth yn llwyd. Es o'r stafell a'u gadael nhw hefo'i gilydd.

Dyna'r peth lleiaf y gallwn i ei wneud.

8

Diwrnod cynta'r haf. Roedd hynny'n swyddogol. Chofiais i
ddim tan y bore wedyn. Doedden ni ddim wedi troi'r awr
ymlaen. Ddim wedi meddwl. Fi na Gwilym. I ni bu Mo farw
am chwech o'r gloch y bore. Saith oedd hi mewn gwirionedd.
Y cloc swnllyd 'na wedi'n twyllo ni i gyd. Yn mynnu bod Mo
wedi byw am awr ychwanegol. Ein bod ni i gyd ar ein hennill
o awr gyfan. Roedd arna' i isio cydio ynddo a lluchio'i hen
wyneb oer crwn o yn erbyn y wal.

Roedd y dydd yn dwyllodrus hefyd. Dim byd tebyg i haf.
Ond dyna'r drefn. Roedd hynny'n swyddogol. Ac roedd gen i
ofn yr awr ecstra o oleuni a fyddai'n cael ei gorfodi arna' i'r
noson honno. Deisyfwn am dywyllwch, am gael ei wisgo fel
fêl.

Bu farw Mam pan oedd hi'n olau gyda'r nos. Roedd Mai
yn fflantio drwy'r ffenestri fel plentyn bach chwilfrydig yn
methu'n glir â dallt pam nad oedd o'n cael symud na gwneud
sŵn. A fy nhad wedyn yn marw ym mis Awst. Roedd
hwnnw'n un o'r hafau poethaf dwi'n ei gofio erioed. Doedd
pobol ddim yn cael golchi eu ceir na dyfrio'u gerddi er mwyn
bod yn ddarbodus hefo dŵr. Hen iob o haf oedd o. Hen fastad
digywilydd yn lluchio'i wres gwyn i'r ffenestri, yn curo'n sydyn
ar fy ngalar i ac yn dianc wedyn. Fy rhoi o dan warchae. Dim
ond fi oedd ar ôl. Doedd galar Anti Grês ddim yn cyfri achos
nad oedd o ddim fel fy un i. Iddi hi bu marwolaeth fy nhad
yn fwy o niwsans nag o alar calon. Niwsans anymarferol
oedd yn newid ei bywyd hi am fod rhaid iddi edrych ar ôl
geneth bwdlyd bymtheg oed oedd yn dangos mwy o ben-glin

nag oedd yn weddus ac yn llenwi'i thŷ brown hyll hefo dieithrwch.

Roedd o'n dŷ brown oherwydd y dodrefn. Pethau trwm, henffasiwn a'u drorau'n llawn ogla henaint. Roedd yna jestardrôr yn fy stafell i oedd yn berwi o dyllau pry. Un arwydd fod y pryfed yn brysur oedd y pyllau bach puprog ar lawr o dan y dodrefnyn lle roedd y coedyn yn disgyn yn bowdwr melyn. Ôl pry. Ôl bwyta. Faint fyddai hi'n ei gymryd, meddyliais, i'r pryfed diawledig 'ma fwyta cwpwrdd cyfan? Deng mlynedd? Ugain? Oes gyfan? Pan edrychais o dan y drôr isaf, dyna lle roedden nhw. Y pryfed. Yn ddu ac yn hirgrwn, yn llai na chachu llygod. Treuliais brynhawn cyfan un tro yn eu gwasgu dan fy mawd nes eu bod nhw'n clecian yn braf. Dyna pryd y meddyliais fy mod i'n dechrau drysu. Prynu paced deg o Embassy Regal a 'nghau fy hun yn y gell fach honno o lofft. Llusgo'r gadair drom (frown) a'i sodro yn erbyn y drws a smocio'r paced cyfan hefo'r ffenest yn llydan agored. Fi a'r pryfed yn y pren. Nhw'n cnoi a finna'n sugno, a thragwyddoldeb yn gwau'n felyn rhwng y blodau ar y papur wal hylla' yn y byd.

Mi fûm i'n chwydu am yn hir wedyn. Gorwedd yn chwil ar y cyfar gwely pinc hwnnw oedd yn rhyw hen ddeunydd lympiog rhyfedd yn rhesi bach o ffwr i gyd fel cae 'redig. *Candlewick* fyddai Mam yn ei alw fo. Roedd yna hen flew mân yn dod oddi arno fo ac yn glynu wrth eich dillad chi. Gwrthodais ddod allan o'r stafell am weddill y diwrnod am fod ogla mwg ar fy ngwallt i.

'Wedi bod yn sgrwtsio ar ryw sothach wti, decini,' meddai Anti Grês yn biwis o waelod y grisiau. 'Cer â'r pot i mewn hefo chdi i fanna rhag ofn i ti wneud llanast ar ddillad y gwely!'

Roedd meddwl amdani hi a'i phot piso'n codi mwy o gyfog gwag arna' i. Stwffiais fy mhen allan drwy'r ffenest nes bod yr oerni'n brifo fy nghlustiau. Roeddwn i'n chwilio am rywbeth ond doedd o ddim i'w gael mewn paced sigaréts. Mae hi wedi cymryd tan rŵan i mi sylweddoli beth yn union oedd y 'rhywbeth' hwnnw.

Collais fy nhad ryw fis Awst uffernol pan oedd dŵr yn brin. A threuliais fy mywyd wedyn yn chwilio amdano fo. Meddyliais fwy nag unwaith fy mod i wedi cael hyd iddo. Fy nhwyllo fy hun ôn i. Dro ar ôl tro.

9

Tŷ rhent oedd tŷ Anti Grês. Doedd ganddi fawr ddim o werth i'w adael i neb. Nid fod yno neb arall ond y fi i etifeddu. Etifeddu. Roedd y gair hwnnw'n jôc. O feddwl yn sobor fy mod i wedi colli fy nheulu i gyd, doedd yna ddim arian ar ôl i wneud bywyd yn haws wedyn. Aeth cynilion Dad i gyd ar gnebrwn Mam ac ar fyw. Ddaru o ddim mynd yn ei ôl i weithio wedyn, dim ond aros adra i fy magu i. A byw ar hynny o bres oedd ganddo'n weddill. Doedd dim sôn am yswiriant bywyd na dim byd felly bryd hynny. Roedd hi'n fain arna' i, a dim byd i syrthio'n ôl arno ond trugaredd Anti Grês. Nid fy mod i'n cofio cael rhyw lawer o hwnnw go iawn ganddi chwaith, erbyn meddwl. Trugaredd. Gair arall oedd yn jôc dywyll.

Nid cnebrwn Anti Grês dwi'n ei gofio, yn rhyfedd iawn, ond y gwaith clirio fu ar ei hôl wedyn. Yr hen ddillad ag ogla cwpwrdd arnyn nhw. Ogla cadw. Ogla henaint. Dwi'n cofio eistedd ar erchwyn ei gwely hi'n syllu ar y droriau, ar agor i gyd fel eirch gweigion, a sylweddoli'n sydyn fy mod i'n gwbl rydd. Roedd y bagiau duon yn llawn. Wedi eu clymu. Doedd yna ddim ohoni ar ôl. Agorais ddrws y wardrob eto, fel pe bawn i angen y sicrwydd o wybod ei bod hi wedi mynd am byth a'i thafod finiog i'w chanlyn. Ac eto, ches i mo'r pleser y disgwyliaswn ei gael wrth edrych ar sgerbydau'r hangers yn crogi yno'n noeth. Nadu wnes i wedyn fel hogan bach. Ond nid crio ar ôl Grês oeddwn i. Crio drosta i fy hun. Am nad oedd yna neb. Am fod gen i ofn y gwagle o fy mlaen.

Fi ddaru glirio pethau Mo hefyd.

'Gwna di,' meddai Gwilym. Edrychai ddeng mlynedd yn

hŷn. Roedd sŵn yr awel yng nghoed y fynwent fel rhywun yn tynnu cadach dros dannau hen gitâr.

'Dach chi'n siŵr?'

'Yn berffaith siŵr.' Peidiodd y dail â chwythu am ennyd. 'Roeddet ti fel merch iddi, sti.'

Tannau'r awel yn dynn. 'Mond Gwilym a fi. Sylwais ar y sglein ar ei sgidia fo a meddwl amdano fo'r bore hwnnw'n brwsio'u blaenau nhw nes eu bod nhw fel drychau. Hen deip. Henffasiwn. Yn cofio pethau fel pen punt a chynffon dimai. Yn cofio beth oedd dimai.

Oedd ei wraig o'n gwybod mai i gnebrwn ei gariad oedd o'n mynd? Oedd ots ganddi?

Daeth dafnau bach annisgwyl o law drwy rwyd y dail. Pennau pinnau. Mi arhoson nhw ar ysgwydd ei siaced am ennyd cyn diflannu fel cusanau i'r brethyn. Roedd hi'n siwt ddrud.

'Gwna di.'

Gadewais ei eiriau yno'n crogi rhyngon ni. Roedd fy ngwddw i'n ormod o gwlwm.

'Mi helpa' i di,' medda fo. Fel tasa fo'n gwybod y byddai arna' i angen hynny. Fel tasa fo'n gwybod mwy nag oedd o'n ei gymryd arno.

Ac mi oedd o, erbyn dallt.

Yn gwybod lot mwy na fi.

O achos mai Gwilym Lloyd oedd sgutor yr ewyllys.

*   *   *

Aethon ni'n ôl i Fin Awelon ar gyfer y te cnebrwn. Roedd yna dipyn o griw, lot ohonyn nhw'n gwsmeriaid rheolaidd. Bu Mo'n boblogaidd fel landledi. Roedd hi'n wahanol bethau i wahanol bobol, yn gymysgedd od o draddodiad a diawlineb, y brethyn cartref a'r bling. Tu ôl i'r bar roedd ganddi lun o *Salem*. Crogai yno'n barchus ochr yn ochr â llun ugain oed o William Allt Ganol oedd wedi gwneud enw iddo'i hun flynyddoedd ynghynt fel reslar yn y Rhyl. Rhyfeddwn at y pethau a ddywedai Mo o bryd i'w gilydd. Roedd ganddi dalpiau o emynau ac adnodau ar ei chof.

'Wyddwn i ddim eich bod chi mor grefyddol, Mo!'

Ond jôc oedd hi i fod. Roeddwn i wastad wedi meddwl fod yna fwy iddi na'r hyn oedd hi'n ei ganiatáu i bobol weld fel arfer. Roedd hi newydd godi ei llygaid oddi ar y llanast ar lawr tu ôl i'r bar lle roedd gwydr peint yn deilchion. Wrth sychu'r diferion cwrw dywedodd yn sobor:

'A Duw a sych bob deigryn oddi wrth eu llygaid hwy!'

Roedd tinc smala yn ei llais hi. A rhywbeth arall hefyd. Rhywbeth mwy chwithig. Rhywbeth tebyg i hiraeth. Dyfynnai'n annisgwyl, fyfyriol dro ar ôl tro ac roedd hi'n anodd cysoni'r gwallt perocseid a'r ewinedd pinc hefo Crwys ac Eifion Wyn. Deuai rhan ohoni o fyd arall – byd o forderi bach a dysgu adnodau a mynd i'r capel mewn ffrog flodeuog ar nos Sul yn yr haf. Meddyliwn amdani fel creadures o'r gofod wedi mynd ar goll, wedi cymysgu rhwng dwy blaned ac wedi dysgu cuddio'i dryswch yn dda. Wedi addasu. Roedd yna rai pethau, fodd bynnag, nad oedd newid i fod arnynt. Pethau oedd yn mynd yn ddyfnach na lliw gwallt. Dyna'r pethau welodd Gwilym. Yr hen werthoedd. A'r rheiny'n toddi'n braf yn ei ddwylo o dan gwmwl o *negligée* binc. Roedd o'n teimlo'n saff ac yn byw'n beryglus ar yr un pryd. Dyna oedd hi'n ei gynnig iddo – Siân Owen Ty'n y Fawnog mewn sysbendars. Dyna'r enigma oedd yn Morwenna Parry.

Arhosodd neb yn hir dros eu brechdanau. Roeddwn i'n falch o hynny. Mae hi wastad yr un fath. Brechdanau wy, brechdanau samon. Pobol yn dod dros yr angladd yn wyrthiol, yn siarad yn uchel, hyd yn oed yn chwerthin. Dwi erioed wedi dallt hynny. Sut gall pobol fwyta mor harti mewn te cnebrwn. Mwynhau.

'Gliria i,' medda fi wrth Gwilym.

'Ti'n siŵr?'

'Dim ond platiau sy 'na.'

'A gwydrau.' Gwenodd. Roedd cyhyrau'i wyneb o'n dynn.

'Dishwasher.'

Llaciodd ei wên.

'Dwi mor ddiolchgar i ti, Eleri. Am bopeth.'

Roedden ni'n dau'n gwybod nad am glirio'r llestri roedd o'n sôn.

Y diwrnod wedyn, wrth i mi fynd drwy bethau Mo, roedd geiriau Gwilym yn y fynwent yn dal i droi yn fy mhen i. Gwna di. Ymbil oedd o, nid gorchymyn. Ar un ystyr, roedd hi'n gymwynas greulon i'w gofyn. Ac eto, fedrwn i ddim meddwl am neb arall yn gwneud rhywbeth mor bersonol. Fi oedd wedi ei hymolchi hi yn ei salwch. Fi ddylai wneud hyn hefyd. Roedd o'n deimlad od. Doedd yna ddim chwithdod rhyngon ni'n dwy wrth i mi ei helpu gyda'r pethau mwyaf preifat, wrth i mi weld ei noethni bregus. Ond rŵan, wrth agor droriau, cesys, cypyrddau, teimlwn bron yn swil. Agorais ei phwrs. Pwrs llwyd hir. Doedd yna ddim llawer ynddo fo. Ceiniogau. Arian gleision. Wariwn i byth mo'r ceiniogau hyn, hyd yn oed pe bawn i ar lwgu. Meddyliais beth fyddai Mo wedi ei ddweud a theimlo fy hun, er fy ngwaethaf, yn gwenu drwy 'nagrau. Hen rwtsh sentimental. Rhywbeth felly fyddai hi wedi'i ddweud. Callia, hogan, er mwyn Duw. Rho nhw ym mocs y Bad Achub ar y bar neu i'r deillion.

Ia, er mwyn Duw. Roedd hyd yn oed hel meddyliau am yr hyn allasai hi fod wedi ei ddweud yn driw i'r darlun oedd gen i, a phawb arall, ohoni. Paradocs. Cymysgedd. Yn swil ond yn dwrw i gyd, yn rhywiol ond hefyd yn od o ddiwair yn ei ffordd ei hun. Yn malio dim yn neb.

'Pam ydach chi'n gadael i'r genod 'ma wneud be' maen nhw'n neud yma?'

O achos buan iawn y des i i ddallt nad oedd Mo'n elwa dim yn ariannol o'r brothel honedig a sefydlwyd tu ôl i lenni Min Awelon.

'Hwrio, ti'n feddwl?'

Gwridais. Nid am fy mod i'n swil, ond am iddi wneud i mi deimlo cywilydd o'r ffaith fy mod i'n ddirmygus o'r ffordd yr enillai Janis, Gaynor a Gwenan eu bywoliaeth.

'Ar y stryd fasen nhw fel arall, Eleri. Yn cymryd eu siawns yng ngheir pobol. Cefnau faniau. Ac roedd gen i stafelloedd gwag yn fama.' Trodd ei chefn arna' i. 'Dwi wedi bod yno fy hun, ti'n gweld. Gwbod be' ydi o. Mynd hefo dyn am bres am nad oes gen ti unlle arall i droi.'

Doedd ei geiriau ddim wedi fy synnu i chwaith, rywfodd. Roedd yna bethau yn ei gorffennol hi oedd wedi ei chaledu, cyn ac ar ôl iddi bontio rhwng ei phlanedau. Doedd camu o un byd i'r llall ddim wedi cynnig llawer o ddihangfa wedi'r cyfan. Edrychodd arna' i drwy fy nistawrwydd fy hun. Edrych arna' i'n meddwl. Gwyddwn y byddai gorffennol Mo, ei bywyd ar ei hyd, yn ddirgelwch i mi tra byddwn i.

'Wyt ti'n gweld bai arna' i, 'ta, Ler?'

'Pwy . . . pwy ydw i i weld bai ar neb?'

'Pa fath o ateb ydi hwnna, dwed?' Chwarddodd yn ysgafn, ond nid yn gas. 'Mae hi mor hawdd beirniadu pobol, Eleri. Yn rhy hawdd. Heb i ti gael y ffeithiau i gyd.'

Gwyddwn na chawn ni byth mo'r rheiny. Ond cefais rywbeth arall, llawer mwy gwerthfawr, y diwrnod hwnnw. Dechreuais ddod i ddallt nad yr hyn yr oedd pobol eraill yn ei feddwl ohonof i oedd yn bwysig. Beth oedd yn bwysig oedd yr hyn yr oeddwn i'n ei feddwl ohonof i fy hun.

Roedd pawb yr oeddwn i'n eu hadnabod erioed – cyn i mi adnabod Mo – yn poeni am yr hyn a feddyliai pobol eraill ohonyn nhw. Meddyliais am Mam yn ei ffrogiau haf ffilm star yn fy ngwisgo innau yn yr un modd. Ffrogiau bach tylwyth tegaidd ffrils a sandalau gwynion. Roedd hi mor bwysig iddi hi sut roedd y byd yn ein gweld ni'n dwy. Yn bwysig fod pobol eraill yn dotio.

Roedd Anti Grês yr un fath yn union, ond mewn ffordd fwy propor. Roedd amser a lle i bopeth. Het blaen a chôt nefi blw ar y Sul i fynd i'r capel, a sgidia brown wedi'u clymu hefo careiau fel sgidia dyn. Ofnasai Grês ei rhywioldeb. Dim ond wedyn, flynyddoedd yn ddiweddarach, y des i i sylweddoli hynny. Roedd hi'n saff yn ei dillad di-ryw a'i gwallt wedi'i glymu'n ôl yn belen fach ddig ar ei gwegil. Dim ond pan aeth hi'n wirioneddol wael tua'r diwedd a methu codi o'i gwely y gwelais i hi am y tro cyntaf hefo'i gwallt yn rhydd. Wyddwn i ddim fod ganddi gymaint ohono. Byrlymai dros ei hysgwyddau yn donnau brith nes peri i'w benyweidd-dra fy nharo i fel gordd. Cefais sioc. Roedd ganddi wallt hir fel hogan ifanc a fedrwn i ddim tynnu fy llygaid oddi arno. Sylwodd fy mod i'n edrych arno fo. Sylwi ar fy syndod a throi ei phen ymaith fel pe bawn i newydd gael cip arni'n noeth.

Ac felly mi es innau drwy 'mywyd yn credu fod 'poeni-am-bobol-eraill' yn rhywbeth hanfodol, yn rhinwedd, fel gonestrwydd neu haelioni. Pobol eraill oedd wastad yn bwysig. Cynigia beth-da i bawb arall cyn cymryd un dy hun. Gwneud hynny hefo paced Maltesers ar iard yr ysgol. Pawb yn helpu'u hunain yn farus yn lle cogio nad oedden nhw isio un fel baswn i wedi ei wneud a dweud 'dim diolch' yn feddylgar. A'r bachgen olaf i gymryd un yn taflu cip slei o'i gwmpas. Roedd cysgod gwên ar ei wyneb. Pan roddais fy llaw yn y bag gwelais pam. Doedd yna 'run ar ôl i mi. Dim un. Ddywedodd 'run o'r plant: Na, cadw nhw, neu fydd gen ti 'run dy hun. Doedd 'poeni-am-bobol-eraill' ddim yn rhan o fantra eu mamau nhw, mae'n rhaid. Ac eto, welais i mo hynny ar y pryd. Neu efallai mai gwrthod gweld wnes i. Gwrthod credu y gallai'r byd fod yn lle mor gas. A daliais ati i ddweud 'sorri' wrth bobol eraill am adael iddyn nhw sathru 'nhraed i. Y 'bobol eraill' bondigrybwyll yr oeddwn i wedi cael fy nghyflyru o'r crud i boeni cymaint amdanyn nhw.

10

Roeddwn i braidd yn hen yn ddwy ar bymtheg i gael gwersi piano ffurfiol am y tro cyntaf. Ar frech yr ieir roedd y bai, a'r ffaith fy mod i wedi dweud mai athrawes gynradd roeddwn i isio bod.

Salwch plentyn ydi brech yr ieir i fod. Yn beth cyffredin. Dim ond mymryn o gosi a chalamin losion ac mae'r cwbwl drosodd. Ond i berson yn ei arddegau mae o'n uffern ar y ddaear. Roeddwn i yn fy ngwely am bron i bythefnos. Dyna'r unig anwyldeb dwi'n ei gofio tuag ataf o du Anti Grês, ei gofal amdanaf pan oeddwn i'n diodda. Roedd llenni'r llofft fach ynghau ond doedd hynny ddim yn atal dycnwch yr haul. Os oedd hi'n boeth tu allan, roedd hi'n boethach tu mewn – tu mewn i'r ystafell, tu mewn i mi. Roedd fy mhen i fel crochan yn codi i ferwi. Dwi'n cofio dwylo Anti Grês ar fy nhalcen i, yn oer, ond ddim yn ddigon oer. A gweld dyn diarth mewn siwt dywyll wrth draed y gwely. Weithiau mi oedd o'n chwyddo'n fawr o 'mlaen i. Dro arall roedd traed y gwely'n bell, bell oddi wrtha' i, ac roedd y drych ar y wal gyferbyn a phob adlewyrchiad oedd ynddo fo wedi'i droi ben ucha'n isa'. Roedd yna sŵn siarad, parablu di-baid, yn llifo o rywle, sŵn chwerthin a chanu grwndi rhyfedd a finna'n methu dallt beth oedd o. Trio codi 'mhen i weld y siarad a sylweddoli mai ohonof fi roedd o'n dod.

'Mi wyt ti wedi bod yn bur giami,' meddai Anti Grês pan ddeffrais.

Roedd y dyn yn y siwt wedi mynd. Roedd y gwres annioddefol wedi mynd hefyd.

'Pwy oedd o?' medda fi.

'Pwy?'

'Y dyn wrth draed y gwely'n gwneud campau ac yn chwerthin.'

'Doctor Ifan,' meddai Anti Grês. 'Mi oeddat ti'n deliriys, medda fo.'

'Be' ydi hynny?'

'Ddim yn gwybod ymhle roeddat ti.' Agorodd fymryn ar y llenni. 'Ydi'r haul yn dal i frifo dy lygaid di?'

'Nacdi. Pam? Oedd o'n brifo'n llygaid i cynt? Dwi'm yn cofio . . .'

'Waeth befo hynny rŵan.' Swniai bron yn famol.

'Pryd ga' i godi, Anti Grês?'

'Rhyw dro leci di.' Dwi'n meddwl bod yna wên o dan ei llais hi yn rhywle.

Roeddwn i'n sigledig ar fy nhraed. Roedd hi wedi dod â jygiad o ddŵr cynnes a thywel gwyn, glân i mi gael molchi. Deuai awel drwy'r ffenest agored. Awel a blas diwrnod o haul arno fo. Roedd hwnnw cyn laned â'r dŵr yn y jwg.

'Mi a' i i lawr, 'ta,' meddai. Roedd ganddi ofn i mi dynnu fy nillad cyn iddi gael cyfle i fynd. 'I ti gael llonydd,' meddai wedyn.

Erbyn i mi fynd i lawr y grisiau roedd hi wedi gwneud crempog. Roedd y bwrdd wedi'i osod. Lliain gwyn. Llestri gorau. Fel pe bai'r gweinidog yn dod i de.

'Dwi'm yn meddwl 'mod i isio bod hefo pobol ddiarth heddiw,' medda fi.

Rhoddodd hithau dwr o grempogau ar y bwrdd.

'I ni ma' hwn i gyd.'

Fel pe bai hi newydd roi'i breichiau amdana' i. Roedd yna ogla menyn cynnes drwy'r lle. Llond stafell o fenyn a haul. Roedd hynny'n un o'r adegau prin y teimlwn y gallwn i ac Anti Grês fod yn ffrindiau. Ond wyddai hi ddim yn iawn sut i gynnal hynny. Efallai na wyddwn innau ddim chwaith. Daeth ei hawydd i symud y baich o 'ngwella i'n llwyr ar ysgwyddau rhywun arall yn boenus o amlwg wedyn pan ddywedodd hi:

'Mi fyddai'n lles i ti gael rhywbeth i symud dy feddwl, wyddost ti. Rhywbeth i ganolbwyntio arno fo.'

Mae'n rhaid fy mod i'n dal i fod mewn gwendid neu faswn i byth wedi cytuno i fynd am wersi piano, heb sôn am feddwl y bydden nhw'n syniad da.

'Peth ymlaciol iawn,' meddai Anti Grês. 'Sŵn piano, yn enwedig pan fydd hi'n cael ei chwara'n iawn.'

Hyd yn oed y pnawn cynta' hwnnw a finna newydd ddod o 'ngwely ar ôl bod yn sâl, fedrai hi ddim peidio anelu rhyw ergyd fach slei i 'nghyfeiriad i. Roedd yna hen biano yn y parlwr a'i lliw cyn dywylled â'r stafell ei hun. Arferwn fynd ati pan oeddwn i'n fengach a drymio'r alawon oedd ar fy nghof ar hyd y nodau duon. Do-re-mi-o nes fy myddaru fy hun.

Estynnais am grempog. Roedd yr haul yn dod i mewn ac yn boddi'r bwrdd ac yn feddal 'fath â'r menyn.

'Ma' hi'n bwysig i ti gael miwsig os wyt ti â dy fryd ar fynd yn ditsiar plant bach.'

Y pnawn hwnnw roeddwn i'n well ac yn ysgafn ac yn braf a doedd yna ddim byd a allai darfu arna' i. Roedd popeth yn syniad da.

Hyd yn oed gwersi piano hefo Dilys Pen Terfyn. Nid fy mod i'n cael ei galw hi'n hynny. Ond dyna oedd hi o hyd ar lafar i bobol oedd yn gwybod ei hachau hi. Mrs Ellis oedd hi i mi a Mourne View oedd enw'i thŷ hi. 'Am eich bod chi'n medru gweld Iwerddon a'r Mountains of Mourne o'r llofft uchaf ar ddiwrnod clir!' fyddai ei hesboniad balch i unrhyw un a fentrai ofyn beth oedd ystyr yr enw Saesneg. Dwi'n cofio fy nhad yn chwerthin am ei phen yn slei bach erstalwm ac yn dweud mai'r Eil o Man oedd pobol yn ei weld, siŵr Dduw a bod Iwerddon dipyn pellach na hynny ac i'r cyfeiriad arall. Fy nhad roeddwn i'n ei gredu bryd hynny. Erbyn heddiw, dwi ddim yn siŵr pwy oedd yn iawn. Ac erbyn heddiw, does dim tamaid o ots gen i chwaith.

Ond erstalwm, roedd pethau bach yn bethau mawr. Roedd ots am y pethau dibwys. Fel cogio wrth Dilys Pen Terfyn nad oeddech chi'n gwybod dim am ei phlentyndod hi a'i magwraeth mewn tyddyn bach tlodaidd yn un o bump o blant. Ond roedd hi'n bwysig dangos eich bod chi'n ymwybodol iawn o'r hyn ddigwyddodd iddi wedyn – ar wahân i'r affêr hefo'r consyrt pianist hwnnw o'r Almaen – pan fu hi'n gantores yn Llundain. Yn ôl rhai, mi fu ar lwyfan yr Albert Hall, ond canu i gyfeiliant piano amser te yn y Ritz fu hi, meddai rhai eraill. Beth bynnag oedd y stori go iawn, roedd ei bywyd yn Llundain yn ôl pob sôn yn fyd arall i bawb yn ein pentref ni. Daeth yn ei hôl ymhen blynyddoedd yn briod â chapten llong nad oedd o byth adra, ac ymgartrefu yn hen dŷ'r diweddar Ddoctor John, sef Mourne View.

Roedd Dilys yn ymddangos yn llawer talach nag ydoedd mewn gwirionedd oherwydd ei gwallt. Er ei gwth o oedran, daliai i'w liwio'n ddu bitsh a'i fac-cômio nes ei fod o'n gryn bedair modfedd o uchder. Gwisgai lot o freslets a'r rheiny'n tincial yn erbyn ei gilydd wrth iddi symud. Roedd ei hwyneb bob amser yn gacen o bowdwr a fyddai ar ei fwyaf trwchus o gwmpas ei thrwyn. Dychmygwn yn aml dynnu ewin drwyddo er mwyn gweld maint ei drwch. Doedd yna neb yn y byd yn llai tebyg i Anti Grês a fedrwn i ddim dychmygu pam y byddai honno wedi gadael i mi fynd o fewn hanner canllath i rywun fel Dilys a'i dillad lliwgar a'i gorffennol mwy lliwgar fyth. 'Roedd ei mam hi'n ddynas dda, agos at ei lle.' Dyna fyrdwn Grês amdani, a beth bynnag oedd gwendidau Dilys roedd rhinweddau'i mam yn fwy na gwneud iawn amdanyn nhw, yn ôl pob tebyg. Felly mi es yn llawen am Mourne View erbyn chwech bob nos Lun.

Roeddwn i'n hoffi Dilys. Roedd hi'n ifanc ei hysbryd ac yn athrawes dda o'r herwydd. Un gyda'r nos, cyrhaeddais fel arfer a chanfod rhywun arall yno.

'Hywel, fy nai, wedi dod i aros am chydig i gael tipyn o awyr y môr,' meddai Dilys yn frwd. Athro cerdd oedd Hywel, saith ar hugain oed. Newydd orffen hefo'i gariad ac wedi dod ar wyliau i drio anghofio amdani. O dipyn i beth, cynigiodd Hywel ei wasanaeth fel tiwtor piano, ac aeth Dilys fwyfwy'n rhan o'r cefndir, yn gosod rhosys mewn jygiau ac yn hwylio brechdanau samon a the. Penderfynais innau mewn byr o dro nad oedd deng mlynedd yn ddim rhwng cariadon, yn enwedig â'r ferch gyn aeddfeted â fi. Syrthiais mewn cariad. Cerddais yn sythach, sioncach. Roedd yna wên barhaus tu mewn i mi. Yr haf hwnnw, newidiodd fy mywyd. Deallais fod galar gwahanol i'w gael. Fi, oedd wedi colli tad a mam. Fi, oedd wedi hiraethu am bobol roeddwn i'n eu caru nes bod o'n brifo. Hywel ddysgodd hynny i mi.

Perthynas gudd oedd hi, er bod Dilys yn gwybod. Yn gwenu'n awgrymog ac yn ein gadael ar ein pennau'u hunain. Dim ond rŵan, wrth edrych yn ôl, yr ydw i'n sylweddoli pa mor anghyfrifol oedd hi, yn fwy henffasiwn o ramantus a phenchwiban nag oeddwn i fy hun, hyd yn oed, yn ddwy ar bymtheg oed a fy hormonau i'n chwarae rasys mulod rownd fy nghorff i.

Mi ddywedodd o wrtha' i ei fod o'n fy ngharu i o dan yr hen bren rhosyn yng ngardd gefn hir Mourne View. A hwnnw yn ei flodau yn chwa o binc persawrus. Ffrog morwyn briodas o bren. Mor chwerthinllyd o ramantus oedd y cyfan. Ynteu dim ond chwerthinllyd o drist? Fuon ni erioed yn ddim pellach na'r ardd honno. Perthynas gudd mewn cawell o flodau.

Dyna'r tro cyntaf i ddyn fy nghyffwrdd i go iawn. Mynd dan fy nillad i. Dan fy nghroen i. Popeth ond rhyw. Roedd o'n glyfar. A grym ewyllys ganddo. Fo oedd yn dal yn ôl, nid fi. Finna'n meddwl ei fod o'n gymaint o ŵr bonheddig. Ddim isio fy nefnyddio i, medda fo. A finna'n crefu arno, ofn neb na dim, ddim hyd yn oed beichiogi. Wedi'r cyfan, roedden ni am fod hefo'n gilydd, yn doedden? Mater o amser oedd hi, dyna'r cyfan. Dewis yr adeg iawn i ddweud wrth y byd. Ac Anti Grês. O, medrwn, mi fedrwn i wynebu honno hefyd hefo Hywel wrth fy ochor! Ymhen dim o dro mi fyddwn i'n ei gadael hi am byth. Yn priodi Hywel. Roedd y gyfrinach yn fy lladd i, yn gwasgu fel feis.

Ac yna, un dydd Llun yn ddisymwth, doedd Hywel ddim yno. Ddim yno yn nhŷ'i fodryb. Un gyda'r nos braf, yn ddirybudd, doedd 'na ddim Hywel. Roedd y pren rhosyn yn gollwng ei betalau'n araf, fel hen wraig yn lluchio conffeti a hwnnw'n glanio'n ôl reit yn ymyl ei thraed.

'Fydd o ddim yn ei ôl,' meddai Dilys. Roedd ei thristwch yn ddiffuant. Welodd hithau mo'r gwirionedd nes ei bod hi'n rhy hwyr. 'Mi ôn innau'n credu bod ganddo fo feddwl ohonoch chi, Eleri.' Ond mynd yn ôl at ei hen gariad wnaeth o. 'Jean ydi'i henw hi,' meddai Dilys yn dyner. 'Roedden nhw hefo'i gilydd am yn hir . . .' Fedrwn i ddim meddwl am hyllach enw na Jean. Hywel a Jean. Nid Hywel ac Eleri. Enwau cariadon. Gafaelodd Dilys amdana' i a gadael i mi grio'n swnllyd yn ei breichiau. Dechrau'r dagrau oedd hynny. A wedyn pan oedd fy wyneb i'n brifo gormod i grio mi oeddwn i'n gadael i'r gyllell tu mewn i mi droi a throi, achos fedrwn i mo'i gwffio fo, dim ond mynd hefo fo, rhoi iddo'i ben nes bod o'n dal ar fy ngwynt i.

Roedd o'n boen y byddwn i'n ei brofi fwy nag unwaith. Poen cariad. Poen oherwydd dyn. Ac yna daeth pwynt lle ces i lond bol ar ddiodda. Trobwynt. A fy nhro i, am unwaith, fyddai cael y llaw uchaf.

11

'Be' ddigwyddith i ni rŵan, 'ta?' Gwenan oedd yn gofyn. Gwenan fain a'i llygaid yn feinach. Doedd Mo ddim wedi oeri eto ac roedd hon yn meddwl amdani hi ei hun. Mae'n rhaid ei bod hi wedi sylwi ar y fflach hwnnw o ddicter yn fy wyneb i oherwydd iddi feddalu'i llais rhyw fymryn a chofio'n sydyn mai fi oedd yn dal yr awenau erbyn hyn a bod gen i berffaith hawl i'w lluchio hi allan ar ei thin. Ac yna meddyliais am Mo pan eglurodd sefyllfa'r genod i mi dro byd yn ôl. Meddalais innau.

'Yr un trefniant, am wn i,' atebais. Gwyddwn fod fy llais yn dynn. A doeddwn i ddim mor hoff o Gwenan ag oeddwn i o Janis a Gaynor. Roedd hon yn fwy dan din ac eto roeddwn i'n benderfynol o barchu dymuniadau Mo. 'Dyna fasa Mo wedi'i ddymuno. A dwi'n gwbod, yn groes i be' oedd pobol yn ei feddwl, nad oedd Mo'n elwa dim ar eich "gwesteion" chi yn y stafell gefn 'na, dim ond ar y busnes oedd yn dwad i'r bar yn sgil hynny.'

Anadlodd Gwenan yn araf. Roedd hi'n gwylio fy wyneb i. Gwyddai nad Mo oeddwn i ac am y rheswm hwnnw'n unig roedd yn rhaid i mi fod yn gadarn. Fi oedd y bòs rŵan ac roedd hi'n bwysig fy mod i'n ymddwyn felly, er fy mwyn fy hun a phawb arall. Roedd Gwenan yn ast fach galed a phe medrwn i gadw hon i lawr byddai'r gweddill yn dilyn ac yn gwybod eu lle.

'Does yna ddim byd yn yr ewyllys i roi unrhyw hawliau i chi ar y stafell 'na, Gwenan. O barch at Mo dwi'n gneud hyn ond os oes yna unrhyw falu cachu, mi gewch chi'ch tair chwilio am le arall.'

Gwyddwn y byddai hynny'n gwneud y tric. Fyddai hyd yn oed Gwenan ddim yn mentro mewn ceir diarth ac mi wyddai na fedrai'r ddwy arall fynd â pyntars yn ôl i'w cartrefi. Mi oedd mam oedrannus Gaynor wedi symud i fyw ati'n ddiweddar ac roedd gan Janis bartnar, o fath, a dau o blant. Doedd hi ddim am fod yn coci hefo fi a rhoi hynna i gyd ar y lein. Fyddai ei bywyd hi ddim gwerth ei fyw pe dôi'r ddwy arall i wybod eu bod nhw wedi colli lle delfrydol oherwydd bod Gwenan yn rhy gegog.

'Iawn, dwi'n dallt hynny siŵr.' Ond roedd ei llais hi'n bwdlyd braidd. 'Ddaru Mo erioed gael lle i gwyno amdanan ni, naddo?'

'Naddo, chafodd Mo ddim.' Deallodd Gwenan y pwyslais ac meddai wedyn, rywfaint yn fwy graslon:

'A chei ditha ddim chwaith. Gaddo.'

'Iawn, 'ta.' Daliais ei llygaid. 'Ar un amod. Ti'n gneud shifft tu ôl i'r bar yn fy lle i heno. Ac mae arnat ti gymwynas i mi.'

Hanner gwenodd yn grintachlyd a gwyddwn fy mod i'n dal ar y blaen am ryw hyd eto.

'Mynd allan wyt ti?'

'Naci,' medda fi, 'aros i mewn!' A rhoi winc arni wrth droi ar fy sawdl. Deallodd Gwenan ac aeth ei hedmygedd ohonof ryw un radd arall yn uwch.

Hwn fyddai'r ail dro i mi weld Gwynfor. Ac mi fyddai yna fwy o drefn y tro hwn. Pryd o fwyd. Gwin neis. Efallai rhown i ganhwyllau ar y bwrdd hefyd. Roeddwn i'n benderfynol nad rhyw sesiwn o nesu'r hwch at y baedd fyddai'r cyfarfyddiad hwn. Oedd, roedd y tro diwethaf yn rhyfeddol, yn rhyw noeth bendigedig a finna'n gwingo gydag angen. A does yna affliw o ddim yn bod ar hynny. Ond roedd arna' i isio i heno fod yn neis, os nad yn sbesial. Doedd Gwynfor ddim yn sbesial. Gwyddwn na fedrwn i byth syrthio mewn cariad hefo fo, ac roedd hynny'n fonws. Fyddai yna ddim poen ar ei ddiwedd o. Rhywbeth hunanol oedd hyn, rhywbeth i mi, fel pâr o sgidia drud neu fêc-ofyr yn Debenhams. Moethusrwydd bach afradlon nes fy mod i, ac nid fo, wedi cael digon. Roedd o'n ifanc, yn ddeniadol, yn gês. Ac yn gwybod be' oedd be' o dan y cynfasau. Wrth i mi orffen gosod y bwrdd a rhoi'r gwin i oeri, sylweddolais fod cyfnod newydd yn fy mywyd i ar fin dechrau. Roedd o'n brofiad newydd, teimlo fy mod i'n medru rheoli'r hyn oedd yn digwydd i mi. Rheoli Gwynfor.

Cyrhaeddodd yn brydlon. Chwerthin yn nerfus pan welodd o'r bwrdd.

'Crand,' medda fo. Roedd mymryn o gryndod yn ei lais o. 'Ti'n disgwyl rhywun arbennig?'

'Teimlo fel gneud rhywbeth neis am unwaith.' Efallai fod y canhwyllau'n mynd dros y top braidd. 'Agor y gwin 'ma, wnei di?'

Doedd yna ddim byd yn bod hefo'r bwyd. Dwy stecan dda. Gwin drud. Ond roedd yna densiwn rhyngon ni. Chwithdod. Roedd gwneud pethau'n iawn yn rhoi gormod o bwysau arnon ni. Rhannu pryd fel hyn. Doedden ni ddim yn ddigon o ffrindiau. Roedden ni'n poeni gormod am lenwi'r bylchau yn y sgwrs. Felly gadawon ni'r bwyd. Roedd hi'n haws wedyn. Yn y gwely roedden ni'n siarad yr un iaith, yn rhannu'r un angen. Eilbeth oedd geiriau. Y rhyw oedd wedi ein tynnu ni at ein gilydd. Mi orweddon ni yno wedyn yn rhannu gwydraid o win, yn llai swil yn ein noethni, yn gwylio adlewyrchiadau goleuadau ceir yn y maes parcio islaw yn mynd a dod ar hyd y parwydydd. Disgwyliais iddo ddechrau siarad am Siwan. Dim ond mater o funudau fyddai hi eto. Roedd o eisoes wedi dechrau arni yn ei ffordd hirwyntog meddwl-ei-fod-o'n-gyfrwys gan feddwl na fyddwn i'n sylweddoli at beth oedd y cyfan yn arwain: Mo, Gwilym. Merch Gwilym. Roedd y Rioja drud yn boeth yn fy mhen i. Penderfynais ladd hefo pluen.

'Fi oedd gwraig gynta' David Beresford. Wyddet ti mo hynny, na wyddet?'

Daliai'r ceir i fflachio'u goleuadau. Erbyn hyn roedd mwy o fynd na dod. Cylchau melyn agos, wedyn dim. Disymwth. Tywyll. Golau'n gadael.

'Oedd o'n fastad hefo chdi hefyd?'

Roedd ei gwestiwn yn hir yn dod. Yn ddig. Dyn isio achub cam ei gariad oedd o. Ac nid fi oedd honno.

'Dibynnu be' ti'n ei alw'n fastad.' Cedwais fy llais yn llyfn. Mam David laddodd ein priodas ni. Gwan oedd o, dyna i gyd. Dewisais gofio dyddiau'n carwriaeth ni. Haul yr hydref yn gynnes trwy'r gwydr ar ein cyrff ni. Yn sydyn, teimlais ias yn fy ngherdded. Roeddwn i'n ymwybodol o fy noethni a dechreuais dynnu'n drwsgl ar gynfas y gwely er mwyn fy nghuddio fy hun. Teimlais yn sydyn fod gen i ddyn diarth yn fy llofft ac roedd arna' i isio cael ei wared o. Ar yr un pryd, roedd arna' i isio clywed mwy am Siwan. Roedd o'n parablu amdani ac roedd gen innau ryw awydd gwyrdroëdig i wybod mwy. Swniai'n jadan fach hunanol i mi ac eto roedd cyfaddefiad Gwynfor yn dweud llawer amdano yntau hefyd. Roedd o'n difaru ei enaid, medda fo. Yn difaru cymryd pres Rona Lloyd i orffen hefo Siwan. Doeddwn i ddim yn amau nad oedd o'n dweud y gwir, ac eto fe'i cefais yn anodd cydymdeimlo'n llwyr hefo fo.

Yn hwyrach y noson honno, ym moethusrwydd fy ngwely gwag unwaith eto, penderfynais, rywsut neu'i gilydd, fod yn rhaid i mi gael gwneud un peth yn fuan, er nad oeddwn i'n siŵr iawn sut i drefnu'r peth. Ond roedd fy chwilfrydedd yn drech nag unrhyw broblemau bach ymarferol felly. Roedd yn rhaid i mi ei wneud o.

Roedd yn rhaid i mi gael gweld Siwan Lloyd (allwn i ddim meddwl amdani fel Siwan Beresford) yn y cnawd. Roedd yn rhaid i mi gael gwybod, unwaith ac am byth, beth welodd David mewn cnawes fach blentynnaidd fel honno.

Ymhen rhai dyddiau wedi hynny, cefais fy nymuniad.

12

Byth oddi ar i mi weld llun priodas David, fedrwn i mo'i gael o allan o fy meddwl yn llwyr. Mae bar tŷ tafarn yn lle da i glywed straeon am bobol. Rhwng y clecs a gariwyd gan gwsmeriaid Min Awelon a'r hyn a ddywedasai Gwynfor amdano, doedd David ddim yn ddyn poblogaidd. Roedd stori newydd fod yn mynd o gwmpas ei fod o wedi cael ei atal rhag mynd i'w waith oherwydd cwynion merch ysgol yn ei erbyn. Di-sail, meddai rhai. Dim mwg heb dân, yn ôl eraill. Roedd y ferch, medden nhw, yn perthyn i ryw deulu go galed. Y Finns. Parodd hynny lot o wislo trwy ddannedd ac anadlu hir o gwmpas y bar pan ddaeth y stori allan. Doedd neb yn ei iawn bwyll yn meiddio croesi'r Finns, pwy bynnag oedd y rheiny. Doedd yna 'run ohonyn nhw'n yfed ym Min Awelon. Efallai nad oedden ni'n ddigon coman. Byddai Mo wedi chwerthin yn fy nghlywed i'n dweud hynny! Mewn rhyw ddeif o le o'r enw The Eggerton Arms – neu'r Eggy – y bydden nhw'n arfer potio, yn ôl pob sôn, ac fel meistres newydd Min Awelon, diolchais yn dawel am hynny. Hir oes i'w perthynas â'r Eggy. Doedd dim raid i neb fy atgoffa nad Mo Parry mohonof. Hebddi hi wrth y llyw, roedd popeth yn frawychus o newydd, ac er i mi wneud y gwaith a llawer o'r penderfyniadau pan oedd Mo'n giami, roedd gen i lot o ffordd i fynd. Ymdopais drwy wneud yr hyn fyddai Mo'i hun wedi ei wneud mewn unrhyw argyfwng – peidio dangos i neb fy mod i'n cachu brics go iawn.

Ychydig ddyddiau wedi i Gwynfor fod yma i swper, synnais weld Gwilym Lloyd yn dod i mewn. Doeddwn i ddim wedi ei weld ers miri'r cnebrwn a sortio'r ewyllys ac ati. Er i mi grefu'n daer arno i beidio â bod yn ddiarth, rhoddodd y gorau i alw ym Min Awelon ac o dan yr amgylchiadau doeddwn i'n gweld dim byd yn od yn hynny. Gormod o atgofion. Deuthum i arfer â pheidio'i weld, ac â pheidio disgwyl ei weld chwaith. Aeth pethau yn eu blaenau o ddydd i ddydd, ac yn fy mhrysurdeb, er ei fod o wedi bod mor bwysig i Mo, dechreuodd Gwilym Lloyd gilio o fy meddwl. Peth rhyfedd ydi hynny. Un funud, mi ydach chi'n dod mor agos at berson arall mewn argyfwng, yn cydweithio, cyd-feddwl, cyd-drefnu. Yna mae popeth drosodd. A'r berthynas-dros-dro oedd gennych chi'n dod i ben am nad yw'r ddolen sy'n eich cysylltu yno bellach. Ein dolen ni oedd Mo. Fyddai'n llwybrau ni ddim wedi croesi heblaw amdani hi. Ac eto, gwyddwn pe bawn i'n gweld Gwilym y byddwn yn teimlo'n rhyfeddol o agos ato. Felly roedd hi'r noson honno pan gerddodd o i mewn i'r bar a minnau heb gysylltu ag o ers cyhyd.

'Gwilym! O, ma' hi'n braf eich gweld chi! Dach chi'n edrach yn dda!'

Doedd o ddim. Roedd o'n edrych yn uffernol, ond be' mae rhywun yn ei ddweud? Rhoddais wydraid o malt o'i flaen o.

'Sbesial i chi. Glenmorangie. Nid pawb sy'n cael hwnna.'

Gwenodd, ond niwlodd ei lygaid. Roedd hi'n amlwg yn syth ei fod o'n difaru dod yma.

'Sut wyt ti 'ta, 'mach i? Petha'n mynd yn iawn?'

'Ydyn, dwi'n meddwl. Prysur. Dydi Gwenan ddim wedi troi i fyny heno . . .'

Cododd Gwilym un ael yn awgrymog. Bu'n glust i Mo ar sawl achlysur pan oedd hi'n bygwth dangos y drws i Gwenan unwaith ac am byth.

'Pac o drwbwl ydi honna, Ler. Gwylia hi.'

'O, dwi'n gneud hynny, peidiwch â phoeni,' medda finna, yn awyddus i ddangos fy mod i'n deilwng o'm hetifeddiaeth.

Roeddwn i'n dal i'w chael hi'n anodd credu mai fi oedd perchennog Min Awelon bellach. Fi oedd y landledi. Y bòs. Gwyddwn y dylwn fod yn cyfri fy mendithion ond roedd rhedeg lle fel hyn yn dipyn o gyfrifoldeb. Doeddwn i ddim yn ei chael hi'n hawdd. Roedd hi fel pe bai Gwilym wedi darllen fy meddwl i.

'Does dim rhaid i ti gadw'r lle 'ma, wyddost ti. Mi fedret werthu a symud ymlaen os nad dyma'r dyfodol roeddet ti wedi'i ddychmygu i ti dy hun. Fyddai Mo ddim dicach. Isio i ti fod yn iawn oedd hi, beth bynnag oeddet ti'n ei benderfynu. Gwna di fel y mynnot ti hefo'r lle 'ma.'

'A be' arall faswn i'n ei wneud, Gwilym? Na, dwi'n hapus yma. Dwi am roi cynnig teg arni. Ac os fetha' i, wel . . .'

Ond yn fy nghalon doeddwn i ddim isio methu. Doeddwn i ddim isio mynd o 'ma. Roeddwn i'n dal i deimlo fod Mo o 'nghwmpas i. Yn fy annog i. Mewn ffordd od roeddwn i'n fy ngweld fy hun yn dechrau ymdebygu iddi mewn ambell beth. Bu gan Mo duedd erioed i drio helpu adar cloff. Un o'r rheiny oeddwn inna, wedi'r cyfan. Ac yn rhyfedd iawn, heb sylweddoli hynny bron, dechreuais inna wneud yr un peth gyda Gwenan. Ia, Gwenan o bawb. Gwenan gegog, galed na fyddai'n ddim ganddi gribinio'r llygaid o'ch pen chi pe bai hi'n meddwl ei bod hi'n cael cam. Ac eto, dwi'n credu i mi weld rhywbeth arall ynddi. Rhyw ochor fregus, gudd. Wrth edrych arni weithiau, sylwi arni, gwrando arni, tybiwn i mi weld rhannau ohonof fi fy hun. Gwenan roeddwn i'n ei hofni fwyaf pan gymrais yr awenau ym Min Awelon ond bron heb yn wybod i ni'n dwy ffurfiwyd rhyw ddealltwriaeth annisgwyl rhyngom.

Yna, wrth i mi hel meddyliau am Gwenan fel hyn, digwyddodd un o'r pethau rhyfedd, telepathig 'na. Fflachiodd ei henw'n sydyn ar sgrin fy ffôn.

'Eleri, dwi mor sorri . . .' Tonsuleitus, meddai hi. Roedd ei llais hi'n swnio'n dew ac yn boenus ac, wirioned ag ydw i efallai, roeddwn i'n ei chredu hi.

'Mi fasa hi wedi bod yn braf cael chydig bach mwy o rybudd gen ti,' medda fi cyn gofyn sut oedd hi. Doedd hi ddim yn talu i fod yn rhy sofft hefo hi chwaith. Roedd yn rhaid iddi gofio'i lle wedi'r cyfan.

'Dwi'n gwbod. Sorri. Cysgu ôn i. Antibiotics . . .'

Teimlwn yn hen bitsh yn ei gorfodi i siarad, felly meddalais ryw fymryn, dweud wrthi am fynd yn ôl i'w gwely a swatio.

'Ti'n dda i ddim i mi'n sâl. Llynca dy dabledi i gyd a chymer ofal.'

Oedodd Gwenan cyn rhoi'r ffôn i lawr. Roedd yna rywbeth arall. Mi ddylwn i fod wedi amau.

'Isio syb ar dy gyflog wyt ti?'

'Naci – wel, ym . . . naci.' Swniai'n ymddiheurol rŵan. Peth newydd iddi hi. Gwyddai ei bod hi'n gofyn tipyn o gymwynas. 'Trefniant sgin i. Heno.'

Un o'i chleients hi. Pyntar.

'Gwranda, Gwenan. Ti'n gwbod mai dy fusnes di ydi hynna. Dydi'r hyn wyt ti'n ei wneud nac efo pwy wyt ti'n ei wneud o yn ddim oll i'w wneud â fi, dim mwy nag ydi dy enillion di o'r peth. Cadw fi allan ohoni.'

'Plis, Ler. Mae o'n dod at ddrws y cefn erbyn un ar ddeg. Yli, dwi'm yn gofyn i ti roi blow job iddo fo! Mond deud wrtho fo 'mod i'n sâl a mi wna' i drefnu hefo fo eto. Dave ydi'i enw fo.' Aeth ei llais yn ddistawach ar y cymal diwethaf. Cofio hefo pwy oedd hi'n siarad, debyg. Byddai Mo wedi'i blingo hi. Dave o ddiawl!

Mae'n rhaid ei fod o'n gwsmer go sbesial os oedd hi mor ofalus â hyn ohono fo.

'Dim ots gen i be' uffar ydi'i enw fo! Gwranda, Gwenan . . .'

'Sorri, Ler. Dim tjarj ar ôl yn y ffôn! Diolch . . .'

Ac roedd hi wedi mynd. Y jadan fach g'lwyddog! Penderfynais anwybyddu'r Dave bondigrybwyll 'ma pan gyrhaeddai. Mi gâi fferru ar stepan y drws trwy'r nos cyn y byddwn i'n agor i esbonio dim iddo fo. Yn y chwa o brysurdeb a ddilynodd, anghofiais bopeth am Dave ac am Gwenan a'i thonsuls. Roedd gen i far i'w redeg a thil i'w lenwi. Byddai Mo wedi bod yn dra balch ohona' i.

Yn fy mhrysurdeb sylwais i ddim faint roedd Gwilym Lloyd yn ei yfed. Roedd o'n dal i eistedd yn ei unfan ym mhen pella'r bar. A hithau'n dynn ar amser cau, galwodd ar Janis i roi wisgi arall yn ei wydryn o. Daliais ei llygaid ac ysgwyd fy mhen.

'Dwi'n meddwl eich bod chi wedi cael digon, Gwilym. Dach chi'm yn cytuno?' Siaradais yn dyner a thoddodd ei wyneb i gyd.

'Ti'n siarad yn union fel basa Mo wedi'i wneud. Ma' hi wedi dy drênio di'n dda. Siarad yn glên hefo pob bastad meddw i ddechra, ac os medri di gael gwared arno fo heb godi'i wrychyn o, gorau oll. Mi oedd yna rywbeth yn ddiplomatig iawn yn Mo . . . un cam ar y blaen bob amser . . .'

'Ydach chi isio i mi ffonio tacsi i chi? Neu mi gewch chi aros yma heno . . .'

'Ma'r tacsi ar ei ffordd!' Cododd Gwilym yn drwsgl oddi ar ei stôl. Roedd dwyawr dda o foddi gofidiau wedi dechrau dweud arno. 'Ffonio'r ferch gynnau, yli. Mi ddylai fod yma rŵan . . .'

Ac mi roedd hi. Ar y gair. Roedd hi fel pe bai hi wedi ymrithio fel jîni o geg y botel Glenmorangie. Wyneb cath fach. Ei gên yn fain a'i llais yn feinach.

'Tyrd 'ta, Dad.'

Yn trio edrych o'i chwmpas heb i neb sylwi mai busnesa oedd hi. Gwnaeth ymdrech deg i beidio ymddangos fel pe bai hi'n edrych i lawr ei thrwyn ar bopeth. Methodd.

Penderfynais o'r eiliad y gwelais i hi mai snoban fach oer oedd Siwan Lloyd. Rhoddodd ei llaw'n ddiymdroi o dan benelin ei thad fel mêtron ddi-lol mewn cartref hen bobol a sibrwd yn gras yn ei glust:

'Ddudish i wrthat ti am beidio bod yn hwyr a finna isio'i chychwyn hi'n gynnar am Fanceinion fory. Ma'r Trafford Centre 'na'n brysur ar ddydd Sadwrn!'

Edrychodd Gwilym yn euog fel hogyn bach wedi cael ffrae. Dywedodd rywbeth wrthi mewn llais isel, ymddiheurol ac anwesu'i braich yn dadol ond chafodd o ddim ymateb. Trodd Siwan ata' i a diolch i mi'n ffurfiol fel pe bawn i wedi bod yn llenwi bol rhyw adyn digartref hefo lobsgows drwy'r gyda'r nos a'i bod hithau erbyn hyn wedi cyrraedd i fynd â fo i loches tan y bore. Pan edrychodd arna' i roedd hi fel pe bai rhywun wedi agor cil ffenest ar noson rewllyd a gollwng ias oer i'r tŷ. Edrychiad felly oedd ganddi. Un yn torri fel siswrn. Roedd ganddi ddawn – os dawn hefyd – o wneud i bawb a phopeth o'i chwmpas edrych a theimlo'n fach. Doedd ei thad ddim yn gweld hyn. Roedd hi'n gwbl amlwg i bawb mai Siwan oedd cannwyll ei lygad a'i fod o'n ei feio'i hun yn llwyr am ei tharfu heno. Welodd o ddim byd trwy niwl y wisgi ond perffeithrwydd ei ferch a'i wendidau'i hun. A rŵan roedd o'n cael ei ddanfon yn ei ôl at ei sguthan o wraig tra oedd yr unig ddynes iddo'i charu go iawn yn pydru yn y pridd.

Oedd, roedd gen i bechod calon dros Gwilym Lloyd.

* * *

Roeddwn i wedi hen anghofio am 'Dave'. Bu'n noson flinedig. Roedd hi wedi mynd yn ofnadwy o oer, felly penderfynais adael y bar tan drannoeth. Addawodd Janis ddod i mewn yn gynt yn y bore i helpu hefo'r clirio. Yn groes i'r hyn y mae rhai yn ei gredu, dydi bod yng nghanol diod feddwol ddim yn troi pobol yn alcoholics. Roedd ogla'r cwrw wedi dechrau troi arna' i a doedd yna 'run math o *nightcap* yn apelio. Ond roedd arna' i angen rhywbeth i fy helpu i ymlacio. Siocled poeth a sgedan. Gwenais wrthyf fi fy hun wrth gamu i fy nresing-gown fflyffi oedd yn batrwm croen llewpart ac yn gwneud i mi deimlo fel pe bawn i'n troi'n dedi bêr. Mo oedd wedi prynu'r wnwisg i mi cyn iddi fynd yn rhy sâl i gerdded siopau. Roedd hi'n jôc rhwng y ddwy ohonon ni, yn enwedig pan brynodd hi un iddi hi ei hun yr wythnos ganlynol.

'Dy weld di'n edrych mor glam yn honna!' meddai'n gellweirus. 'Dwi'm isio i Gwil golli allan!'

Hyd yn oed a hithau'n gwybod mai'r canser fyddai'n ennill, roedd hi'n llwyddo i fyw i'r funud. Yn byw er gwaetha'r marw. Mae honna'n wers gwerth ei chofio.

Felly yn fy nghôt liw llewpart roeddwn i, a fy mŷg o siocled yn fy llaw, pan ganodd cloch y drws cefn. Roedd hi'n hwyrach na'r hyn ddywedodd Gwenan. Nid y Dave hwnnw, debyg. Anwybyddais y caniad cyntaf a'i mentro hi i waelod y grisiau. Roedd hi'n amlwg i bwy bynnag oedd allan yn fanna fod rhywun ar ei draed oherwydd adlewyrchiad golau'r landin yng ngwydr y drws. Ac eto, fy nghartref i oedd hwn a doeddwn i ddim isio agor fy nrws i ddieithryn – oedd allan yn chwilio am ryw! – yn fy nresing gown.

Y trydydd caniad hir a phowld a barodd i mi golli fy limpyn – a fy siocled poeth dros fodiau fy nhraed. Codais gaead y twll llythyrau a gweiddi trwyddo'n biwis (oherwydd fy mod i'n ddigon blin erbyn hyn):

'Dydi Gwenan ddim yma. Ma' hi'n sâl! Iawn, "Dave"? Neu beth bynnag ydi dy enw di. Dos o 'ma neu mi fydda' i'n galw'r heddlu!' (Rhywbeth y byddwn i'n gwneud fy ngorau i'w osgoi pe bai Dave ddim ond yn gwybod y gwir.)

Chanodd o mo'r gloch wedyn ond arhosodd ei gysgod yno, yn ddu ac yn amlwg trwy'r gwydr fel pe bai ei berchennog yn pwyso a mesur rhywbeth. Daeth pigiad bach o ofn i dwll fy ngwddw. Yna plygodd y cysgod ac ateb yn ôl trwy'r drws:

'Na, nid Dave. David.'

Mae'n debyg na fyddai neb call wedi agor y drws. Wnes innau ddim am sbelan go lew oherwydd bod sŵn y llais wedi fy mharlysu am ennyd. Dim ond un llais fel'na y gwyddwn i amdano. Acen y Tir Du'n trio'i gorau i fod yn Gymraeg gogleddol crwn a bron, bron yn llwyddo.

Pe bai hon yn olygfa mewn ffilm, neu'n bennod o nofel, fyddai pobol ddim yn ei chredu. Ond mae adegau, yn does, lle mae'r gwirionedd yn fwy anhygoel na ffuglen. Roeddwn i wedi dychmygu sawl gwaith sut byddai David a minnau'n cyfarfod eto. Ar y stryd. Mewn siop neu gaffi. Feddyliais i erioed y byddwn i'n ei weld ar stepan fy nrws gefn trymedd nos am ei fod o wedi trefnu i gyfarfod putain. Feddyliais i erioed chwaith y byddwn innau'n teimlo mor wirion – a diamddiffyn – yn gwisgo dim byd ond dillad nos a slipars gwlanog. Ond y munud y gwelais i o a chlywed ei lais, diflannodd hynny i gyd. Y rheswm pam ei fod o yno. Y dillad oedd gen i amdanaf. Roeddwn i mewn gormod o sioc i sylwi'n syth na fynegodd o ddim syndod i fy ngweld i'n ateb y drws.

'Roedden nhw'n dweud y baswn i'n cael hyd i ti yn y fan hyn,' meddai.

'Nhw?'

'Ti'n gwbod. Pobol.' Ac fe gododd ei ysgwyddau'n chwithig a gwenu'r wên-hogyn-bach honno ddaeth â'r gorffennol yn ffrydio'n ôl.

'Be' wyt ti isio?' medda fi, am na fedrwn i feddwl am ddim byd gwell i'w ofyn iddo.

'Wel, nid Gwenan!'

Wyddwn i ddim sut i ymateb wedi'r holl amser. Nid dieithryn oedd o. Roedd hynny'n gwneud pethau'n anos.

Byddai'n haws troi dieithryn dros y drws yr adeg yma o'r nos. Edrychodd i fy wyneb i fel pe bai'n darllen fy meddwl i. Aeth ias drwydda' i. Ias o gofio. Cofio sut yr arferasai edrych i fyw fy llygaid i pan oedden ni'n ifanc ac mewn cariad. Pan oedd popeth yn dal i olygu rhywbeth.

'Dydw i ddim isio dod i mewn,' meddai. 'Hyd yn oed pe bait ti'n fy ngwahodd i mewn, faswn i ddim yn dod. Nid heno.'

'Be' 'ta?'

Estynnodd ei law a chyffwrdd fy moch yn dyner.

'Dwi wedi dy golli di, Eleri.'

Roedd o'n ormod. Hyn i gyd. Yn sioc.

'Fedra' i ddim gwneud hefo peth fel hyn,' medda fi. Roedd fy ngwynt i'n fyr fel pe bawn i wedi rhedeg. 'Dwi ddim yn gwybod sut i ymateb, David. Dy weld di eto . . . fel hyn. Yn annisgwyl . . .'

Roeddwn i'n swp o gryndod. Fyddwn i ddim wedi gallu disgrifio'r hyn oeddwn i'n ei deimlo'r funud honno. Roeddwn i'n fud ac eto'n gowlaid o emosiynau. Isio crio. Isio rhegi. Isio chwerthin. Isio'i ddyrnu o ac isio'i gofleidio fo. Ac eto, wyddwn i ddim sut i ddechrau gwneud unrhyw un o'r pethau hynny.

'Fory,' meddai. 'Gawn ni siarad fory?'

Roeddwn i'n ymwybodol fy mod i wedi symud rhywfaint ar fy mhen. Nodio. Gwenu efallai. Dwi ddim yn siŵr. Ond roedd o'n rhyw fath o ystum. Yn rhyw fath o arwydd iddo y byddwn i'n fwy tebygol o gytuno i hynny.

'Awn ni am dro,' meddai David. 'Awyr y môr. Rhoi'r byd yn ei le.'

Byddai'n arfer dweud hynny o hyd erstalwm. Rhoi'r byd yn ei le. Roedd rhywbeth yn pigo fy llygaid i.

'Plis, Eleri. Jyst tyrd am dro. Sgwrs. Edrych ar y môr o Drwyn Pen y Garreg. Mae gormod o bethau heb eu dweud.'

'Efallai mai gadael iddyn nhw lle maen nhw fyddai orau. Peidio agor hen greithiau . . .'

Ond roedd o'n daer. Bron yn crefu. Roedd o fel dyn â phechodau i'w cyffesu. Roeddwn innau fel meddwyn yn trio'i orau i sobri. Yn trio gweld trwy'r niwl yn fy mhen. Cytunais o'r diwedd er mwyn iddo fo fynd, er nad ydw i'n siŵr iawn wrth edrych yn ôl a oeddwn i isio iddo fo fynd o gwbwl mewn gwirionedd. Efallai, pe bawn i'n feddw go iawn, y byddwn i wedi cydio yn ei law a'i arwain yn syth i'r gwely. Pwy a ŵyr? Ond mynd wnaeth o i'r nos a fy ngadael i'n sefyll yno. Roedd ffrâm y drws yn oer, oer, fel darn o'r lleuad yn erbyn fy moch. Wn i ddim am faint y bûm i'n sefyll yno. Eiliadau. Munudau efallai. Oni bai am sŵn y car yn fy sgytio o ganol fy meddyliau mi faswn i wedi bod yno'n llawer hirach. Nid car David oedd o. Roedd hi'n hwyr ac roedd un car yn hawdd i'w adnabod hyd yn oed yn y tywyllwch o achos mai car gwyn oedd o. Car yn ailgychwyn yn llechwraidd ond yn methu diflannu'n llwyr oherwydd ei liw ac yn gwthio'n erbyn haenau'r nos fel tylluan wen.

Car Gwynfor.

*   *   *

Roedd cwsg yn mynd a dod y noson honno. Pan oeddwn i'n effro chwaraeais y cyfan yn ôl drosodd a throsodd yn fy mhen. Ailddirwyn yr hyn a ddigwyddodd hyd syrffed nes bod fy meddwl i'n sticio ar ambell ystum, neu air neu edrychiad. A phan oeddwn i'n cysgu'n ysbeidiol roedd hi fel pe bai pennod newydd yn agor yn fy isymwybod – David, David a fi, David a Siwan, y gorffennol a'r dychmygol yn gymysg â'r hyn oedd newydd ddigwydd go iawn, a'r cyfan yn gybolfa wyllt tu ôl i fy llygaid i. Deffrais wedi ymlâdd yn yr oriau mân a methu mynd yn ôl i gysgu. Drwy'r llwyd oleuni oedd yn codi i wyneb fy stafell wely fel llun du a gwyn yn datblygu dechreuais adnabod siapiau cyfarwydd fy mhethau fy hun a theimlo'n well. Roedd y cwpwrdd dillad, y drych ar y wal a'r slipars ar y llawr yn bod go iawn, yn rhannau solet o realiti bywyd bob dydd ac yn od o gysurlon. Gallwn bwyntio atyn nhw a dweud: dyma nhw, dwi ddim yn eu dychmygu nhw. Nid fel popeth arall. Nid fel gweddill fy mywyd i oedd bellach yn niwlog ac yn ansicr ond yn gorwedd yn dynn ar draws fy ngwegil i ar yr un pryd.

Agorais y llenni a rhoi fy nhrwyn yn erbyn y gwydr. Rhyfedd weithiau fel mae gweithred fach blentynnaidd yn cynnig rhyw lun o sicrwydd. Roedd y bore bach eisoes yn mygu oddi ar bennau'r toeau a minnau'n gwneud ati i guddio'r cyfan dan haenen o fy anadl fy hun. Heddiw byddai David yn dod i alw amdana' i. Roeddwn i'n dal i fethu credu bod hyn i gyd yn digwydd i mi. Pennod wedi ei chau oedd David Beresford. Neu felly roeddwn i wedi fy nhwyllo fy hun hyd yn hyn.

13

Y peth dwi wastad wedi'i hoffi am y môr ydi'r ffaith nad oes pen draw iddo. Dim terfynau. Mae o'n ymestyn am byth, yn dal i rowlio i'r gorwel a thu hwnt. Roedd David yn dilyn fy llygaid dros yr ehangder llwydlas.

'Braf, 'tydi? Gwneud i ti deimlo'n rhydd.'

Roedd mwy o linellau ar ei wyneb nag oeddwn i'n eu cofio, ond nid heneiddio oedd yn gyfrifol am hynny. Doedd o'n sicr ddim mor fain ag y bu, ond doedd hynny ddim yn beth drwg. Edrychai ei gorff yn well o'r herwydd. Roedd ei ysgwyddau i'w gweld yn lletach a'i freichiau'n fwy cyhyrog a thyn. Bellach roedd o'n fwy o ddyn nag o fachgen ac roedd hynny'n ei wneud o'n ddeniadol i mi. Teimlais fy hun yn gwrido wrth feddwl am y peth ond roedd awyr y môr yn pigo fy ngruddiau ar yr un pryd a diolchais amdano. Dechreuodd siarad eto. Fo oedd yn gwneud y siarad i gyd tra oeddwn innau'n syllu'n fud arno fo, ar y môr, ar unrhyw beth am na wyddwn i ddim yn iawn lle i fynd â'r sgwrs. Fe'm cefais fy hun yn hiraethu am Mo a daeth y dagrau nad oedden nhw byth yn rhy bell i ffwrdd y dyddiau hyn i bigo tu ôl i fy llygaid i.

'Wnes i erioed roi'r gorau i feddwl amdanat ti,' meddai. 'Wnes i erioed roi'r gorau i dy garu di.'

'Mae hi'n rhy hwyr, David.' Oeddwn i wir yn credu hynny? Efallai fod fy wyneb wedi fy mradychu oherwydd fe roddodd ei ddwylo dros fy nwylo i a 'nhynnu'n nes ato.

'Mi aeth popeth o chwith pan adewaist ti, Eleri. Hyd yn oed fy Nghymraeg i!' Gwenodd ac edrych bron yn swil.

'Does yna ddim byd yn bod ar dy Gymraeg di.'

'Nag oes, dim pan dwi hefo chdi.'

Roedd hynny'n ddigon i ryddhau popeth tu mewn i mi, y dagrau am Mo, yr hiraeth roeddwn i wedi ei gladdu cyhyd. Doeddwn i ddim yn siŵr a oeddwn i am iddo fo fy nghusanu i ac eto roedd arna i ofn na fyddai'n gwneud. Roedd gwynt y môr yn cribinio fy ngwallt i'n ôl oddi ar fy wyneb i a theimlais fy ngwddw a fy ngruddiau'n noeth ac yn oer. Yna roedd ei wefusau ar fy rhai i. Roedd hi'n gusan hir.

'Roedd gen i deimlad y byddai rhywbeth fel hyn yn digwydd heddiw,' meddai'n ysgafn.

Tynnais oddi wrtho.

'Ma' fy nghlustiau i'n oer!' medda fi. Dweud rhywbeth smala am fod gen i ofn y gwir.

'Eleri, chdi dwi'n ei charu . . .'

Ond un gusan oedd hi. Mewn amrantiad, wrth edrych arno, gwelais hynny. Dim ond un gusan fyrbwyll oherwydd ein gorffennol ni. Doedd hi ddim yn ddigon i newid dim byd, ni waeth faint y byddwn i wedi deisyfu hynny. Tamaid o ddoe oedd hi, fel llythyr yn disgyn o ddrôr. Doedd hi'n cynnig dim mwy i mi na'r hyn oedd eisoes wedi bod flynyddoedd yn ôl.

'Mi wna' i adael Siwan. Gadael popeth. Dim ond ni, chdi a fi, fydd 'na'r tro yma . . .'

Heb ei fam i ymyrryd. Dyna oedd o'n ei olygu. Hyd yn oed rŵan a hithau yn ei bedd roedd hi ar ei feddwl o. Sut byddai o heddiw, tybed, pe bai hi'n dal yn fyw? Gwyddwn fy mod i bellach yn berson gwahanol. Gallwn ymdopi heddiw â mam unrhyw un a sefyll fy nhir. Wrth edrych ar David allwn i ddim teimlo dim byd ond tosturi tuag ato. Dyna oedd o. Roedd gen i gymaint o bechod drosto. Roedd yntau, fel finnau, wedi bod yn chwilio am rywbeth. Ond yn wahanol iddo fo, roeddwn i wedi cael hyd i mi fy hun yn gyntaf, diolch i Mo. Roedd ar David angen rhywun y gallai bwyso arni. Chafodd o mo hynny yn Siwan. Roedd hi'n llawn cymaint o blentyn yn y bôn ag oedd yntau. Roedden nhw'n dinistrio'i gilydd yn araf bach. Ac roedd David wedi ceisio'i amddiffyn ei hun drwy godi mur rhyngddo a'r byd. Ond nid fi oedd yr un i chwalu honno iddo.

'David, gwranda . . .'

Ond orffennais i mo'r frawddeg honno. Roedd yna dwrw trwm, cyflym yn rowlio i'n cyfeiriad ni a phan sylweddolais beth oedd o rhewodd fy anadl yn nhwll fy ngwddw. David! Y car! Ond ddywedais i mo'r geiriau'n uchel. Fedrwn i ddim. Yn fy meddwl i oedden nhw, yn llonydd, yn drwm fel cerrig. Roedd car David yn symud ohono'i hun i'n cyfeiriad ni i lawr am y dibyn. Digwyddodd popeth mor sydyn fel na fedra' i fod yn hollol sicr a welais i rywun ai peidio. Am ryw reswm, enw Siwan oedd yn troelli yn fy meddwl, efallai am fod David newydd sôn amdani. Neu efallai am ei bod hi yno hefo ni, yno'n ein gwylio ni ac yn gwrando ar ein sgwrs. Ond welais i neb. Ynteu do? Dwi'n cofio disgyn, baglu'n ôl er nad oedd digon o le i faglu mewn gwirionedd. A dwi'n cofio meddwl fy mod i'n mynd i farw wrth i mi weld y car yn dod yn syth amdanon ni fel petai ysbryd tu ôl i'r llyw.

Pan ddois i ataf fy hun y peth cyntaf i 'nharo i oedd ogla'r ddaear – ogla pridd a mwd – dan fy mhen. Oerni. Tamprwydd. Dechreuais grynu, nid yn unig oherwydd fy mod i'n oer, ond am i mi gael sgytwad o sylweddoli nad oeddwn i'n deffro yn fy ngwely fy hun. Ac nad hunllef oedd gweld car David yn rowlio'n syth tuag atom. Gweld David yn diflannu dros ochr y dibyn. Clywed ei waedd ofnadwy . . .

Gwyddwn fod rhaid i mi godi ar fy nhraed ond roedd yr awydd i barhau i orwedd yn bygwth bod yn drech na fi. Er gwaethaf yr oerni oedd yn treiddio drwy fy nillad i a'r cur annaturiol yn fy mhen gallwn fod wedi rowlio'n belen, heb obennydd na chwrlid, a chysgu. Roedd hi'n union fel pe bawn i wedi cael fy nghlymu gan ryw swyn erchyll a fedrwn i wneud dim i dorri'r hud.

Y sioc sydyn o gofio'r hyn ddigwyddodd barodd i mi godi ar fy eistedd. Y cur oedd y peth mwyaf annioddefol. Am ryw reswm roedd wyneb Siwan yn ymwthio rhwng haenau fy nghof ond doedd hynny'n gwneud dim synnwyr. Cip sydyn a'i golli o wedyn fel trio darllen llyfr yn y gwynt. Yno. Ddim yno. Wedi'i gael o. Na, dwi ddim. Pam Siwan? Ai Siwan oedd yn gyfrifol am hyn? Na, roedd Siwan ym Manceinion. Sut gwyddwn i hynny? David? Ai David ddywedodd? Ia, debyg iawn. Ond rhywsut roedd hi fel pe bawn i'n gwybod hynny eisoes. Pam? Lle faswn i wedi clywed rhywbeth felly? Wyneb Siwan. Gên fain. Llygaid meinach. Yn mynd. Yn dod. Roedd y mwrllwch yn fy mhen i'n dechrau clirio'n raddol rŵan a fy synhwyrau fel pe baen nhw'n dadmer fesul un. Daeth cyfog sydyn i fy ngwddw wrth i mi sylweddoli pa mor agos oeddwn i at ymyl y dibyn. Roedd y môr yn dwrw ffrio pell yn fy mhenglog i fel hen ddyn yn anadlu ag annwyd ar ei frest. Mae'n rhaid fy mod i yn agos at ddrysu o achos roedd o'n swnio bron yn gysurlon.

Rhywsut llwyddais i ddechrau cropian at yr erchwyn. Roedd cledrau fy nwylo fel pe baen nhw'n llawn pinnau. Sylwais eu bod nhw'n grafiadau i gyd, a'r briwiau hynny'n llawn mwd a cherrig mân. Roedd fy mhen i'n pwmpio gyda phob symudiad. Teimlais lwmp gwlyb yn fy ngwallt, rhywbeth gludiog fel pridd neu gachu deryn. Codais fy mys i'w gyffwrdd a chael trafferth dod â fy llaw at fy mhen. Roedd hi fel bod yn feddw mewn mwgwd yn ceisio gosod cynffon ar ful. Daeth awydd gwirion, anesboniadwy drosta' i i chwerthin, rhyw hen ias a barodd i fy nannedd i ddechrau clecian. Llwyddais o'r diwedd i gyffwrdd yn y stwff gludiog. Nid cachu deryn mohono, ond fy ngwaed i fy hun.

Dechreuais gofio ac eto roedd y cyfan yn rhy afreal i fod yn ddim byd ond hunllef. Ond roedd y gwaed yn real. A'r mwd a'r baw a'r oerfel a'r cur yn fy mhen. Y cryndod afreolus. Roedd yn rhaid i mi fod yn siŵr. Gweld a'm llygaid fy hun.

Roedd yn rhaid i mi sbio dros ymyl y dibyn. Doeddwn i ddim yn ffyddiog y gallwn godi ar fy nhraed. Doedd dim amdani ond cropian ar fy mol fel neidr nes bod fy mhen i reit wrth ymyl erchwyn y dibyn. Teimlais wlybaniaeth y ddaear yn treiddio trwy ffrynt fy nillad i ac oeri fy stumog. Ymhen ychydig byddai'r golau dydd yn mynd. Roedd cuwch llwyd yr awyr eisoes yn bwrw cleisiau i'r môr. Bu bron i'r ymdrech i edrych i lawr hollti fy mhenglog i.

Roedd car David i lawr yn y gwaelod, ben ucha'n isa', ei fol yn y golwg i gyd fel rhyw drychfil cynhanesyddol wedi rowlio ar ei gefn i farw. Doeddwn i erioed wedi gweld o dan gar o'r blaen. Roedd yr egsôst wedi disgyn i ffwrdd. Hoeliais fy llygaid arno er mwyn gohirio edrych am gorff David. Ond doedd dim osgoi ar hwnnw. Roedd o wedi ei wthio'i hun i gornel fy llygad. Gorweddai ar ei wyneb ar slaben o graig a'i goesau'n gam, fel pyped wedi'i ollwng yn flêr i waelod bocs. Y gwaed a'm dychrynodd yn fwy na dim. Yr holl waed. Pwll mawr, mawr wedi lledu fel gwyntyll lle gorweddai'i ben ar y greigan frith.

Roedd yr awydd i gyfogi bron iawn â fy mygu. Gorweddais yno, ofn symud, ofn edrych eto, ofn anadlu rhag i fy mhen innau ffrwydro. Rhywsut neu'i gilydd, a minnau'n dal i orwedd ar fy wyneb a'r gwyll yn pwyso arna' i, cefais afael ar fy ffôn yn fy mhoced. Gafaelais ynddo fel pe bawn i'n dysgu gafael am y tro cyntaf. Gafael. Ymgynefino. Stwytho 'mysedd. Gwasgu botymau. Gweddïo. Poeri fy nghryndod i flocyn bach o fetel oer fel dynes ar drengi:

'Gwenan? Lle bynnag wyt ti, waeth pa mor sâl wyt ti . . . tyrd i fy nôl i. Dwi dy angen di. Er mwyn Duw . . .'

Ac er ein mwyn ni i gyd. Brysia, Gwenan. Plis.

Ac yna, yr un mor araf ag y cliriodd, daeth y niwl yn fy mhen yn ôl. O rywle yn ei ganol o, megis trwy dwll mewn cwd papur, ymddanosodd lleuad, yn galed a gwyn, fel tamaid o asgwrn noeth.

RHAN III

GWYNFOR

Dydd Mawrth, 31 Mawrth

'Keep a diary, Morris. Gets your thoughts into perspective, old man. And another thing, no bugger can say you got it wrong when you've put it down in writing! Get into the habit early. You won't have a memory all your life.' Dyna roedd rhyw hen farnwr ar fin riteirio wedi'i ddweud wrth Caleb, medda fo, ac yntau'n gyw twrna erstalwm. Y cyngor gorau gafodd o. 'Mi fasa hynny'n llesol i titha,' medda fo wrtha' i. 'Yn help i ti gael trefn arnat ti dy hun!' Un da i siarad. Ond bod yn smala oedd o, chwarae teg. Meddwl ei bod hi'n ddyletswydd arno bellach, a ninnau wedi dod i'n nabod ein gilydd yn weddol, i gynnig rhyw lun o gyngor tadol i mi rŵan ac yn y man.

Mi ôn i yn Asda pnawn 'ma. Maen nhw wedi cael rhyw fath o jec-owt lle medrwch chi wneud eich siopa eich hun heb drafferthu neb arall. Llais rhyw brifathrawes wedi'i chau mewn tun yn rhywle yn rhoi cyfarwyddiadau coc a hynny ar *ôl* i mi bwyso'r botymau ar y cyfrifiadur o fy mlaen. Dim mwy na deg eitem o neges. Wel, mi oedd hynny'n hawdd. Roedd gen i dri pheth – llefrith, y dyddiadur 'ma a siswrn. *'Authorisation needed!'* meddai'r jaden yn y tun. Mi ddoth yr hogan bach ysgol 'ma o rywle yn ei lifrai du-a-gwyrdd a dweud mai ar y siswrn roedd y bai. Ofn i mi fy lladd fy hun hefo fo, debyg. Ar ôl y diwrnod dwi wedi'i gael mi oedd o'n un o'r syniadau difyrraf ôn i wedi'i gael ers cantoedd. Dyma fi'n dweud hynny wrth yr hogan. Meddwl fy mod i'n swnio'n ddoniol. 'Ofn i mi ladd fy hun ydach chi, ma' siŵr!' Ond wedi'i ddweud yn uchel doedd o ddim yn swnio mor ddigri. Roedd hi'n amlwg wedyn ei bod hi'n meddwl fy mod i'n rhyw fath o seicopath. Pwysodd ddwsinau o fotymau ar sgrin y cyfrifiadur gyda chyflymdra diangen o ymhonnus.

'Mae o'n iawn rŵan,' meddai. Ac meddai'i hedrychiad: 'Dio ffwc o otsh gin i tasat ti'n gwaedu i farwolaeth tu allan i ddrws y siop 'ma.'

Mae isio siswrn ar gyfer cymaint o betha. Y petha symlaf. O dorri llinyn i dorri bacwn. Dwi hyd yn oed wedi torri llysiau hefo siswrn cyn heddiw. Y ffa gwyrdd hir 'na. Handi.

Siswrn.

Dydach chi byth yn gwybod pryd fydd arnoch chi angen un.

Dydd Sadwrn, 4 Ebrill

Ddywedodd yr hen farnwr hwnnw ddim ei bod hi'n iawn i sgipio diwrnodau, ma' siŵr. Ond doedd gin i ddim byd gwerth ei gofnodi ddoe. Echdoe. Oni bai fy mod i wedi gweld cnebrwn yn pasio. Wel, nid yn pasio. Digwydd bod o gwmpas oeddwn i a gweld yr hers yn cyrraedd.

Anlwcus. Gweld hers. Wel, dyna fydda' i'n ei feddwl, p'run bynnag. Nid fod hynny'n cyfri. Nid ei fod o erioed wedi cyfri. Yr hyn dwi'n ei feddwl. Beth bynnag, dydd Iau oedd hi. Finna'n stelcian o gwmpas y lle Min Awelon 'na. Eto. Gwylio gwŷr pobol. Trio'u dal nhw. Bastads trist. Mae gin i rywfaint o bechod drostyn nhw. Dim ond mynd i chwilio am yr hyn nad ydyn nhw'n ei gael adra maen nhw. Ond job ydi hon i minna. Uffar o hen job. Dwi wedi dechrau fy nghasáu fy hun pan dwi'n ei gwneud hi. Ond doeddwn i fawr callach yn gwylio Min Awelon ddydd Iau. Mi oedd y cnebrwn 'ma, yn doedd? Dynes y lle wedi marw. Wedi bod yn diodda hefo cansar am yn hir, meddan nhw.

Wn i ddim pam na faswn i wedi sgwennu hyn ddydd Iau. Mi fasa'n llai o waith i mi heddiw. Ac eto, mi ydw i'n gwybod pam hefyd. Fasai'r hyn ddigwyddodd heddiw ddim yn gwneud llawer o synnwyr heb i mi sôn am hynny.

Mi es i mewn am beint amser cinio heddiw. I Fin Awelon. Wedi gwylio digon ar bobol yn mynd a dod ond erioed wedi bod i mewn yno. Ac mi oedd syched arna' i. Cystal esgus â dim. Yr hogan tu ôl i'r bar yn llwydaidd. Yn ddistaw. Bu bron i mi ddweud rhywbeth. Tynnu arni. Mae rhywun yn disgwyl cael dipyn o hwyl hefo'r hogan sy'n tynnu'i beint o. Malu cachu. Dim byd siriys. Ond mae'r mwydro'n mynd hefo'r cwrw, 'tydi, fel cnau neu grisps? Wedyn dyma fi'n cofio cyn rhoi fy nhraed ynddi hefo hon hefyd.

'Ma' ddrwg gin i,' medda fi.

'Be'?'

'Morwenna. Dyna oedd ei henw hi, 'te? Ond pawb yn ei galw hi'n Mo.'

'Ia.' Roedd ei llygaid hi'n llonydd. Wyddwn i ddim ar y pryd pa mor galed roedd hi'n trio peidio crio.

'Cnebrwn neis?' Gwybod cyn i'r geiriau sychu ar fy ngwefusau i ei fod o'n shit o gwestiwn. Ond os feddyliodd hi hynny wnaeth hi ddim mo'i bradychu'i hun.

'Bychan,' meddai. 'Tawel. Dim ond ffrindiau agos.'

'Yr hen Gwilym,' medda fi. Wnes i ddim meddwl. 'Bechod dros hwnnw.'

Deffrodd hynny rywbeth yn llygaid y ferch.

'Gwilym?' Swniai'n amddiffynnol.

'Gwilym Lloyd. Mi oedd o a Mo Parry yn gariadon, yn doedden? Sorri. Meddwl bod pawb yn gwbod . . .' Cleddais fy nhrwyn yn fy mheint. Syllodd hithau'n galed arna' i.

'Sut wyt ti'n nabod Gwilym Lloyd?'

Llyncais. Cegiad arall. Beth oedd yn bod hefo'r gwir?

'Mi ôn i'n canlyn ei ferch o erstalwm.'

Dyma hon tu ôl i'r bar yn fferru fel petawn i newydd dynnu cyllell a'i bygwth. Rhywbeth dros dro oedd hynny. Pharodd hi ddim ond am eiliad, yr olwg syfrdan honno ar ei hwyneb. Diflannodd mor sydyn ag y daeth a gwneud i mi amau a oeddwn i wedi gweld unrhyw beth o gwbl yn ei llygaid mawr. Roedd *eyeliner* yn dew o'u cwmpas. Yn ddu. Dau lygad inc.

'Pwy wyt ti'n ei chanlyn rŵan 'ta?' gofynnodd yn llyfn.

Roedd o'n gwestiwn annisgwyl. Cwestiwn i lorio rhywun. A hynny'n haeddiannol, efallai, a minnau wedi holi mor haerllug gynnau am ei bòs hi a Gwilym Lloyd. Wyddwn i ddim yn iawn sut i'w gymryd o. Oedd o'n rhyw fath o 'cým on'? Doeddwn i ddim isio bod yn rêl llo a disgyn i'w magl hi. Wel, nid yn syth. Mae gan bob dyn ei falchder, hyd yn oed prat fel fi. Doedd hi ddim yn brysur yno. Bachais ar fy nghyfle i droi'r sgwrs oddi wrthyf fi fy hun am sbel. A doedd gen i ddim ateb slic.

'Gymri di rywbeth i yfed hefo fi?' A disgwyl iddi wrthod hefo'r esgus arferol ei bod hi'n gweithio.

'Gymra' i orenj jiws efo chdi gan dy fod di mor glên yn cynnig.'

'Be'?' Achos nad oeddwn i wedi meddwl y basai hi'n derbyn. Roedd delio hefo 'brysh offs' wedi mynd yn ail natur i mi erbyn hyn.

'Sudd oren,' meddai hi wedyn, yn smala braidd. 'Lot o bobol yn ei yfad o, sti. Plant, hen bobol, babis. Merched unig . . .'

Oedd, roedd hon yn tynnu arna' i. Ymlaciais. Crafu rhyw fymryn mwy o hyder o ganol y fflyff yng ngwaelod fy mhoced wrth i mi gribinio am newid mân. Gwyddwn o'r munud hwnnw y bydden ni'n landio yn y gwely hefo'n gilydd. Peth felly oedd o mwya' sydyn. Y naill yn synhwyro angen y llall. Ar ôl iddi orffen ei shifft mi es i drwodd hefo hi i'r cefn. Roedd hi fel camu dros riniog rhwng dau fyd. Tafarn yn troi'n dŷ.

Roedd llofft Eleri'n od o blentynnaidd. Lot o drugareddau. Pethau pinc. Chwaraewr CDs a thedi bêr ar ganol y gwely. Dau nicar blodeuog yn aerio ar y gwresogydd dan y ffenest. Dillad ddoe, echdoe, yn bentwr ar gadair. Wrth darfu ar flerwch ei byw teimlais dwtsh yn euog. Doeddwn i ddim ond yn ei hadnabod ers dau funud ac roedd hi wedi rhoi mynediad i mi i ganol ei gofod mwyaf personol.

Wnaeth hi ddim gofyn i mi aros chwaith. Dwi'm yn gwbod ydw i'n falch ai peidio. Mae hi'n anodd codi a mynd, jyst fel'na.

Ond mi wnes. Mae hi'n uffernol o hwyr ac mae'r fflat 'ma'n uffernol o oer. Hen dro. Mi oedd ganddi wely bach braf. Cynnes. Fedra' i ddim peidio meddwl yn hiraethus am y llofft fach glyd a'r ogla glân ar y dwfe. A hi, wrth gwrs. Mae hi'n fraf gael cwtsh. Cysgu wrth ymyl rhywun. Braf cael cynhesrwydd person arall. Ond dyna'r cyfan oedd o hefyd. Ydi, mae hi'n hogan grêt. Ond ches i ddim aros, naddo? Efallai basa hynny wedi newid petha. Achos roedd yna adeg tra oeddan ni'n gorwedd yno'n siarad ac ati pan feddyliais i: Diawl, mae hyn yn ol-reit. Efallai daw yna rywbeth o hyn. Mi fedrwn i arfer efo hon. Ond dim ond meddwl wnes i. Peth meddal ydi o. I be' ydw i'n fy nhwyllo fy hun?

Nid Eleri dwi'n ei cholli.

Pnawn Sul, 5 Ebrill

Cal yn ffonio tua dau o'r gloch.

'Be' ti'n neud?' medda fo. Dim 'helo, sud wti?'

'Pam?' medda finna heb ofyn sut oedd yntau chwaith.

'Ma' gin i joban newydd i ti.'

'Dydd Sul ydi hi!'

'Taw â deud!'

'Dwi'm yn gweithio ar ddydd Sul a dyna ben arni.'

'Mi fasat ti'n gneud gweinidog cachu 'ta, basat?'

'Lwcus ma' dim gweinidog ydw i felly, 'tydi? Be' ydi'r job 'ma sydd mor bwysig fel bod angen i ti ffonio ar ddydd Sul beth bynnag?'

'Isio i ti ddechra gwatsiad y boi 'ma ar y ffordd i'w waith ben bora fory. Angan dy frîffio di. Hon sy'n talu yn graig o arian. Mi fedra' i waedu cleient fel'na. Digon o bres a desbret. Felly dwi isio'i chadw hi'n hapus o'r dechra, ti'n dallt? Fedri di bicio i'r offis am funud?'

'Dwi isio dybl taim am ei bod hi'n ddydd Sul.'

'Gwranda'r ffycar bach. Os na fyddi di yma erbyn tri, mi fyddi di'n gneud dybl taim i lawr yn y lle dôl!'

'Wela' i di am dri.'

Ac felly bu hi. Mond malu cachu oedd o. A finna. Cal a fi'n dallt ein gilydd. A doedd gen i ddim byd gwell i'w wneud, beth bynnag, nid y baswn i'n cyfaddef hynny wrtho fo na neb arall. Mi oedd yr offis yn oer fel bedd ac yn drewi o ogla sigaréts. Mi oedd o wastad yn saith gwaeth ar ôl i'r lle fod ar gau am ddiwrnod neu ddau. Yn stêl ac yn afiach.

'Ti'm wedi meddwl trio nicotîn patshys?' medda fi.

Taniodd Cal ffag dim ond er mwyn fy herio i.

'Dyma chdi,' medda fo. 'Y prifathro sy'n hel 'i din. Neu felly mae'i fam-yng-nghyfraith o'n deud.'

'Nid ei wraig o sy' wedi dwad atat ti felly?'

'Naci. Ei mam hi. Rêl gwynab rasal o beth. Ma'r ferch yn beth bach reit handi, er mai gwynab ei mam sgin honno hefyd erbyn gweld. Dim ond ei bod hi'n ddelach.' Aeth Cal yn ei flaen i fwydro rwbath ynglŷn â gŵr y ddynas 'ma'n cael ffling efo dynas ddaru farw ond erbyn hyn y mab-yng-nghyfraith oedd yn cyboli. Doeddwn i ddim yn cymryd cymaint â hynny o ddiddordeb yn y sgwrs dim ond bod Cal yn dweud pethau fel 'digon o bres' a'r ddynes yn 'talu wrth yr awr'. Wedyn ddaeth y sgytwad.

''Ma fo eu llun priodas nhw. I ti gael ei nabod o. Yr hogyn drwg.'

Dyna pryd welais i Siwan yn ei ffrog briodas am y tro cyntaf. Roedd hi mor hardd roedd o'n brifo. Faswn i ddim wedi dychryn mwy, na theimlo'n salach, pe bai Cal wedi rhoi'i ddwrn yn fy stumog i.

'Wyt ti'n iawn, dywed? Iesu, hogyn, ma' golwg welw arnat ti mwya' sydyn. Na, deud y gwir, ti'n edrach yn reit wyrdd . . .' Rhywbeth felly ddywedodd o felly mae'n rhaid fy mod i'n edrych yn sâl.

Atebais innau'n biwis fy mod i wedi bwyta rhywbeth doji. Faswn i byth wedi cyfaddef y gwir. Dwi wedi laru sôn am y peth erbyn hyn a dwi ddim am sgwennu mwy neu mi fydda i'n chwydu eto fel y gwnes i'r pnawn 'ma.

Dydd Gwener, 10 Ebrill

Oes, mae yna bron i wythnos ers i mi gofnodi dim. Wedi bod yn dilyn y diawl David Beresford 'na ers dyddiau ond welais i ddim golwg o ddynes arall. Mae hynny wedi darfod, mae'n rhaid, achos dwi wedi holi o gwmpas. Yn ôl pob sôn, mi fu'n cyboli hefo rhyw hogan lot fengach na fo'i hun oedd yn gweithio yng nghantîn yr ysgol. Ci uffar. Dwi hyd yn oed wedi ffendio pwy oedd hi, rhyw sgytrag fach goman sy'n ei rannu o i bawb, merch un o'r Finns. Rêl beic o beth. Mi oedd meddwl amdano fo'n gwneud hynny i fy Siwan fach i o bawb yn gwneud i mi fod isio'i ladd o. Pan oeddwn i'n ei ddilyn o hefo car mi oedd hi'n anodd cadw pellter. Mi ges ysfa loerig fwy nag unwaith i redeg fy nghar i'w din o. Peidio stopio. Iesu mawr! Ond mi ges i ras o rywle i gallio. Dwi erioed yn fy myw wedi bod mor ddisgybledig. Wel, ar wahân i nos Fercher. O, nos Fercher mi faswn i wedi medru'i ladd o'n hawdd.

Mae dilyn Beresford wedi bod yn ddigon boring ar wahân i'r ffaith fy mod i'n cael pyliau o fod isio dal i fyny hefo'r bastad a'i dagu o. Mae gweld ei dŷ o'r peth cyntaf yn y bore yn gwneud i mi fygu bron am fy mod i'n gwbod fod Siwan yno ar ei phen ei hun. Dwi wedi bod yn ei ddilyn o i'r ysgol, gwylio'r ysgol, ei ddilyn o 'nôl. Nos Fercher mi aeth allan wedyn yn lled gynnar. Lluchiodd fag chwaraeon i gefn y car ac felly doedd hi'n ddim syndod fy mod i wedi ei ddilyn i Ganolfan Hamdden Banc-y-felin. Lle preifat, drud ar gyfer snobs yr un fath â fo. Mi fu'r diawl yno am bron i ddwyawr. Uffar o amser hir i ddisgwyl i rywun ddod allan o rywle. Bron i mi syrthio i gysgu. Fel rôn i'n agor y degfed pecyn o jiwing gym mi ddoth.

Roedd digon o geir yn y maes parcio fel na sylwodd o ddim arna' i. Taniais yr injan yn barod fel y gallwn lithro'n syth ar ei ôl o i lif y traffig. Un o fendithion yr hen Rover ydi ei fod o'n ddistawach nag injan wnïo unwaith mae o'n dechra troi.

Wnaeth o ddim ei anelu hi am adra. Yn hytrach, mi yrrodd o'r dref i gyfeiriad yr arfordir. Mi fyddai hi'n anos ei ddilyn rŵan os oedd o'n mynd i adael y lôn bost a'i gneud hi am y lonydd llai. Shit! Doedd fiw iddo fy ngweld i tu ôl iddo. Fel roeddwn i'n dechrau ei regi o, sylwais ar dractor yn paratoi i dynnu allan i'r ffordd o fy mlaen i. Tynnais i'r ochor a rhoi cyfle iddo wneud. Byddai hynny'n help rŵan, cael y tractor rhyngon ni. Gwyddwn erbyn hyn mai dim ond yn ei flaen y gallai Beresford fynd. Roeddwn i'n weddol saff na chollwn i mohono fo.

Roedd hi'n tywyllu'n araf. Rhyw hen liw sepia ar yr awyr fel oeddan ni'n nesu at y môr. Gwyddwn erbyn hyn ein bod ni'n anelu i gyfeiriad Eglwys Gwenfair a Thrwyn Pen y Garreg. Yr unig dro wedyn oddi ar y lôn oedd hwnnw i fferm Pen y Garreg. I fanno oedd Tecwyn y Tractor yn ei hedio hi, garantîd. Grêt. Cawn guddio tu ôl i hwnnw'r holl ffordd bron. Wedi i'r tractor droi i ffwrdd, tynnais innau'r car i'r glaswellt ar waelod yr allt oedd yn arwain i fyny at yr hen eglwys. Doedd yna fawr ddim o waith cerdded ac roedd hi'n haws i mi ar droed neu mi faswn i'n tynnu sylw ataf fi fy hun a'r car.

Hitiodd awyr y môr fy sgyfaint i bron yn syth wrth i mi ddechrau cerdded. Roedd hi'n uchel ac yn agored i'r elfennau i fyny yn y fan hyn ond hefyd yn od o adnewyddol. Tynnais yr oerfel i fy ffroenau gan ofni'i nerth o ar yr un pryd. Roedd hi'n union fel neidio i gawod oer, bwerus. Sylwais nad oedd Beresford wedi gadael ei gar wrth faes parcio'r fynwent a cherdded i gyfeiriad y Trwyn fel bydd pawb call yn ei wneud. Dreifiodd yn ofalus i ymyl y clogwyn bron, gan adael y llwybr. Diawl o beth gwirion i'w wneud. Erbyn hyn roeddwn i'n melltithio fy mod i yn llewys fy nghrys ond roeddwn i wedi cerdded yn rhy bell i droi'n ôl i nôl fy siaced o'r car. Blydi hel, meddyliais. Dybl taim, o ddiawl. Mi gâi Cal dalu trebl am hyn, myn uffar i!

Roedd hi'n weddol hawdd dilyn y boi a chadw o'r golwg unwaith fy mod i wedi dechrau dringo'r ponciau. Roedd y llwyni eithin ac ambell bloryn o graig yn handi i guddio tu ôl iddyn nhw. Roedd Beresford wedi dod allan o'r car ac yn sefyll yn agos at y dibyn. Arglwydd, doedd o erioed yn mynd i neidio? Cododd ei freichiau uwch ei ben yn union fel petai o'n trio cofleidio'r awyr. Doedd o'n ddim ond modfeddi'n unig oddi wrth yr erchwyn. Aeth fy ngwddw fi'n dynn. Mi safodd yno am funudau maith yn llonydd fel delw cyn troi'n ôl am ei gar. Dwi ddim yn gwbod be' oeddwn i'n ei deimlo erbyn hynny. Roeddwn i'n meddwl mai rhyddhad oedd o nad oedd dim rhaid i mi wylio neb yn ei ladd ei hun. Dim ond wedyn ar y ffordd yn ôl adra yn fy nghar cynnes a 'nghlustiau i'n dal i ganu hefo'r oerfel y sylweddolais mai rhwystredigaeth oedd o. Methu cyfle.

Heno ar Drwyn Pen y Garreg mi allwn i'n hawdd fod wedi rhoi help llaw i'r cythral ei luchio'i hun dros yr ochor.

Dydd Llun, 20 Ebrill

Dwi'n dilyn Beresford ers pythefnos. Hen ddigon hir i mi fod yn weddol saff o'i gerddediad o erbyn hyn. Dwi ddim hyd yn oed yn trafferthu i'w ddilyn o i'r ysgol bob dydd chwaith. Nid fod Cal yn gwbod hynny wrth gwrs. Does gen i mo'r un mynadd i wylio'i symudiadau o ers i mi ddarganfod bod yr affêr drosodd. Dwi'n meddwl mwy am Siwan ar ei phen ei hun yn y tŷ 'na drwy'r dydd.

Dwi ddim yn trafferthu i sgwennu yn hwn bob dydd chwaith bellach. Mae gweld pa mor syrffedus ydi fy mywyd i fy hun ar ddu a gwyn yn codi'r felan arna' i. Felly dydw i ddim ond yn cofnodi'r dyddiau pan fo pethau pwysig yn digwydd.

Fel heddiw.

Heddiw gwelais Siwan. Roedd hi'n sefyll yn ffenest y llofft ffrynt yn syllu i'r stryd. Neu efallai nad oedd hi ddim. Efallai mai ar yr awyr oedd hi'n edrych. Ar y cymylau'n cario glaw lond eu hafflau. Ac roeddwn innau o fy nghuddfan yng nghlydwch y car yn edrych i fyny arni hithau. Roedd hi'n gwisgo rhywbeth gwyn. Edrychais mor galed arni nes bod fy llygaid i'n brifo. Roedd hi fel y dywysoges yn gaeth yn y tŵr. Fy nhywysoges i. Un diwrnod mi fyddwn i'n ei hachub hi. Fi, ei thywysog dewr. Dim ond mai car gwyn oedd gen i, nid ceffyl. Ia, dyna'r addewid wnes i i mi fy hun wrth eistedd yn fy nghar yn edrych ar Siwan. Dyna pam fod heddiw'n bwysig. Am fy mod i wedi cael cyfle i syllu ar fy nghariad am ddau funud cyfan ac ugain eiliad.

Dydd Mawrth, 21 Ebrill

Cachwr ydw i. Blydi cachwr. Ofn mynd at y drws oherwydd fod yna ryw hen foi yn stwna yn mynd â biniau pobol i lawr at y palmant. Y cymydog da yn ei gap fflat. Ac mi oedd o'n uffar busneslyd hefyd. Yn sbio i 'nghyfeiriad i fwy nag unwaith. Gwneud i mi deimlo'n annifyr. Mi oedd gen i ofn iddo fo ffonio'r heddlu a dweud fod yna stelciwr o gwmpas felly wnes i ddim lol, dim ond ei g'luo hi.

Tywysog o ddiawl!

Dydd Mercher, 22 Ebrill

Gwylio Beresford yn ei chychwyn hi am yr ysgol. Ei ddilyn o yno a throi yn fy ôl. Yn ôl at ffenest Siwan. Romeo a Juliet ddim ynddi hi. Fedrwn i ddim credu fy anlwc wrth i mi ddreifio'n araf heibio'r tŷ. Y blydi cymydog cap fflat. Trist, meddyliais. Dim byd gwell ganddo fo i'w wneud. Wnes i ddim ystyried faint o *saddo* oeddwn innau. Y mistêc wnes i oedd arafu. Daeth at ffenest y car.

'Ydach chi'n chwilio am rywle?'

Nac'dw. Piss off.

'Na, mae hi'n iawn diolch.'

Mi drois i mewn i ddreif Siwan dim ond i gael madael â'r diawl busneslyd. A wedyn roedd hi'n rhy hwyr. Pam na fagiais yn ôl i'r lôn? Eiliad fyddai hynny wedi'i gymryd. Yn reddfol, codais fy mhen ac roedd hi yno, yn yr un ffenest. Ffenest y twr. A'r tro hwn mi sylwodd hi arna' i. Syllu i lawr. Diflannu o'r ffenest. Roeddwn i wedi fferru yn fy sedd. Anghofiais sut i yrru car. Sut i fagio'n ôl. A dyna pryd y dechreuais i ddifaru. Roeddwn i wedi fy nghaethiwo fy hun, wedi fy rhoi fy hun mewn lle cyfyng, di-droi'n-ôl. Roedd o'n deimlad desbret, fel difaru postio llythyr a gwbod na fedrwn i byth stwffio 'mraich yn ddigon pell drwy'r twll i'w dynnu'n ôl allan. Pam fyddai Siwan isio fy ngweld i ar ôl be' wnes i iddi? Doeddwn i ddim yn gall yn dod yma. Roeddwn i wedi bod yn byw tu mewn i fy myd bach fy hun, yn dyheu am ei gweld eto ac yn fy nhwyllo fy hun ei bod hithau'n teimlo'r un fath. Rêl blydi ffŵl 'ta be'? Roedd hi wedi symud ymlaen a minnau'n dal i din-droi yn fy unfan. Ac eto, doedd hi ddim yn hapus hefo hwn, nag oedd, siŵr Dduw, neu fasa'i mam hi ddim wedi chwilio am rywun fel fi i gadw llygad ar ei symudiadau o.

Tra oeddwn i'n eistedd yno'n meddwl am hyn i gyd mi ddaeth Siwan allan o'r tŷ. Fedrwn i ddim credu am funud fy mod i'n mynd i'w gweld hi eto yn y cnawd. Roedd hi'n sefyll yno mor agos ata' i. Roedd gen i ofn agor ffenest y car. Ofn beth fyddai ganddi i'w ddweud. Weithiau mae hi'n well peidio gwbod be' sy'n mynd drwy feddwl rhywun. Tra oeddan ni'n dal heb siarad, roedd yna obaith. Unwaith y dywedai hi wrtha' i am fynd i'r diawl mi fasai'n rhaid i mi roi'r gorau i freuddwydio. A doeddwn i ddim cweit yn barod i wynebu'r anorfod. Breuddwydion oedd y cyfan a oedd gen i.

'Mi oedd gen i deimlad y baswn i'n dy weld di eto,' meddai.

Jyst fel'na. Aeth â fi i'r tŷ. I ddechra, dim ond siarad ddaru ni. Trio gwneud synnwyr o'r gorffennol mewn hanner brawddegau chwithig. Ddywedais i mo'r gwir i gyd wrthi. Byddai hynny'n rhy greulon. Mi oedd o'n wir am fy nyledion i. Fy mod i wedi mynd i banig a methu gweld ffordd allan. Ond trio'i hamddiffyn hi rhag hynny trwy'i gadael hi? Celwydd noeth oedd hynny. Dwi'n greadur rhy hunanol i fod mor ystyriol â hynny. Soniais i'r un gair felly am ran Rona yn y peth. Roedd gen i ormod o gywilydd. Ocê, mi oeddwn i'n ifanc a gwan ac mewn dyled dros fy mhen. Ond esgusodion oedd rheiny pan oeddwn i'n ceisio cyfiawnhau cymryd arian Rona Lloyd. Efallai fy mod i'n ifanc a gwirion ond mae'n rhaid fy mod i'n hollol blydi desbret i feddwl y gallwn i fyw hefo talu'r pris am hynny.

A dwi wedi methu cadw fy rhan i o'r fargen. Dwi hyd yn oed yn rhy wan i allu gwneud hynny.

Gwnaeth Siwan banad. Neb isio un go iawn ond mi wnaeth un beth bynnag. Cyffyrddodd â chefn fy llaw i'n ddamweiniol-fwriadol wrth osod cwpan o fy mlaen i. Hi oedd yn cymryd y camau. Eisteddodd yn rhy agos ar soffa oedd yn hen ddigon hir i bedwar o bobol. Ac eto roedd yna fylchau yn ein sgwrs o hyd oherwydd ein bod ni'n swil. Disgwyliai i mi gyffwrdd ynddi ac roeddwn inna'n sâl isio gneud. Ond ddim yn gwbod sut. Mi oedd hi fel pe bai rhywun wedi clymu fy mreichiau ag edau frau.

Y glaw ddechreuodd bethau. Y gawod drom, sydyn honno yn ei hyrddio'i hun at y ffenest fawr.

'Ma' hi'n bwrw i mewn. Gwell i mi'i chau hi . . .'

Cododd yn lletchwith, ei phen-glin yn crafu'n erbyn f'un i. Dyna pryd wnes i gydio yn ei llaw. Yn yr eiliad honno pan oedd twrw'r dafnau glaw lond y lle, yn galed a haerllug a di-ildio. Cyn i mi gael meddwl. Cyn ailfeddwl. Roedd defnydd ei ffrog hi'n denau. Gallwn deimlo'i chroen hi drwyddo. Gallwn deimlo curiad ei chalon hi'n cyrraedd pob modfedd gynnes ohoni.

'Chdi dwi isio,' meddai. Roedd ei geiriau'n floesg, ei llygaid bron ar gau. 'Chdi dwi wedi bod isio 'rioed. Chdi, nid fo.'

Aeth popeth yn un, ei hanadl hi, gwres ei chorff, y glaw'n mygu holl synau eraill y dydd. Yn ein cau ni i mewn.

A'r cyfan fel dod adra. Fel cael hyd i'r lle glân ar y wal ar ôl tynnu hen lun i lawr.

Dydd Mercher, 29 Ebrill

Dwi wedi bod yn mynd i weld Siwan ar y slei ers wythnos. Sleifio i'r tŷ at Siwan heb i neb wbod. Tra oedd Beresford yn lluchio'i bwysau o gwmpas tua'r ysgol 'na. Doedd neb ddim mymryn callach. Neu dyna feddyliais i. Nes i mi gael ymweliad annisgwyl gan Rona Lloyd.

Pan ofynnais iddi sut oedd hi'n gwbod amdanan ni, wnaeth hi ddim byd ond gwenu'r hen wên lipstic sicli honno. Lipstic rhy goch ar wefusau rhy hen. Roedd hi'n gwneud i mi feddwl am sarff. I be' oedd hi isio ditectif i ddilyn ei mab-yng-nghyfraith a hithau'n gymaint o hen sneipan fusneslyd ei hun, wastad yn gwbod mwy nag oedd hi'n bosib i unrhyw berson normal ei wybod?

Mi oedd hi'n llygadu popeth – y llwch dros gaead yr hi-fi a'r teledu a fy sbîcyrs newydd i. Y CDs allan o'u cesys ar hyd y llawr a'r cadeiriau. Roedd ei hedrychiad hi'n gwneud i mi deimlo'n bump oed, yn fy nghyhuddo o fod yn flêr hefo fy nheganau. Daeth teimlad od drosta' i, rhyw *ddéjà vu* diawledig. Roeddwn i wedi bod yn fama o'r blaen. Mi lyncais fy mhoer a dweud wrthi nad oedd 'na ddim croeso iddi yma. Chymrodd hi fawr o sylw. Yr un hen Rona galed, oer. Gwyddwn fod arni hi isio rwbath. Pan ddalltish i mai isio i mi 'drefnu damwain angheuol' i Beresford oedd hi, fy ymateb cyntaf oedd chwerthin yn wirion. Yna sylwais ar fasg ei hwyneb hi. Doedd yna ddim meddalwch. Roedd hi'n gwbwl, iasol, o ddifri. O, ac yn ogystal â'r cannoedd o filoedd mae hi'n bwriadu eu rhoi i mi am neud y job, a'i bendith ar berthynas Siwan a fi, mae hi wedi gadael cerdyn credyd i mi. Chwe mil o limit. Hefo hwnnw mae hi wedi meddwl fy seboni i. Mi ga' i ei ddefnyddio fo ar gyfer unrhyw beth, meddai hi, dim ond tra dwi'n ystyried ei chynnig hi. Mae'n rhaid ei bod hi'n desbret. Ac yn gobeithio fy mod innau hefyd. Fel y tro dwytha hwnnw. Yn ddigon gwirion i wneud unrhyw beth os ydi'r pris yn iawn.

Dydw i ddim yn wirion. A dydw i ddim yn desbret. Ond mi ydw i'n dlawd. Mae'r cerdyn ar ganol y bwrdd lle gadawodd hi o. Rhif pìn hawdd i'w gofio hefyd. 6666. Rhif y diafol plys un. Mae hynny'n gwneud synnwyr. Yn dod â gwên i fy wyneb i hyd yn oed. Mae Rona Lloyd yn ddynes beryglus. A dwi wir yn amau a ydi hi'n llawn llathen. Mwy o bres na sens yn sicr, neu mae hi'n gwylio gormod o ffilmiau. Mae un peth arall yn sicr. Os ydi hi'n meddwl ei bod hi mor hawdd dwyn perswâd arna' i rŵan, mae hi'n gwneud camgymeriad. Llwyddodd i fy mhrynu i unwaith. Byth eto. Ond mi wna' i alw'i blyff hi hefo gwario ar ei cherdyn hi. Yr ast wirion iddi. Mi reda' i o hyd at ei limit, gwario i'r eithaf a deud: sorri, Rona. Dwi wedi meddwl yn galed ond wna' i ddim derbyn eich cynnig hael chi wedi'r cyfan. Diolch yr un fath, ond dwi wedi cael amser difyr iawn tra oeddwn i'n ystyried y peth!

Dydd Iau, 30 Ebrill

Dal i feddwl am neithiwr ac yn ei chael hi'n anodd credu'r hyn ofynnodd Rona i mi ei ystyried. Oni bai am y cerdyn Mastercard yng nghanol y nialwch ar y bwrdd mi faswn i'n meddwl mai breuddwyd (neu hunllef yn hytrach) oedd y cyfan.

Eleri newydd decstio. Fy ngwadd i yno am swpar nos fory. Shit. Dwi'm wedi meddwl dim amdani tan rŵan ac mi ddylwn i deimlo'n euog. Yn lle hynny dwi'n teimlo dim. Wn i ddim be' i'w wneud. Ma' hi'n hogan iawn. Yn haeddu esboniad. Efallai dylwn i fynd draw. Dyna'r peth anrhydeddus i'w wneud. Fedra' i mo'i hanwybyddu hi. Mae hi'n haeddu gwell na hynny.

Mae'n rhaid fod y peth yn fy mhoeni i neu faswn i ddim yn trafferthu i sgwennu yn hwn mor gynnar yn y dydd. Rhywbeth hwyr yn y nos ydi dyddiadur i fod. Rhywbeth i *saddos* 'fath â fi ei wneud cyn diffodd y golau am nad oes gen i neb yn gorwedd yn y gwely hefo fi.

Dydd Gwener, 1 Mai

Calan Mai. Yr adeg berffaith i gariadon ddechrau closio. Ai dyna pam drefnodd Eleri hyn heno? Go brin. Cyd-ddigwyddiad braidd yn eironig efallai. Ond mi oedd hi wedi mynd i drafferth, chwarae teg iddi. Canhwyllau ar y bwrdd. Gwin da. Dwi ddim yn foi'n sy'n dallt gwinoedd. A dweud y gwir, dwi ddim mor cîn â hynny arno fo. Ond fedrwn i ddim cyfaddef hynny. Lyfli, medda fi. Neis. Ac yn teimlo'n chwithig tu mewn. Nid oherwydd busnes y gwin, ond oherwydd fy mod i mewn sefyllfa ddelicet hefo Eleri. Does arna' i ddim isio'i brifo hi. Ydw, dwi'n ei lecio hi. Siŵr Dduw 'mod i neu faswn i ddim wedi medru gwneud be' ddaru ni gynnau.

Mae pobol yn gymhleth. Dwi'n gymhleth. Ddim yn fy nallt fy hun. Fedrwn i ddim dweud 'na' wrthi. Mae o'n swnio'n llwyth o falu cachu pan dwi'n edrach ar be' dwi'n ei sgwennu rŵan ond y ffaith amdani oedd ei bod hi'n teimlo'n fwy anrhydeddus i fynd â hi i'r gwely nag i beidio. Achos mai dyna oedd hi isio.

Y gwir ydi na feddylish i ddim am funud y baswn i'n ailgynnau fy mherthynas â Siwan. Rhywbeth yn fy mhen i oedd o am yn hir. Ac ar ben hynny i gyd mi ddechreuish i boitsio hefo Eleri. Wel, taswn i'n hollol onest, hi ddechreuodd dynnu arna' i. Ac ar ôl y tro cyntaf hwnnw, mi aeth dipyn o amser heibio a finna heb glywed ganddi. Ddim tan heno. Mae yna rywbeth yn annibynnol ynddi. Ches i ddim cynnig aros drwy'r nos y tro cyntaf. Na heno chwaith. Ond roedd hynny'n fy siwtio fi'n iawn. Roeddwn i'n falch ei bod hi'n fy ngwthio fi allan wedyn. Mi fasai hi'n waeth fel arall a honno'n crefu arna' i i aros. Finna'n gorfod gorwedd wrth ei hochor hi'n teimlo'n rêl bastad gan wbod yn iawn nad oedd gen i unrhyw fath o fwriad i fynd â'r berthynas ymhellach.

Ond dydi hi ddim isio hynny chwaith. Mae hynny'n weddol amlwg erbyn hyn ac yn rhyddhad. A chwarae teg, wnes i mo'i defnyddio hi heno. Fel arall oedd hi. Hi'n fy nefnyddio i. Roedd hi isio rhyw. A be' sy'n bod ar hynny rhwng dau oedolyn sy'n cytuno eu bod nhw isio'r un peth? Roedd hi'n amlwg braidd ar ddechrau'r noson mai esgus oedd y bwyd. Doedd gynnon ni ddim sgwrs, dim byd i'w ddweud wrth ein gilydd. Neu fawr ddim o bwys. Isio ffwc oedd hi. Ac mi ddewisodd hi fi. Taswn i'n onast, mi oedd hynny'n uffar o dyrn-on. O'r munud y sylweddolais i hynny dechreuish i ymlacio. A doedd gen i ddim gwaith esbonio pan ddaeth hi'n amser i mi godi a mynd.

Rŵan dwi'n teimlo'n euog ynglŷn â Siwan. Ar y pryd mi oedd popeth yn teimlo'n ocê. Mi oeddwn i'n medru cyfiawnhau bod hefo Eleri tra oedd o'n digwydd – onid oedd Siwan yn wraig briod o hyd, felly doeddwn i ddim yn ei thwyllo hi, nag oeddwn? Twyllo Eleri oeddwn i os oeddwn i'n gwneud cam ag unrhyw un. Roeddwn i'n gymysglyd braidd, y gwin coch trwm a chais lloerig Rona Lloyd yn ista ar eu pennau'i gilydd yn fy ymennydd i. Doeddwn i ddim yn meddwl yn glir. Lladd Beresford. Dwi'n dal i fynd yn chwys doman wrth gofio'i geiriau hi. Wrth feddwl am hynny rŵan mae'r noson y dilynais i o at Drwyn Pen y Garreg yn fy mhlagio i fel hunllef. Mor hawdd fyddai hi i fod wedi ffugio damwain. Bron yn rhy hawdd. Yn stori dylwyth teg o hawdd. Y tywysog yn cael gwared o'r dyn drwg, yn achub y dywysoges o'r twr ac yn byw'n hapus hefo hi am byth bythoedd. Dim ond bod y fam-yng-nghyfraith greulon yn dal i fod yn rhan o'r darlun. Ond mae hi'n amhosib cael popeth, decini, hyd yn oed mewn stori hud.

221

A Siwan ydi'r dywysoges, nid Eleri. Efallai fy mod i wedi bod angen heno i gadarnhau hynny yn fy meddwl. Roedd rhaid cael heno i glirio fy mhen. A ph'run bynnag, be' ma' dyn i fod i'w wneud pan geith o'i gynnig o ar blât? Ac nid am y stêc dwi'n sôn. Dwi'n licio ffantasi'r tywysog. Mi fedrwn i fod yn un o'r rheiny.

Ond chymrish i 'rioed arnaf fy mod i'n sant.

Dydd Mawrth, 5 Mai

Deud y gwir wrth Cal heddiw am Siwan a fi.

'Dwi'n rhy infolfd, Cal. Felly fedra' i mo'i neud o rŵan.'

'Gneud be'?' Er ei fod o'n gwbod be' ôn i'n feddwl. Arhosodd. Edrych arna' i. Fy ngorfodi i'w ddweud o.

'Gwatshiad ei gŵr hi, 'de?'

Taniodd Cal smôc arall yn syth ar sodlau'r llall.

'Ty'd 'laen. Neu mi fydd raid i mi ei blydi ddilyn o fy hun!'

'Sorri,' medda fi.

Mi sbiodd o'n od arna' i. Gwbod bod noson o waith yn bres. Ddudish inna ddim bod fy mhroblem pres i wedi'i sortio. Wel, dros dro beth bynnag. Dwi am ddechrau cael dipyn o hwyl hefo cardyn credyd Rona Lloyd. Pam lai 'de? Dwi'n cael rhwydd hynt i'w ddefnyddio fo dim ond am ystyried yr hyn mae hi wedi'i ofyn i mi. Does dim rhaid i mi wneud dim byd. Mae hi'n meddwl bod ei phres hi'n gallu prynu popeth. Fy mhrynu i. Eto. Wel, iawn iddi hi feddwl hynny, 'ta, os ydi hi'n ddigon gwirion. Ac mi faswn inna'n ffŵl hefyd pe na bawn i'n manteisio ar y peth. Pan ddaw hi i nôl ei cherdyn credyd, pryd bynnag fydd hynny, mi fydda' i'n cael pleser mawr o ddweud wrthi na fydda' i ddim yn gwneud ei gwaith budr hi, diolch yn fawr, ond fy mod i wedi gallu fforddio un neu ddau o bethau newydd annisgwyl tra ôn i'n penderfynu.

Beth bynnag am hynny, dyma Cal yn gwneud y ll'gada culion 'na arna' i eto a dweud fy mod i'n teimlo'n uffernol o gry' am y peth, mae'n rhaid, os oeddwn i'n fodlon colli cyflog ar ei gownt o. Mae gen i dipyn o'i ofn o pan fydd o'n sbio arna' i fel'na. Ofn ei graffter o. Dydi o ddim cyn wirioned â'i olwg o bell ffordd.

''Runig beth,' medda fo, 'sgin i'm car wsos yma. I fewn yn cael gneud y clytsh. Clec arall i mi. Mi godith y tacla garej top 'na bum cant o bunna arna' i cyn sychu'u dwylo oel ar dinau eu hofarôls, gei di weld. Eitha' peth dy fod ti'n arbad dipyn o arian i mi felly, ma' siŵr, 'tydi?' Doedd o ddim yn hapus a gwyddai ei fod o'n anghyfleus pan ofynnodd i mi am gael benthyg y Rover yn ystod yr wythnos ond roedd hi'n anodd i mi wrthod.

'Cofia agor y ffenestri os ti'n smocio ynddo fo, 'ta,' medda fi'n biwis.

Atebodd o ddim.

Gorffen gwaith yn gynnar heddiw. Finna'n falch pan ddudodd Cal wrtha' i am fynd. Mae gen i ofn iddo fo ddechrau holi mwy arna' i. Twrna ydi o, wedi'r cwbwl.

Dydd Gwener, 8 Mai

Am un ar ddeg y bore 'ma mi ges i decst gan Eleri. 'Drws cefn Min Awelon. Hanner dydd.' Mi ôn i newydd fy nhretio fy hun i frecwast yng Nghaffi'r Bont. Cerdyn Rona'n talu! Doedd hynny ddim yn rhywbeth y gallwn fforddio'i wneud fel arfer ac mi oeddwn i am wneud yn fawr ohono tra bod gen i'r cyfle. Roedd y tecst yn annisgwyl ac, a bod yn onest, yn blydi niwsans. Mi ôn i wedi gwylltio braidd. Pa hawl oedd ganddi hi i glecian ei bysedd a disgwyl i mi ollwng popeth a rhedeg? No wê, meddyliais. Yn fy nhymer, diffoddais fy ffôn symudol rhag iddi swnian mwy arna' i a chymryd panad arall, hamddenol, dim ond o ran diawledigrwydd. Câi ddisgwyl nes oeddwn i'n gwbwl barod. Penderfynais fynd i'w gweld, nid am ei bod hi'n gofyn, ond i roi stop arni unwaith ac am byth. Ar un ystyr, mi oedd o'n esgus perffaith i gau pen y mwdwl ar ein perthynas ni, os mai perthynas oedd yr enw iawn ar be' oedd rhyngon ni.

Pan agorodd hi'r drws mi ges i sioc ar fy nhin. Roedd hanner ei hwyneb hi'n ddu-las ac roedd hi'n sgriffiadau drosti. Bandejys ar ei dwylo hi. Edrychai fel pe bai rhywun wedi'i churo hi. Es i'n oer.

'Arglwydd Mawr, be' ddigwyddodd?' medda fi. Ddudodd hi'm byd dim ond troi a gwneud ystum i mi ei dilyn hi drwodd i'r gegin.

'Paid â chwara bod yn ddiniwed hefo fi!' Poerodd y geiriau ata' i. 'Ti'n gwbod be' ddigwyddodd. Chdi nath iddo fo ddigwydd!'

Eisteddodd yn sydyn fel pe bai ei choesau'n rhoi oddi tani. Chynigiodd hi ddim sedd i mi. Pan ailddechreuodd siarad roedd hi fel pe bai hi wedi anghofio fy mod i yno. Syllai i'r gwagle o'i blaen a dechreuodd ei dagrau bowlio'n fawr ac yn grwn a fedrwn i ddim tynnu fy llygaid oddi arnyn nhw.

'Newydd ddechrau siarad hefo'n gilydd go iawn oeddan ni,' meddai. 'Ar ôl yr holl amser 'na. Newydd ddechra dallt ein gilydd.' Cododd ei llygaid wedyn. Roedden nhw'n ddiwaelod. 'Sut medret ti, Gwynfor?'

'Be' ti'n feddwl . . .?'

'Lladd dyn arall. Mi wyddwn i dy fod ti'n ei gasáu o, ond wnes i 'rioed feddwl basa gen ti'r bôls i neud y ffasiwn beth.' Roedd ei llais hi'n od o fflat a difynegiant.

'Dwyt ti ddim yn gneud synnwyr.'

Mi driodd Eleri roi chwerthiniad coeglyd ond daeth allan wedi'i fanglo, fel petai lwmp o ddagrau'n cau'i gwddw hi.

'Wel, dyna ryfedd,' meddai, 'achos roeddet ti'n gwneud synnwyr perffaith y noson o'r blaen pan oeddet ti'n rhedeg arno fo . . .'

'Pwy? Am bwy ti'n sôn, hogan . . .?'

'Rho'r gorau i'r act 'ma, wnei di? Cadw fo erbyn daw'r heddlu i guro ar dy ddrws di! Mi welish i chdi'r noson honno, dallta. Dy gar di'n sleifio drwy'r tywyllwch. Roeddet ti yna yn y cysgodion yn gwrando arna' i a David yn trefnu i gyfarfod . . .'

'David?' A disgynnodd y cyfan i'w le. O, Dduw Mawr . . . 'Nid . . . nid Beresford?'

Cal welodd hi. Cal Morris yn fy nghar i.

'Eleri, gwranda. Nid fi oedd o. Rhywun arall. Rhywun arall oedd wedi benthyg fy nghar i . . .'

Roedd hi wedi rhoi'r gorau i wrando arna' i ers meitin.

'Mi glywaist ti ni'n sôn am Drwyn Pen y Garreg. Mi ddoist ti yno ar ein holau ni . . .'

'Na!'

'Mi arhosaist dy gyfle. Aros nes oeddan ni'n dau bron ar

erchwyn y dibyn cyn gollwng handbrec 'i gar o a gadael iddo fo rowlio tuag aton ni. A doedd dim ots gen ti, nag oedd, dim ots gen ti pe bait ti'n fy lladd inna hefyd? Wel, mi fasai'n fonws, ma' siŵr, basa? Neb i sefyll rhyngot ti a'r bitsh Siwan Lloyd 'na wedyn! Roedd honno yno hefyd, yn doedd? Yn doedd? Paid â gwadu achos mi welish i ei gwynab hi!'

Roedd Eleri'n colli arni hi ei hun. Yn sgrechian arna' i. Os na fyddai'n cau'i cheg ac yn gwneud llai o sŵn, byddai pobol yn ei chlywed hi'n cael sterics drwodd yn y bar. Symudais yn reddfol, ar amrantiad, a'i tharo ar draws ei hwyneb. Disgynnodd yn ei hôl yn y gadair, ei higiadau swnllyd yn rhwygo drwy'i chorff hi. Dydw i ddim yn cofio sut des i yma i'r fflat. Pan gyrhaeddais i roedd y peiriant ateb yn fflachio i ddweud bod neges. Gwasgais y botwm a rhyddhau llais Cal.

'Lle uffar wyt ti? Dwi 'di bod yn trio cael gafael arnat ti ers meitin ond mi wyt ti wedi diffodd dy fobeil ne rwbath. Ditectif ar y diawl! A finna hefyd o ran hynny, achos mae'n amlwg nad ydan ni ddim wedi gneud job dda iawn o wylio Beresford. Maen nhw wedi cael hyd i'w gorff o yn ystod yr oria' mân wrth droed Trwyn Pen y Garreg!'

Cael a chael oedd hi i gyrraedd y sinc. Roedd y brecwast drud yn fy nghorn gwddw i cyn i mi gael cyfle i'w dreulio fo.

Dydd Sadwrn, 16 Mai

Cofio mynd i dŷ mêt o'r ysgol unwaith. Lle crand. Carpedi golau. Mi oedd ei fam o'n glên a chroesawus ond roedd ei llygaid hi'n rhybuddio: gwae chi os ydach chi'n baeddu 'nhŷ fi. Soffa braf ond roedd gynnoch chi ofn ista'n gyfforddus rhag ofn i chi adael crychau lle bu ôl eich tin chi. Lle felly oedd o. Mi aeth Hi drwodd i wneud panad. Dyna pryd clywish i o. Uffar o ogla drwg. Fedrwn i'm dallt be' oedd o am dipyn. Roedd hi'n stafell mor foethus ac mor lân fel ei bod hi'n anodd credu bod neb yn ei defnyddio hi o gwbwl. Finna'n snwyro'n slei ac ofn i rywun sylwi. Wedyn dyma fo'n fy nharo i be' oedd yr ogla. Cachu ci. Edrychais yn sydyn o dan fy esgid pan nad oedd neb yn sbio a dyna lle roedd o'n un gacen. Ddudish i'm byd dim, ond ista yno a rhyw deimlad iasol yn fy mherfedd i fel pe bai fy stumog i'n crebachu.

Dyna'r teimlad ges i pnawn 'ma pan alwodd Rona Lloyd. Y teimlad cachu ci.

'Llongyfarchiadau,' meddai. 'Job dwt.'

'Dim fi laddodd o,' medda fi. Roedd fy llais i fy hun yn disgyn yn fflat i'r gwagle rhyngon ni.

Chwarddodd Rona'n swta heb gracio dim ar linell ei lipstic.

'Mae'r arian yn dy gyfri banc di'n barod. Ti'n ddyn cyfoethog!'

'Rona, wnes i ddim lladd David Beresford.'

Doedd hi ddim yn chwerthin rŵan. Disgwyliais iddi ddechrau tantro a dweud ei bod hi'n mynnu cael ei phres yn ôl. Ond y cyfan ddudodd hi oedd:

'Naddo, Gwynfor, dwi'n gwbod. Fi nath.'

'Dwi'm yn dallt . . .' Achos doeddwn i ddim. Sut medrwn i fod wedi bod mor uffernol o ddwl?

'Fi ddaru 'i ladd o,' meddai'n llyfn, fel pe bai hi newydd ddweud ei bod hi wedi picio i nôl torth. 'Roedd hi'n hawdd, unwaith y ces i wybod gan Cal Morris ei fod o'n mynd am dro at Drwyn Pen y Garreg hefo'r hwran fach 'na o'r dafarn. Yn fendigedig o hawdd. Roedd y ddau'n sefyll mor gyfleus o agos at y dibyn. Dim ond gollwng handbrec y car oedd raid. Mi fasai hyd yn oed rywun fel ti wedi gallu meddwl am hynny. Mewn ffordd, y car laddodd o, nid fi. Mi fu bron i mi gael gwared ar y ddau ohonyn nhw.'

Pan drodd ei phen yn sydyn daliwyd siâp ei gên, siâp esgyrn main ei bochau gan y golau ac am ennyd gwelais Siwan ynddi. Dim ond fflach o rwbath oedd o, amrantiad, ond trawodd y sylweddoliad fi fel gordd. Nid Siwan roedd Eleri wedi'i gweld y noson honno ond ei mam.

'Mi welodd Eleri chi,' medda fi'n dila ond gwyddwn beth fyddai'i hateb. Roeddwn i'n iawn. Roedd hi wedi cynllunio popeth.

'Ac mi fedrai hi fod yn berffaith siŵr o hynny, meddet ti, mewn llys barn? A hithau ar dwllu? Ond ti'n iawn, wrth gwrs. Nid Siwan oedd hi, achos roedd honno ar y ffordd adra o Fanceinion ar y pryd. Mi fedar brofi hynny hefyd, fel mae'n digwydd, achos mi gafodd stop gan yr heddlu am oryrru ar yr A55. Digri, 'te? Cyd-ddigwyddiad bach ffodus.' Rhoddodd ebwch o chwerthin coeglyd. 'Ac mae gen inna alibi perffaith hefyd, ti'n gweld. Fedar neb brofi fy mod i yno ar Drwyn Pen y Garreg o bobman achos fy mod i hefo Enid, gwraig Arthur Ffatri, drwy'r nos. Wel, dyna ddudith Enid. Dyna mae hi isio i bobol feddwl, yn enwedig Arthur. O achos ei bod hitha'n cael rhyw affêr bach sordid ar hyn o bryd hefo mab un o'r cownslars sy'n ista ar y Pwyllgor Planning. Ac mae hi'n cachu brics rhag i neb ddod i wybod am y toi boi sgynni hi. Meddylia'r sgandal. Gwaeth na David hefo'r hogan ysgol 'na. Ond mi fedar ddibynnu arna' i. Wel, y tro yma o leia'. Mi daerith Enid mai hefo fi oedd hi tra oedd Gwilym ac Arthur mewn cyfarfod llywodraethwyr.'

'Ond be' am y cerdyn credyd ddefnyddioch chi i drio fy mreibio i? Ma'ch enw chi arno fo.'

'Dyna un o'r rhesymau pam nad wyt ti wedi llwyddo mewn dim byd o bwys, 'te, Gwynfor? Dwyt ti ddim yn rhoi digon o sylw i'r manylion.'

'Be' dach chi'n feddwl . . .?'

'R. G. Lloyd ydi'r enw ar y cerdyn. *Mr* R. *G.* Lloyd, taset ti wedi trafferthu i'w ddarllen o.' Rhoddodd bwyslais ar y Mr ac ar yr G. 'Roedd gweld R am Rona'n ddigon i ryw ben bach fel ti, yn doedd? Ond cerdyn Richard Gwilym Lloyd ydi o. Cerdyn Gwilym!'

Teimlais fy wyneb yn gwelwi. Gwilym gâi'r bai am fy nhalu i lofruddio Beresford. Onid oedd cymhelliad gan y ddau ohonon ni? Oni fydden ni'n dau'n isio lladd dyn oedd yn twyllo Siwan ac yn ei churo hi? Roedd hi'n gannwyll llygad ei thad ac roeddwn innau'n ei haddoli hi. Ac fel ffŵl roeddwn i wedi defnyddio'r cerdyn. Drwy drio gwneud ceiniog allan o Rona roeddwn i wedi cloddio diawl o dwll i mi fy hun. Roedd y cyfan yn pwyntio'n braf at Gwilym a fi. Ac o'i gyfri banc o y trefnodd Rona drosglwyddo'r pum can mil.

'Wel, mae'r pres gen ti, o leia,' meddai Rona'n felys, fel petai hi newydd roi papur decpunt yng nghadw-mi-gei bachgen ysgol. 'A'r cerdyn. Wel, am ryw hyd, beth bynnag. Pacio fy mhetha'n reit handi faswn i yn dy le di a threfnu ffleit frys allan o'r wlad. 'Run fath â Ronnie Biggs erstalwm,' ychwanegodd, ac mi faswn i'n taeru bod cysgod gwên ar ei gwefusau hi.

Dianc. Dyna'r unig ateb. Dim ond nad ydw i wedi gwneud

dim byd. Ond pwy gredith hynny? Pan adawodd Rona'r fflat roedd hi fel pe bai hi wedi gadael ogla drwg ar ei hôl. 'Fath â'r cachu ci hwnnw erstalwm ond ei fod o'n saith gwaeth. Ac mae'r hen deimlad crebachu 'na tu mewn i mi byth. Mae fy mag i wedi ei bacio. Does gen i ddim dewis. Hi sy'n iawn. Rhaid i mi ei heglu hi o 'ma nes daw'r heddlu o hyd i'r gwir go iawn. Mae yna dair *missed call* ar fy ffôn i. Siwan. Ond fiw i mi ateb. Na chysylltu â hi. Doedd gan Rona ddim bwriad o adael i mi a Siwan fod hefo'n gilydd. Roedd o'n rhan o'r cynllun i gael gwared arna' i hefyd.

Mi bostia' i'r dyddiadur 'ma i Cal. Er cymaint o hen sinig ydi o, mae'n bosib y gneith o fy nghredu i. Dyma chdi, mêt. Y gwir i gyd. A'r rheswm pam na fydda' i'n dod i'r gwaith ddydd Llun. Chdi ddudodd wrtha' i pa mor bwysig oedd cadw dyddiadur. Mi gawn ni weld, 'te, ai chdi oedd yn iawn.

Dwi angen bod ym maes awyr Manceinion erbyn wyth i ddal y ffleit nesa' i Sbaen. Rhoi'r cwbwl ar gerdyn y diafol tra medra' i.

Achos ar hyn o bryd does gen i neb arall y galla' i ddibynnu arno.